下卷

稀见民国词学史著二十种

民国词学史著集成补编

孙克强　和希林◎主编

南開大學出版社

图书在版编目(CIP)数据

民国词学史著集成补编. 下卷 / 孙克强，和希林主编. 一天津:南开大学出版社，2018.8
ISBN 978-7-310-05625-5

Ⅰ. ①民… Ⅱ. ①孙… ②和… Ⅲ. ①词学一诗歌史一中国一民国 Ⅳ. ①I207.23

中国版本图书馆 CIP 数据核字(2018)第 154075 号

南开大学出版社出版发行
出版人:刘运峰
地址:天津市南开区卫津路 94 号　　邮政编码:300071
营销部电话:(022)23508339　23500755
营销部传真:(022)23508542　　邮购部电话:(022)23502200
*
天津泰宇印务有限公司印刷
全国各地新华书店经销
*
2018 年 8 月第 1 版　　2018 年 8 月第 1 次印刷
210×148 毫米　32 开本　9.25 印张　4 插页　208 千字
定价:90.00 元

如遇图书印装质量问题，请与本社营销部联系调换，电话:(022)23507125

總序

清末民初詞學界出現了新的局面。在以晚清四大家王鵬運、朱祖謀、鄭文焯、況周頤為代表的傳統詞學（亦稱體制內詞學、舊派詞學）之外出現了新派詞學（亦稱體制外詞學）。新派詞學以王國維、胡適、胡雲翼為代表，與傳統詞學強調『尊體』和『意格音律』不同，新派在觀念上借鑒了西方的文藝學思想，以情感表現和藝術審美為標準，對詞學的諸多問題展開了全新的闡述。同時引進了西方的著述方式：專題學術論文和章節結構的著作。傳統的詞學批評理論以詞話為主要形式，感悟式、點評式、片段式以及文言為其特點；民國時期的詞學論著則以內容的系統性、結構的章節佈局和語言的白話表述為其主要特徵。當然也有一些論著遺存有傳統詞話的某些語言習慣。民國詞學論著的作者，既有新派大師王國維、胡適的追隨者，也有舊派領袖晚清四大家的弟子、再傳弟子。他們雖然觀點不盡相同，但同樣運用這種新興的著述形式，他們共同推動了民國詞學的發展。民國詞學論著的蓬勃興起是民國詞學興盛的重要原因。

民國的詞學論著主要有三種類型：概論類、史著類和文獻類。這種分類僅是舉其主要內容而言，實際情況則是各類著作亦不免有內容交錯的現象。

概論類詞學著作主要內容是介紹詞學基礎知識，通常冠以『指南』『常識』『概論』『講義』之名。這類著作無論是淺顯的入門知識，還是精深的系統理論，皆表明著者已經從傳統詞學中片段的詩詞之辨、詞曲之辨，提升到系統的詞體特徵認識和研究，是文體學意識的體現。史著類是詞學論著的的大宗，既有詞通史，也有斷代詞史，還有性別詞史。唐宋詞成為後世的典範，對唐宋詞史的梳理和認識成為詞學研究者關注的焦點，如詞史的分期，各期的主要特徵，詞派的流變等。值得注意的是詞學史上的南北宋之爭，在民國時期又一次達到了高潮，有尊南者，有尚北者，亦有不分軒輊者，精義紛呈。南北宋之爭的論題又與新派、舊派基本立場的分歧對立相聯繫，一般來說，新派多持尚北貶南的觀點。史著類中清代詞史亦值得關注，詞學研究者開始總結清詞的流變和得失，清詞中興之說已經發佈，進而加以討論，影響深遠直至今日。文獻類著作主要指一些詞人小傳、評傳之類，著者廣泛搜集歷代詞人的文獻資料，加以剪裁編排，清晰眉目，為進一步的研究打下基礎。

本『民國詞學史著集成』有兩點應予說明：其一，收錄了一些中國文學史類著作中的詞學史部分。民國時期的中國文學史著作主要有兩種結構方式：一種是以時代為經，文體為緯，此種寫法的文學史，詞史內容分散於各個時代和時期；另一種則是以文體為綱，注重文體的發展演變，如鄭賓於的《中國文學流變史》的下冊單獨成冊，題名《詞（新體詩）的歷史》，篇幅近五百頁，可以說是一部獨立的詞史。又如鄭振鐸的《中國文學史》（中世卷第三篇上），單獨刊行，從名稱上看是唐五代兩宋斷代文學史，其實是一部獨立的唐宋詞史。『民国词学史著集成』視這樣的文學史著作中的詞史部分，為特殊的詞史予以收錄。其二，本『集成』收入五部詞曲合論的史著，著者將詞曲同源作為立論的基礎，合而論之，本套丛书亦整體收錄。至於詩詞合論的史著，援例亦應收入，如劉麟生的《中國詩詞概論》等，因該著已收入南開大學出版社的『民國詩歌史著集成』，故『民国词学史著集成』不再收録。

『民国词学史著集成』收録的詞學史著，大體依照以下方式編排：參照發表時間、內容分類、著者以及著述方式等各種因素，分別編輯成冊。每種著作之前均有簡明的提要，介紹著者、論著內容及版本情況。

在『民国词学史著集成』中，許多著作在詞學史上影響甚大，如吴梅的《詞學通論》等，多次重印、再版，已經成為詞學研究的經典；也有一些塵封多年，本套丛书加以發掘披露，如孫人和的《詞學通論》等。這些文獻的影印出版，對詞學研究具有重要的參考價值。近些年，民國詞學研究趨熱，期待本『民国词学史著集成』能夠為學界提供使用文獻資料的方便，從而進一步推動民國詞學的研究。

孫克強　和希林

2018. 3

总目錄

（上卷）

（下卷）

下卷目录

詞學大義

壽鑈

壽鑈(1885—1950)，一作壽璽，字石工、務喜、碩工，號印丐等。浙江紹興人。就讀于山西大學堂，畢業後亦宦游各地，曾任遼東知府。後留居北京，任職教育部並在大學任教。書法、篆刻大師，著有《蜨蕪齋印稿》《鑄夢廬篆刻學》《篆刻學講義》《玨庵詞》《重玄瑣記》《蜨蕪齋自製印逐年存稿》。

《詞學大義》全書不分章節，其內容乃一部詞簡史，介紹從六朝至清代的詞體發展歷史。書後有壽氏跋語，說明此書與《詞學講義》之關係。此書原載於《藝林月刊》1930 年、1931 年、1932 年各期。《詞學大義》，國家圖書館古籍部藏有『國立北平大學女子學院』講義本。書前跋語曰：『北平大學女子學院授課之作，日即一二紙，錯舛不可究詰，致可笑也，讀者諒之。壽鑈自識，丁丑上巳。』可知《詞學大義》作於 1930 年。本書整理以國家圖書館古籍部所藏為底本，參校以《藝林月刊》本。

《說文》：詞，意內言外也。明乎我所欲言，必有司我言者，而後可盡我詞，故隸司部；意者，司我言者也，故曰內，意與志不同，故詞與詩不同。詞者，源出於詩，而以意為經，以言為緯。意內言外，寓言十九，吾人作詞，蓋即古人言樂之法也。詞也者，進不與詩合，退不與曲合，其取徑[81]也狹，其陳義也高。嚴於格律，諧以陰陽。必有司我言者，節奏諰，斯情文相生。樂府而後，求合於古樂者，詞而已矣。

《三百篇》之不能不降而楚詞，楚詞之不能不降而漢魏者，勢也；《三百篇》之不能不降而樂府，樂府之不能不降而為詞者，亦勢也。《詩三百篇》，孔子皆絃歌之，皆歌詞也。漢代古詩歌謠，皆被之樂府。唐樂府亡，而歌詩興，洎後長短句盛，遂啟兩宋倚聲製詞之漸。

南宋郭茂倩《樂府集》一百卷，上起陶唐，下迄五代，凡郊廟歌詞十二卷，燕射歌詞三卷，鼓吹曲詞五卷，橫吹曲詞五卷，相和歌詞十八卷，清商曲詞八卷，舞曲歌詞五卷，琴曲歌詞五卷，雜曲歌詞十八卷，近代曲詞四卷，雜謠曲詞七卷，新樂府詞十一卷。每一題必先列古詞，後列擬作，再列入樂所改者，使後人得以考知其孰為側？孰為豔？孰為趨？孰為增字減字？其聲詞合寫不可訓詁者，亦於題下注明，世稱樂府第一善本。採錄之富，敷寫之詳，誠所僅見，學者於此，可以考得音樂變遷之次第，與夫詩詞遞嬗之跡。蓋詞事之盛，古今實不相侔，詞以協樂為主，則古今一也。

《九歌》而後，秦惟五行壽人之樂。漢以簫管侑房中歌，馴有巴渝舞曲，以及短簫鐃歌，晉

81「徑」，原作「經」，據《藝林月刊》改。

魏以下，若梁武帝《江南弄》、沈約《六憶》，傳為詞體之初起。

衆花雜色滿上林，舒芳曜綠垂輕陰，連手躞蹀舞春心。舞春心，臨歲腴，中人望，獨踟躕。（《江南弄》第一）

遊戲五湖采蓮歸，發花田葉芳襲衣，為君豔歌世所希。有如玉，江南弄，采蓮曲。（《采蓮曲》第三）

氤氳蘭麝體芳滑，容色玉耀眉如月，珠佩葳蕤戲金闕。戲金闕，遊紫庭，舞飛閣，歌長生。（《遊女曲》第六）

《江南弄》七首，此其三也。起三句皆用平聲韻。惟《遊女曲》《朝雲曲》二首用入聲韻，收四句皆平聲韻。惟《采蓮曲》一音換入聲韻，簡文帝《采蓮曲》則換平聲韻。後人小令若《憶秦娥》，慢詞若《滿江紅》，可用平入聲改叶者本此，舉例以待隅反：

憶來時，的的上階墀。勤勤敘離別，歉歉道相思。相看常不足，相見乃忘饑。（《憶來時》第一）

憶食時，臨盤動顏色。欲望復羞望，欲食復羞食。含哺如不饑，擎甌似無力。（《憶食時》第三）

《六憶》詩四首，此其二也，通用平聲韻，惟第三首用入聲韻。

隋時置清商府，所采之曲甚多，至唐猶存六十三曲，至宋猶存三十三曲。又謂之清樂：即清調、平調、側調。周房中樂之遺聲也，本有聲而無詞，晉宋間始依聲而為之詞。至於胡角者，本以應胡笳之聲，始於黃帝時之吹角，漢時張騫於西域求得其法，因之李延年，造新聲二十八解，以為武樂，《樂書》以為此即中國用胡樂之本，其後存者僅十曲。《梅花落》者，即胡笳曲，即所謂邊聲也。

　　中庭雜樹多，偏為梅咨嗟。問君何獨然？念其霜中能作花，霜中能作實。搖落春風媚春日。念爾零落逐寒風，徒有霜花無霜質。

此鮑照《梅花落》樂府，唐時李白詩所謂『江城五月落梅花』者，即此是也。而改入笛矣。古樂府若《臨高臺》收句，《吾有所思》之『妃呼狶』，其聲詞合寫不可訓詁者，亦若《今古樂錄》所錄之『羊無夷』『伊那何』，蓋曲調之餘聲也，詞亦有之，助詞是已。

　　樹頭紅葉飛都盡，景物淒涼。秀出群芳。又見紅梅淡淡妝。也啰，真個是可人香。　蘭魂蕙魄應羞死，獨佔風光。夢斷高唐。月送疏枝過女牆。也啰，真個是可人香。

此趙長卿《攤破采桑子》詞也，『也啰』，即助詞，兩結『香』字重押，即歌時之和聲也，金人詞亦往往用之。有非助詞而又不屬於聲者。

　　歌發誰家筵上，嘹亮。別恨正悠悠，蘭釭背帳月當樓，愁麽愁，愁麽愁？

此顧夐《荷葉杯》詞也，凡九首，結二句皆用『麽』字，句法同，蓋設為問答之詞也。

古樂府在聲不在詞，王灼《碧雞漫志》，分有聲有詞、有聲無詞，二者悉舉其名，唐時已不能得其聲，故所擬古樂府，但借題抒意，不能自製調也。至新樂府，則五七言詩而已，其采詩入樂，必以有排調有襯字者，始為詞體。至宋而傳其歌詞之法，不傳其歌詩之法，於是一衍而為近詞，再衍而為慢詞。其自製曲，視唐時之變化為多。北宋時柳永所作，方言市語，錯雜不倫，當時傳播者廣，取其聲耳，非盡取其詞也。周邦彥、姜夔胥工倚聲，胥能製調，然後篇什雖存，知音難索，至元曲出而詞之宮譜亡矣！吾人所作，不過依據舊詞，考其句法，依律以求其聲，未必與宮譜合也。

詞必以兩宋為法，萬樹《詞律》所列各體，必取證於宋人，雖里巷之詞，悉錄之以備一格。

小詞起於隋之宮中，唐人能傳其法，五言六言七言絕句，皆能歌，又有借聲之法，已不傳。更有加字以便歌者，如王維《渭城曲》詩：

渭城朝雨浥輕塵，客舍青青柳色新。勸君更盡一杯酒，西出陽關無故人。

宋無名氏《古陽關》詞，就王維原詩加字：

渭[82]城朝雨，一霎浥輕塵。更灑遍客舍青青，弄柔凝碧，千縷柳色新。更灑遍客舍青青，千縷柳色新。休煩惱，勸君更盡一杯酒，人生會少，自古富貴功名有定分。莫遣容儀瘦損。休煩惱，勸君更盡一杯酒，只恐怕西出陽關，舊遊如夢，眼前無故人。只恐怕西出陽關，眼前無故人。

溫庭筠，唐宣宗大中時人，始專為詞。庭筠字飛卿，并州人，初名岐，後改曰庭雲，又改曰庭筠[83]，貌陋，時號溫鍾馗。才思敏捷，又號溫八叉，以士行有缺，累舉不第。所

82「渭」，原作「謂」，據《藝林月刊》改。
83「筠」，原闕，據《藝林月刊》補。

著有[84]《握蘭》《金荃》等集。唐人能詞者，多附詩以傳，詞之有集，自庭筠始。其詞最著者〈菩薩蠻〉，蓋感士不遇之作也。

《詞源》嘗謂：『詞之難於令曲，如詩之難於絕句，不過十數句，一字一句閑不得，末句尤當留意，有有餘不盡之意始佳。』溫氏得之矣。溫氏所創各體，如〈南歌子〉〈荷葉杯〉〈蕃女怨〉〈遐方怨〉〈酒泉子〉〈玉蝴蝶〉〈女冠子〉〈河瀆神〉〈河傳〉等，雖自五七言句法出，而漸與五七言詩句法離，所謂解其聲，故能製其詞也。今錄其〈河傳〉詞：

湖上，閑望。雨瀟瀟，煙浦花橋。路遙，謝娘翠娥愁不銷。終朝，夢魂迷晚潮。　蕩子天涯歸棹遠，春已晚，鶯語空腸斷。若邪溪，溪上西，柳隄，不聞郎馬嘶。

此詞句法，極長短錯落之致，實宋詞之祖也。

五代文[85]運萎敝，他無可稱，獨長短句濃豔瓊秀，後世莫及，《花間》《尊前》等集所錄盛矣！其時君唱於上，臣和於下，人主之能詞者，後唐莊宗而外，如前蜀後主王衍、後蜀後主孟昶、南唐中主李景、後主李煜。而煜所作尤多，含思悽婉，無一字不真，無一字不俊，洵確論矣。當時亦有慢詞，而作者絕少。有唐中葉以後，迄於五代，若杜牧之〈八[86]六子〉、尹鶚之〈金浮圖〉、李珣之〈中興樂〉，如此而已。

兩宋詞事之盛，詞人之多，不可勝舉，宋之詞，猶唐之詩也。言宋詞者，尤西堂曰：『唐詩

84「有」，原作「所」，據《藝林月刊》改。
85「文」，原作「之」，據《藝林月刊》改。
86「八」，原闕，據《藝林月刊》補。

有初盛中晚，宋詞亦有之。唐之詩由六朝樂府而變，宋之詞由五代長短句而變。約而次之，小山、安陸，其詞之初乎？淮海、清真，此詞之盛乎？石帚、夢窗，似得其中。碧山、玉田，風斯晚矣。唐詩以李杜為宗，而宋詞蘇、陸、辛、劉，有太白之風。秦、黃、周、柳，得少陵之體，此又畫疆而理、聯騎而馳者也。』其說不為無見。

北宋、南宋，論詞者區而析之。張惠言、周濟等，即詞中之常州派者，耑主北宋，以北宋之詞與詩合，南宋之詞與詩分，北宋猶爭氣骨，南宋則專精聲律，是南宋詞雖益工，以風尚所論，則有黍離降而詩亡之歎矣。浙派所論，則謂南宋詞即出於北宋，特時代之有先後耳，北宋國勢較強，朝野士夫，方以潤色鴻業為樂事，其上者見朝政之弊，則借詞以格君心之非。南宋向守一隅，議和議戰，叫囂不已，知兵力之不足以勝人，則逞忿於口誅筆伐，文網愈嚴，則詞意愈晦，解人不易索，權奸亦末如之何也。故曰：北宋之詞大，南宋之詞深。浙派諸人，若朱彝尊、厲鶚，以迄譚獻，皆是也。

李清照論北宋人詞，極於嚴刻，其說曰：『始有柳屯田永者，變舊聲，作新聲，出《樂章集》，大得聲稱於世，雖協音律，而詞語塵下。又有張子野、宋子京兄弟、沈唐、元絳、晁次膺輩出，雖時時有妙語，而破碎何足名家。至晏元獻、歐陽永叔、蘇子瞻，學際天人，作為小歌詞，直如酌蠡水於大海，然皆句讀不葺之詩爾。』又曰：『王介甫、曾子固，文章似西漢，若作小歌詞，則人必絕倒，不可讀也。』又曰：『後晏叔原、賀方回、秦少游、黃魯直出，始能知之，而晏苦無鋪敘，賀苦少典重，秦即專主情致，而少故實，譬如貧家美女，非不妍麗，終乏富貴態。黃即尚故實，而多疵病，如良玉有瑕，價即減半矣。』此說持論過高，幾於睥睨一切，北宋詞人，遭其抨擊，體無完膚。獨於周清真，無一語及之，或者默契於心，引為同調，蓋周詞有柳欹花嚲之致，不遜於清照之溫婉也。北宋之初，論詞以南唐二主及馮正中為法，晏殊最先出，所作不減《陽春樂府》，『花落』一聯，尤其得意之作也。

一曲新詞酒一杯，去年天氣舊亭臺。夕陽西下[87]幾時回。　無可奈何花落去，似曾相識燕歸來。小園香徑獨徘徊。（《浣溪沙》）

殊子幾道，即世所稱為小晏者，能世其學，黃庭堅序《小山詞》，謂：『寓以詩人句法，自能動搖人心，合者《高唐》《洛神》之流，下者亦不減《桃葉[88]》《團扇》。』蓋氣骨所存，且去詩未遠焉。

夢後樓臺深鎖，酒醒簾幕低垂。去年春恨卻來時。落花人獨立，微雨燕雙飛。　記得小蘋初見，兩重心字羅衣。琵琶弦上說相思。當時明月在，曾照彩雲歸。（《臨江仙》）

歐陽修不專以詞名，而所作有深致。李清照謂其『深得疊字之法』，蓋指《蝶戀花》一詞而言。

庭院深深深幾許？楊柳堆煙，簾幕無重數。金勒雕鞍遊冶處，樓高不見章臺路。　雨橫

87『下』，原作『七』，據《藝林月刊》改。
88『葉』，原作『花』，據《藝林月刊》改。

風狂三月暮。門掩梨花，無計留春住。淚眼問花花不語，亂紅飛[89]過秋千去。

慢詞始[90]柳永，而俚俗語言，連篇疊見。晁補之稱其『霜風』三語，『不減唐人』，則《甘州》一詞佳製也。

對瀟瀟暮雨灑江天，一番洗清秋。漸霜風淒緊，關河冷落，殘照當樓。是處紅衰翠[91]減，荏苒物華休。惟有長江水，無語東流。　不忍登高臨遠，望故鄉渺邈，歸思難收。歎年來蹤跡，何事苦淹留？想佳人、妝樓長望，誤幾回天際識歸舟。爭知我、倚闌干處，正恁凝眸。

蘇軾之詞，論者謂：『開南宋辛棄疾一派。』尋流溯源，不能不謂之別格，然謂之不工則不可。

明月幾時有？把酒問青天，不知天上宮闕，今夕是何年？我欲乘風歸去，又恐瓊樓玉宇，高處不勝寒。起舞弄清影，何似在人間。　轉朱閣，低綺戶，照無眠。不應有恨，何事長向別時圓。人有離歡悲合，月有陰晴圓缺，此事古難全。但願人長久，千里共嬋娟。（《水調歌頭》）

秦觀之能合律，盡人知之。蔡伯世謂其『情詞相稱』，蘇氏獨許其郴州旅舍《踏莎行》詞：

霧失樓臺，月迷津渡。桃源望斷無尋處。何堪孤館閉春寒，杜鵑聲裏斜陽暮。　驛寄梅花，魚傳尺素。砌成此恨無重數。郴江幸自繞郴山，為誰流下瀟湘去？

89『飛』，原作『飛詞』，『詞』字衍，據《藝林月刊》刪。
90『始』，原作『示』，據《藝林月刊》改。
91『翠』，原作『柳』，據《藝林月刊》改。

周邦彥詞渾厚和雅，善於融化字句。周濟稱其：『思力獨絕千古，如顏平原書，雖未臻兩晉，而唐初之法，至此大備，後有作者，未能出其範圍。』又曰：『讀得清真詞多，覺他人所作，都不十分經意。』又曰：『鉤勒之妙，無如清真，他人一鉤勒便薄，清真愈鉤勒愈渾厚。』

正單衣試酒，悵客裏光陰虛擲。願春暫留，春歸如過翼，一去無跡。為問花何在？夜來風雨，葬楚宮傾國，釵鈿墮處遺香澤，亂點桃蹊，輕翻柳陌，多情最難追惜。但蜂媒蝶使，時叩窗槅。東園岑寂，漸蒙籠暗碧。靜繞珍叢底，成歎息。長條故惹行客，似牽衣待話，別情無極。殘英小，強簪巾幘。終不似、一朵釵頭顫嫋，向人欹側。漂流處，莫趁潮汐。恐斷紅尚有相思字，何由見得？（《六醜・薔薇謝後作》）

風老鶯雛，雨肥梅子，午陰佳樹清圓。地卑山近，衣潤費爐煙。人靜烏鳶[92]自樂，小橋外，新綠濺濺。憑闌久、黃蘆苦竹，疑泛九江船。　年年。如社燕。飄流瀚海，來寄修椽。且莫思身外，長近尊前。憔悴江南倦客，不堪聽急管繁弦。歌筵畔、先安枕簟，容我醉時眠。（《滿庭芳・夏日溧[93]水》）

黃庭堅，與秦觀齊名，所謂『秦七黃九』也。其詞實不逮淮海遠甚，但以豪放勝耳。

斷虹雨霽，淨秋空，山染修眉新綠。桂影扶疏，誰便道，今夕清輝不足？萬里清天，姮

92『鳶』，原作『鵝』，據《藝林月刊》改。
93『溧』，原作『漂』，據《藝林月刊》改。

娥何處？駕此一輪玉。寒光零亂，為誰偏照醽醁[94]。年少從我追遊，晚城幽徑，繞張園森木。醉倒金荷家萬里，難得尊前相屬。老子平生，江南江北，愛聽臨風曲。孫郎微笑，坐來聲噴霜竹。（《念奴嬌》）

山谷亦能作纏綿語，婀娜有二三分峭健，陳後山亟稱之。

鴛鴦翡翠，小小思珍偶。眉黛斂秋波，僅湖南山明水秀。娉娉裊裊，恰近十三餘，春未透，花枝瘦，正是愁時候。　尋芳載酒，肯落誰人後。只恐晚歸來，綠成陰青梅如豆。心期得處，每自不由人，長亭柳，君知否？千里猶回首。（《驀山溪·贈衡陽妓陳湘中》）

山谷尤喜為淫豔之詞，論者每以猥褻為病。總之其語句塵下處，蓋不減屯田三變也。又有一種拆字法入[95]詞者，如『女邊著子』『門裏排心』，直墜惡道矣！至有人以集古詩或括古詞為山谷病，此不獨山谷然也。兩宋詞人皆好為此，蓋一時風尚所趨，等於遊戲為之而已。晁補之，與山谷同時，其《琴趣外篇》，曲縟奇卓，不減耆卿高處，而[96]恰無塵下語。或者謂其似秦少游，則偶然矣！

謫宦江城無屋買，殘僧野寺相依[97]。松間藥臼竹間衣。水窮行到處，雲起坐看時。　一個幽禽緣底事，苦來醉耳邊啼。月斜西院愈聲悲。青山無限好，猶道不如歸。（《臨江仙·信

94『醽醁』，原闕，據《藝林月刊》補。
95『入』，原作『人』，據《藝林月刊》改。
96『而』，原作『四』，據《藝林月刊》改。
97『依』，原作『衣』，據《藝林月刊》改。

州作》）

陳師道，亦山谷同時，自謂詞不減秦七黃九，但其詩實勝於詞。

哀箏一弄湘江曲。聲聲寫盡湘波綠。纖指十三弦。細將幽恨傳。　當筵秋水漫[98]。玉柱斜飛雁。彈到斷腸時。春山眉黛低。（《菩薩蠻・箏》）

此種詞雖有深刻之思，警策之句，殊尠要眇低徊之致，直詩中之絕句耳，此蓋後山詞中傑作。若慢調更無可觀，嘗有『藏藏摸摸好事爭如莫』語，尚復成何詞句。後山有怪癖，行文時惡聞人聲，稚子抱寄鄰家，並貓犬亦逐去，得句歸臥，呻吟如病人，以十二月二十九日，窮餓竟死，可哀也。

賀鑄，即賀鬼頭是也，亦曰賀梅子，以《青玉案》收句『梅子黃時雨』得名。

淩波不過橫塘路，但目送芳塵去。錦瑟年華誰與度？月臺花榭，綺窗朱戶，唯有春知處。碧雲冉冉蘅皋暮，彩筆空題斷腸句。試問閑愁都幾許？一川煙草，滿城風絮，梅子黃時雨。（《青玉案》）

又曰『解唱江南斷腸句，只今惟有賀方回』，亦即指此詞換頭第二句也。方回不僅工於小詞，其慢詞之工，當時亦無能及之者。《六州歌頭》，幾於一句一韻，尤令鄉曲小生，見之咋舌。

厭鶯聲到枕，花氣動簾，醉魂愁夢相半。被惜餘薰，帶寬剩眼，幾許傷春春晚。淚竹痕鮮，佩蘭香老，湘天濃輭[99]。記小江風月佳時，屢約非煙遊伴。須[100]信鸞絃易斷，奈雲

98『漫』，原作『慢』，據《藝林月刊》改。
99『輭』，原闕，據《藝林月刊》補。
100『須』，原作『很』，據《藝林月刊》改。

和再鼓，曲終天遠。認羅襪[101]無蹤，舊處弄波清淺。青翰棹艤，白蘋洲畔，盡日臨高飛觀。不解寄一字相思，幸有歸來雙燕。（《望湘人・春思》）

少[102]年俠氣，交結五都雄。肝膽洞。毛髮聳。立談中。死生同，一諾千金重。推翹勇。矜豪縱。车蓋擁。聯飛鞚。斗城東。轟飲酒壚，春色浮寒甕。吸海垂虹。閒呼鷹嗾犬，白羽摘雕弓。狡穴俄空。樂忽忽。似黃粱[103]夢。辭丹鳳。明月共。漾孤篷。官冗從。懷倥傯[104]。落塵籠。簿書叢。鶡[105]弁如雲眾。供麤用。忽奇功。笳鼓動。漁陽弄。思悲翁。不請長纓，繫取天驕種。劍吼西風。恨登山臨水，手寄七弦桐。目送歸鴻。（《六州歌頭》）

論者謂：『東山詩文皆高，不獨工於長短句。』周保緒謂：『方回鎔景入情，故穠麗。』張文潛謂：『方回樂府，妙絕一時，盛麗如遊金張之堂，妖冶如攬嬙施之袪，幽潔如屈宋，悲壯如蘇李。』非過譽也。

同時毛滂[106]《東堂詞》，小令頗工。

淚濕闌干花著露，愁到眉峰碧聚。此恨平分取，更無言語[107]空相覷。　斷雨殘雲無意

101『襪』，原闕，據《藝林月刊》補。
102『少』，原作『小』，據《藝林月刊》改。
103『粱』，原作『夢』，據《藝林月刊》改。
104『傯』，原闕，據《藝林月刊》補。
105『鶡』，原闕，據《藝林月刊》補。
106『滂』，原作『謗』，據《藝林月刊》改。
107『語』，原闕，據《藝林月刊》補。

緒，寂寞朝朝暮暮。今夜山深處，斷魂分付潮回去。（《惜分飛》）

李清照論詞嚴刻，已如前所述。清照之詞，能運用最通俗、最粗淺之語，納之句中。論者謂練句精巧則易，平淡入調者難，清照皆以尋[108]常語入音律，如〈聲聲慢〉詞，前面連用『尋尋覓覓，冷冷清清，淒淒慘慘戚戚』十四疊字[109]，後面又用『梧桐更兼細雨，到黃昏點點滴滴』，運辭之巧，描寫之真，有不可思議者。

尋尋覓覓，冷冷清清，淒淒慘慘戚戚。乍暖還寒時候，最難將息。三杯兩盞淡酒，怎敵他、晚來風急？雁過也，正傷心，卻是舊時相識。滿地黃花堆積。憔悴損，如今有誰堪摘？守著窗兒，獨自怎生得黑？梧桐更兼細雨，到黃昏、點點滴滴。這次第，怎一個、愁字了得！（《聲聲慢》）

此詞精到處，誠有他人所萬不能及者，但通篇三用『怎』字，曁『守著窗兒』等句，已開元曲之漸，詞中不應有此纖佻句也。清照生當北宋之末，承端己、正中之遺緒，耳濡目染，又不外小山、淮海之間，慢詞實遜小令，又何可諱言耶？

髻子傷春慵更梳，晚風庭院落梅初。淡雲來往月疏疏。 玉鴨薰爐閑瑞腦，朱櫻斗帳掩流[110]蘇。通犀還解辟寒無？（《浣溪沙》）

108『尋』，原作『辱』，據《藝林月刊》改。
109『字』，原作『寒』，據《藝林月刊》改。
110『流』，原闕，據《藝林月刊》補。

薄霧濃雲愁永晝，瑞腦消金獸。佳節又重陽[111]，玉枕紗櫥，半夜涼初透。東籬把酒黃昏後，有暗香盈袖。莫道不銷魂，簾捲西風，人比黃花瘦。（《醉花陰·九日》）

『簾捲』兩句，人亟稱之，蓋易安居士生平之傑構，當與『寵柳嬌花』『綠肥紅瘦』並傳不朽，《醉花陰》詞，作於德甫守建康之日，時已泥馬渡江，『直把杭州作汴州』矣。

南宋詞人[112]，多於北宋，當為詞事最盛時代。高宗能詞，而又提倡群工，不遺餘力，見張掄詞，即命以知閤門事；見康與之詞，即官以郎中；見俞國寶詞，即予以釋褐，上有好者，下必有甚焉者矣。宗室能詞，趙鼎其最著者也。勳戚能詞，宰相能詞。若將帥能詞，辛棄疾尤能自成一家。

辛棄疾與易安居士為同鄉，少有恢復中原之志，曾上疏言百年治安大策，請創設飛虎營，為東南半壁屏障，軍成為江上諸軍之冠，屢擒殺叛將大盜，所作詞曲，多在兵間。

更能消幾番風雨，匆匆春又歸去。惜春長怕花開早，何況落紅無數。春且住，見說道天涯芳草無歸路。愁春不語，算只有殷勤，畫簷蛛網，盡日[113]惹飛絮。長門事，準擬佳期又誤。蛾眉曾有人妒。千金縱買相如賦，脈脈此情誰訴。君莫舞，君不見玉環飛燕皆塵土。閑愁最苦。休去倚危闌，斜陽正在，煙柳斷腸處。（《摸魚子》）

111『陽』，原作『場』，據《藝林月刊》改。
112『人』，原作『某』，據《藝林月刊》改。
113『日』，原作『田』，據《藝林月刊》改。

周保緒曰：『稼軒斂雄心，抗高調，變溫婉，成悲涼。』王阮亭曰：『石勒云：「大丈夫磊磊落落，終不學曹孟德、司馬仲達狐媚。」讀稼軒詞，當作如是觀。』毛子晉曰：『詞家爭鬥穠纖，而稼軒率易撫時之作，磊落英姿，絕不作妮子態。』以上所述，對於稼軒之詞，可謂譽之惟恐不至。平心而論，稼軒能於剪紅刻翠之外，異軍突起，屹然別立一宗，不可謂非宋詞中一大作家。正如東坡之詞，謂之不工不可，然終不能不以詞中別派視之也。余就詞論詞，不敢苟同，於稼軒詞，決不有所指摘。特是稼軒才大，斯能出其縱橫傲岸之豪氣，一一被之於詞，信手拈來，恰到好處。吾輩升斗之才，必欲效其豪縱，則亦等諸嫛婗舉鼎而已。

南宋[114]諸家，若姜夔、吳文英、史達祖、王沂孫、周密、張炎，即戈載選詞，合之北宋周邦彥，都為七家者也。後來浙派學堯章、叔[115]夏，而陽湖派極詆之，周保緒知夢窗矣。晚近高談北宋，力崇樂章，並片玉亦有微詞，大是怪事。

石帚清空，浙派所主，又醉心唐五代者，每不耐濃重幽澀，其於石帚，輒有相當之感應，所謂立意須超，造語須自然也。宋翔鳳曰：『詞家之有姜石帚，猶詩家之有杜少陵。』張炎亦曰：『石帚詞用事，不為所使。』而石帚自敘，有『初率意為長短句，然後協以律』之語，石帚通音律，精樂理，嘗作自度腔，其《白石道人歌曲》四卷，多注律呂於字旁，或且記拍，當時即負盛名，格調未嘗不高，音律自然和諧，其所長也。

114『宋』，原作『米』，據《藝林月刊》改。
115『叔』，原作『敘』，據《藝林月刊》改。

簟枕邀涼，琴書換日，睡餘無力。細灑冰泉，并刀破甘碧。牆頭喚酒，誰問訊城南詩客。岑寂[116]，高樹晚蟬，說西風消息。虹梁水陌，魚浪吹香，紅衣半狼藉。維舟試望，故國渺天北。可惜柳邊沙外，不共美人遊歷。問甚時同賦，三十六陂秋色。（《惜紅衣》）

空城曉角，吹入垂楊[117]陌。馬上單衣寒惻惻。看盡鵝黃嫩綠，都是江南舊相識。正岑寂[118]。明朝又寒食。強攜酒，小喬宅。怕梨花落盡成秋色。燕燕飛來，問春何在，唯有池塘自碧。（《淡黃柳》）

以上二詞，非石帚詞之膾炙人口者，然此等詞格律，自在《暗香》《疏影》之上，世人惟知《暗香》《疏影》，徒震其為自度曲耳。

《夢窗甲乙丙丁稿》，存詞甚富，尹惟曉謂宋人詞中，北宋只有清真，南宋只有夢窗。紀昀[119]謂：『詞家之有吳文英，亦如詩家之有李商隱。』此其對於夢窗，亦可謂譽之惟恐不至。張炎則對於夢窗，抨擊不遺餘力，其言曰：『夢窗詞為七寶樓臺，眩人眼目，拆碎下來，不成片段。』叔夏生丁南宋之末，力主清空，過宗石帚，其於夢窗，應有過情之毀，所謂宗派所在，桀犬殆不得不為無謂之狂吠歟！若周保緒列夢窗為四家之一，稱其『奇思壯采，騰天潛淵，返南宋之清泚，為北宋之濃摯』。此語字字貼切，非尹氏、紀氏之空言所可比擬。夢窗善於用典，而不為典所囿，

116『寂』，原作『寐』，據《藝林月刊》改。
117『楊』，原作『陽』，據《藝林月刊》改。
118『寂』，原作『寐』，據《藝林月刊》改。
119『昀』，原作『的』，據《藝林月刊》改。

工於用字面，而潛氣內轉，足以貫串之而不使散漫。惟其能運潛氣，故其思奇；惟其善於用典，而工於用字，故其采壯。南宋詞人，本有過纖過滑之通病，夢窗一洗其弊，歸於沉著，此固非張叔夏所能比肩，即同時行輩，若石帚徒以峭拔勝者，擬之古器，般匜簠簋之屬，終遜此大鼎豐碑之典重矣。

盤絲繫腕，巧篆垂簪，玉隱紺紗睡覺。銀瓶露井，彩箑雲窗，往往少年依約。為當時、曾寫榴裙，傷心紅綃褪萼。黍夢光陰，漸老汀洲煙箬[120]。莫唱江南古調，怨抑難招，楚天沈魄。薰風燕乳，暗雨梅黃，午鏡澡蘭簾幕。念秦樓、也擬人歸，應剪菖蒲自酌。但悵望、一縷新蟾，隨人天角。（《澡蘭香·淮安重午》）

翠微路窄，醉晚風，憑誰為整欹冠。霜飽花腴，燭消人瘦，秋光做也都難。病懷強寬。恨雁聲、偏落歌前。記年時舊宿淒涼，暮煙秋雨野橋寒。　妝靨鬢英爭豔，度清商一曲，暗墜金蟬。芳節多陰，蘭情稀會，晴暉稱拂吟箋。更移畫船。引佩環、邀下嬋[121]娟。算明朝、未了重陽，紫萸應耐看。（《霜花腴·重陽前一日汎[122]石湖》）

暮雲千萬重，寒夢家鄉遠。愁見越溪娘，鏡裏梅花面。　醉情啼枕冰，往事分釵燕。三月灞陵橋，心剪東風亂。（《生查子·稽山對雪有感》）

120「箬」，原闕，據《藝林月刊》補。
121「嬋」，原闕，據《藝林月刊》補。
122「汎」，原作「汛」，據《藝林月刊》改。

燈火雨中船，客思綿綿。離亭春草又秋煙。似與輕鷗盟[123]未了，來去年年。　往事一潸[124]然，莫過西園。淩波香斷綠苔錢。燕子不知春事改，時立秋千。（《浪淘沙》）

近時王鵬[125]運謂：『夢窗以空靈奇幻之筆，運沈博絕麗之才』。證諸以上所錄四詞，當然瞭然於心目間矣。詞也者，意內言外，精微要眇，往往片辭懸解，相餉於語言文字之外，鈍根人固難領悟，即浮燥膚淺，不耐沈思，亦未能索解於俄頃也。夢窗詞派，當時惟蔣捷學之差近。有清一代，朱綬為私淑弟子。若朱祖謀彊邨，尤得夢窗神髓，殆如李陽冰所謂『斯翁而後，直到小生』是也。

梅溪依附韓侂冑，人不足道，詞尚秀逸。周保緒曰：『梅溪甚有心思，而用筆多涉尖巧，非大方家數。所謂一鉤勒即薄者。』又曰：『梅溪詞中好用「偷」字，足以定其品格。』持論不免過苛。但梅溪詞品，實開浙派纖巧細碎之先聲。張叔夏最稱之，尤於其詠物詞，若《東風第一枝・詠雪》《雙雙燕・詠燕》之類，推崇備至。姜石帚序其詞亦云『融情景於一家，會句意於兩得』云云。姜、張與史，本屬同派，其標榜也固宜。至有謂梅溪可以『分鑣清真，平睨方回』，則直妄人也已。

二月東風吹客袂。蘇小門前，楊柳如腰細。蝴蝶識人遊冶地，舊曾來處花開未。　幾夜湖山生夢寐。萍泊尋芳，只怕春寒裏。今歲清明逢上巳，相思先到湔裙水。（《蝶戀花》）

123『盟』，原闕，據《藝林月刊》補。
124『潸』，原作『潛』，據《藝林月刊》改。
125『鵬』，原闕，據《藝林月刊》補。

此當為梅溪最佳之詞，風格遒俊，而造語無纖巧痕也。其膾炙人口之《雙雙燕》，則律韻未協，適足為不奉規律者所借口耳。南宋韓氏當國時，禁作詩，而於詞提倡不遺餘力，梅溪會逢其適，其工詞也，蓋假為投時利器而已。

碧山『能文工詞，琢語峭拔，有石帚意度』，此叔夏之言也。叔夏與碧山同時，碧山之死也，叔夏譜《鎖窗寒》詞，弔之玉笥山；又有《洞仙歌》，題其詞集。周保緒曰：『石帚之詞，空前絕後，匪特無可比肩，抑且無從入手，而能學之者，則惟中仙。其詞運意高遠，吐韻研和。其氣清，故無沾滯之音；其筆超，故有宕往之趣，是真石帚之入室弟子也。』保緒過崇石帚，宜為此言。平心論之，能不謂其誇張邪！然而碧山骨清神妍，意能尊體，其格調自在梅溪上。

晚寒竚立，記鉛輕黛淺，初識冰魂。紺羅襯玉，猶疑茸唾香痕。淨洗妒春顏色，勝小紅臨水湔裙。煙波遠，應憐舊曲，換葉移根。　山中去年人別，怪月悄風輕，閑掩重門。瓊肌瘦損，那堪燕子黃昏。幾片過溪浮玉，似夜歸深雪前村。芳夢冷，雙禽誤宿粉雲。（《露華·碧桃》）

小窗銀燭，輕鬟半擁釵橫玉。數聲春調清真曲。拂拂朱簾，殘影亂紅撲。　垂楊學畫蛾眉綠，年年芳草迷金谷。如今休把佳期卜。一掬春情，斜月杏花屋。（《醉落魄》）

碧山又有題草窗詞卷句曰『空留遺恨滿江南，相思一夜蘋花老』，為人傳誦。草窗之於碧山，猶之碧山之於叔夏也。草窗博聞多識，詞話持論頗精確，所輯《絕妙好詞》，採擷精華，無非雅音正軌。其詞獨標清麗，幾於上企夢窗，惜筆致微弱，未能超然遐舉。至其嚼蘂吹花，自能新妙，雖碧山未之或先也，西湖十景《木蘭花慢》十首，自以為絕工，其小序云：『詞不難[126]於作，而難於改。不難於工，而難於協。』其言是已。然草窗之詞，韻雜律乖者，往往而有，噫！此何說也？

重到西泠，記芳園載酒，畫舸橫笛。水曲芙[127]蓉，渚邊鷗鷺，依依似曾相識。年華易失，斷[128]橋幾換垂楊色。漫自惜、愁損庾郎，霜點鬢華白。　殘蛩露草，怨蝶寒花，轉眼西風，又成陳跡。歎如今、才消量減，樽前孤負醉吟筆。欲寄遠情秋水隔[129]，舊遊空在！憑[130]高望極斜陽，亂山浮紫，暮雲凝碧。（《秋霽·乙丑秋晚，同盟載酒為水月遊，商令初肅，霜風戒寒，撫人事之飄零，感歲華之搖落，不能不以之興懷。酒闌日暮，憮然成章》）

簾銷寶篆卷宮羅。蜂蝶撲飛梭。一樣東風，燕梁鶯戶，那處春多。　曉妝日日隨香輦，多在牡丹坡。花深深處，柳陰陰處，一片笙歌。（《少年遊》）

此等詞並無失律出韻之病，可謂有韶倩之色，綿邈之思矣。《少年遊》，擬梅溪者，實與梅溪相伯仲也。梅溪之尖纖，庶幾免矣。

叔夏之詞，有清一代，最所尊奉，宗姜張者，尤不敢苟有異論。周保緒謂其：『積穀作車，把纜放船，無開闊手段。』蓋叔夏之詞，清絕而已，深遠二字，終作不到。至其《詞源》一書，

126『難』，原作『雖』，據《藝林月刊》改。
127『芙』，原作『笑』，據《藝林月刊》改。
128『斷』，原作『段』，據《藝林月刊》改。
129『隔』，原作『陽』，據《藝林月刊》改。
130『憑』，原作『恁』，據《藝林月刊》改。

雖多膚淺語、門面語，震其名者，往往奉為圭臬，真耳食已。王靜庵所作《人間詞話》，有解頤語，曰：『玉田之詞，余取其詞中之語評之曰「玉老田荒」。』靜庵非知詞者，然此一語也，君房言語妙天下矣。

接葉巢鶯，平波卷絮，斷橋斜日歸船。能幾番遊？看花又是明年。東風且伴薔薇住，到薔薇、春已堪憐。更淒然，萬綠西泠，一抹荒煙。　當年燕子知何處？但苔深韋曲，草暗斜川。見說春愁，如今也到鷗邊。無心再續笙歌夢，掩重門、淺醉閑眠。莫開簾，怕見飛花，怕聽啼鵑。（《高陽臺·西湖春感》）

波暖綠粼粼，燕飛來，好是蘇堤纔曉。魚沒浪痕圓，流紅去，翻笑東風難掃。荒橋斷浦，柳陰撐出扁舟小。回首池塘青欲徧，絕似夢中芳草。　和雲流出空山，甚年年淨洗，花香不了。新綠乍生時，孤村路，猶憶那回曾到。餘情渺渺，茂陵觴詠如今悄。前度劉郎歸去後，溪上碧桃多少。（《南浦·春水》）

二詞並皆膾炙人口，張春水之稱，即以《南浦》一詞得名者也。論者謂：詞至宋末，久變靡靡之音，匪惟北宋風流，渡江已絕，即臨安風韻，亦已蕩然，蓋概乎其言之。叔夏浮光掠影，夫何辭其責耶！其他詞家，殆無能越此七家之範圍者。范成大與姜夔最契，其詞派與姜為近，錄其《醉落魄》一首：

棲烏飛絕。絳河綠霧星明滅。燒香曳簟眠清樾。花影吹笙，滿地淡黃月。　好風碎竹聲如雪，昭華三弄臨風咽。鬢絲撩亂綸巾[131]折。涼滿北窗，休共軟紅說。

高觀國與史達祖齊名，時稱高史。所謂梅溪、竹屋詞要是不經人道[132]語也。錄其《東風第一枝·壬戌立春日，訪梅溪雨中同賦》一首：

燒色回青，冰痕綻白，嬌雲先釀酥雨。縱寒不壓葭塵，應時已鞭黛土。東君[133]入夜，怕預惱詩邊心緒。意轉新，無奈吟魂，醉裏已題春句。　香夢醒、幾花暗吐。緣睡起幾絲偷舞。酒醅清惜重斟，菜甲嫩憐細縷。玉纖綵勝，願歲歲、春風相遇。要等得明日新晴，第一待尋芳去。

蔣捷之詞，於夢窗為近，周保緒置之辛稼軒附錄之下，殆以其有時似稼軒也。竹山詞中，似稼軒者，如『甚矣君狂矣。想胸中、些兒磊塊，酒澆不去。據我看來何所似，一似韓家五鬼。又一似楊家風子』，又如『鬢邊白髮紛如，又何苦招賓拿客歟』，此是敗筆，隨手寫來者。其實竹山詞，亦有婉約綺麗一派，而煉字調音，精深諧鬯。毛晉謂其：『語語纖巧，字字妍倩，有世說之靡，有六朝之隃。』是知竹山能煉字能調音，獨於夢窗之空際轉身，無此大神力耳。然其思力沈透，亦幾幾乎可以登夢窗之堂，而入室矣！

春愁怎畫。正鶯背帶雪，荼蘼花謝。細雨院深，淡月廊斜重簾掛。歸時記約燒燈夜。早

131『巾』，原作『中』，據《藝林月刊》改。
132『道』，原作『通』，據《藝林月刊》改。
133『君』，原作『居』，據《藝林月刊》改。

折盡、秋千紅架。縱然歸近風光，又是翠陰初夏。　婭姹[134]。顰青泣白，恨玉佩罷舞，芳塵凝榭。幾擬情人，付與香蘭、秋羅帕。知他墜策斜攏馬。在底處、垂楊樓下。無言暗擁嬌鬟，鳳釵溜也。（《絳都春》）

絲絲楊[135]柳紛紛雨，都在溟濛處。樓兒特小不藏愁，幾度和雲飛去覓歸舟。　天憐客子鄉關遠，借與花消遣。海棠紅近綠闌干，纔捲朱簾卻又晚風寒。（《虞美人》）

兩詞足證竹山思力。但其句中，如『怎畫』，如『溜也』，如『借與』，所以不免纖巧之誚也。陳允平與竹山齊名，和平溫婉，恰無健舉之筆，沈摯之思。周保緒謂：『書中有館閣體，《日湖漁唱》，殆詞中之館閣體也。』其言未免近謔，衡仲之詞，究不得不謂之雅而正，錄其《垂楊·懷古》一首：

銀屏夢覺。漸淺黃嫩綠，一聲鶯小。細雨輕塵，建章初閉東風悄。依然千樹長安道。翠雲鎖玉窗深窈。斷橋人空倚斜陽，帶舊愁多少。　還是清明過了。任煙縷露條，碧纖春嫋。恨隔天涯，幾回惆悵蘇堤曉。飛花滿地誰為掃。甚薄倖隨波縹緲。縱啼鵑不喚，春歸人自老。

姜、張，浙派之所從出也，故朱彝尊論詞，以姜氏為正宗。張惠言由碧山入手，知蔬荈[136]之味，而未足以饜大烹也。周氏知夢窗矣，過崇碧山，似猶習於陽湖派之緒論，庸可據為確論哉？余草此篇，本戈載之說，就七家詞多取論列，非謂宋人佳詞，僅在七家，亦非謂七家之詞，可以

134『姹』，原闕，據《藝林月刊》補。
135『楊』，原作『梅』，據《藝林月刊》改。
136『荈』，原闕，據《藝林月刊》補。

概括兩宋。又進夢窗而抑石帚、玉田，似左右於周氏之説者，其實不然，詳論七家，取其便初學耳。

宋詞浩如煙海，抉擇匪易，輓近淺識者流，且專取柳耆卿、黃山谷之詞涉猥褻者，選為專集，美其名曰『社會化』『平民化』。日以打倒古典派號於衆，以掩飾其儉腹，邪説縱横，王風蔓草，不亟覓捷徑，以急馳直驅者，詞學行且絶矣。

契丹文字與漢不同，能詩者亦尠，若詞之見於紀載者，僅懿德蕭皇后之《回心院》十首，體猶小令，無論列之價值也。

女真立國專尚武功，自與宋通和[137]，宋使被留者，以文化開其國，元好問《中州樂府》錄三十六人，完[138]顏璹[139]、完顏文卿外，皆漢人也。詞人自南來者，首為宇文虛中，《迎春樂》詞：『把酒祝東風，吹取人歸去。』吳激亦以奉使被留，《人月圓》詞：『江州司馬，青衫淚濕，同是天涯。』皆睠睠有故國之思，不啻庾蘭成之《哀江南》焉。若蔡松年父子，以綺麗勝。元好問詞深於用筆，精於鍊力，風流蘊藉，不減周秦，則張叔[140]夏之説也。《遺山樂府》，小令尤勝，『多情卻被無情惱，今夜還如昨夜長』，雋永之旨，詎在汴京諸公之下。

元人之詞，其先為遼金所遺，其後出於有宋，薩都剌自是此中健者。趙孟頫夫婦父子皆能詞。

137「和」，原作「知」，據《藝林月刊》改。
138「完」，原作「元」，據《藝林月刊》改。
139「璹」，原作「濤」，據《藝林月刊》改。
140「叔」，原作「淑」，據《藝林月刊》改。

似仲穆待制之詞，猶具興亡骨肉之感。若張翥《蛻巖詞》，世論推為元人之最著者，稱其有「飛鴻戲海，舞鶴遊天」之妙，茲錄其《多麗・西湖泛舟》一首：

晚山青。一川雲樹冥冥。正參差煙凝紫翠，斜陽畫出南屏。館娃歸、吳宮遊鹿，銅仙去漢苑飛螢。懷古情多，憑高望極，且將尊酒慰飄零。自湖上愛梅仙遠，鶴夢幾時醒。空留得六橋疏柳，孤嶼危亭。　待蘇堤歌聲散盡，更須攜妓西泠。藕花深雨涼翡翠，菰蒲軟風弄蜻蜓。澄碧生秋，鬧紅駐景，采菱新唱最堪聽。一片水天無際，漁火兩三星。多情月為人留照，未過前汀。

宋元人詞，至蛻巖而極盛，周旋曲折，純任自然，無一語可入北曲，其才力差薄，則時限之也。元世八十八年中，十等之分，儒列第九。詞曲取士之法，取曲而不取詞。元曲之名，與宋詞益盛，詞漱於元，又何怪乎！

明人之詞，尤不逮元。蓋明太祖以布衣得天下，果於殺僇，江湖月落，燕啄皇孫，十族何妨，讀書種子盡矣！仁宗而後，下訖啟禎，文風不振，程試之式，臺閣之體，經義論策，言不由中，更何暇研[141]討及於詞哉！樂府盛而詩衰，詞盛而樂府衰，北曲盛而詞衰，南曲盛而北曲亦衰，故明人小詞，其工者僅似南曲，間為北曲，不足觀。引近慢詞，率意而作，繪圖製譜，自誤誤人，自度各腔，去古彌遠，宋賢三昧，法律蕩然。第曰詞曲不分，其為禍猶未烈也，直謂之明代無詞，寧得謂之苛論邪！

141「研」，原作「妍」，據《藝林月刊》改。

王昶《明詞綜》外，吳衡照錄憲宗以迄呂福生詞為《明詞綜補》，佟世南錄明人詞為《東白堂詞選》。言明詞者，必首以楊慎、沈謙，此《詞律》所斥者，而其他可知矣。升庵所輯《百琲真珠》《詞林萬選》，不可謂非詞林大觀。又作《詞品》，頗具思力。其詞好用六朝麗字，似近而實遠。錄其《驪山溫泉》詞：

三郎少年客，風流夢，繡嶺蟲瑤環。漸嬌汗發香，海棠睡煖，笑波生媚，荔子漿寒。況此際曲江人不見，偃月望無端。羯鼓三聲，打開蜀道，霓裳一疊，舞破潼關。馬嵬西去路，愁來無會處，淚滿河山。空有羅囊遺恨，錦襪傳觀。歎玉笛聲沈，樓頭月下，金釵信杳，天上人間。幾度秋聲渭水，落葉長安。（《風流子》）

沈去矜列名於西泠十子[142]，填詞稱最，此《柳塘詞話》所云也。其實去矜工曲，又一家能詞，張倩倩其妻也，李玉照其繼妻也，沈宜修、沈靜專其女兄弟也，沈憲英其女也，葉小紈、葉紈紈、葉小鸞其女甥也，當時可謂閒氣所鍾矣。又謙曾作《詞韻》，於詞不為無功，詞之造詣，則時代限之也。錄其《清平樂・詠帶》一首。

香羅曾寄，小鳳蟠雲膩。誰識春來腰更細，賸得許多垂地。玉鉤移孔難尋，有時撚著沈吟。蹤跡可知無定，兩頭都結同心。

清代詞人之多，視兩宋殆尤過之，王昶《清詞綜》，訖於嘉慶初。王紹成《清詞綜二編》，訖於道光中。黃燮清《清詞綜續編》，訖於同治末。丁紹儀《清詞綜補編》，訖於清亡。所錄合三千

142「子」，原作「字」，據《藝林月刊》改。

人，可以觀其全矣。

清初人詞，多以明人為法。曹溶曰：『詞學失傳，越三百年。』蓋慨乎其言之矣！溶嘗搜集遺集，求之兩宋，崇爾雅，斥淫哇，浙西填詞家，為之一變。朱彝尊等復昌其說，以左右之。曹氏實啟浙派之先。時陳其年與朱彝尊齊名，朱失之碎，陳失之粗，然較之明人，自有上下牀之別焉。劉毓盤曰：『詞之有浙派，猶文之有桐城派也。浙派至厲鶚而盛，猶桐城派之盛於姚鼐也。』乾隆間，其別於桐城派，而為陽湖派者，惲敬倡之。同時於詞，其別於浙派，而為常州派者，則張惠言倡之，董士錫和以也，一時翕然無異辭。張氏論詞以立意為本，協律為末，周濟師之，以意內言外為說，所謂『以比興出之』，非一覽可盡也。

先是明人不明詞律，以意為之。清初，吳綺《選聲集》、賴以邠《填詞圖譜》，弊與明人同，萬樹病之，乃取歷代人詞，訖於元末，考其字句，別其異同，作《詞律》十二卷。其後淩廷堪《詞潔》，謂宋詞非四聲可盡。鄭文焯《詞學徵微》，極言四上競氣之妙，又萬氏所未見及者也。

周之琦論詞，不左右常、浙兩派。劉毓盤曰：『一字不苟，覺厲氏於律之疏也。一往而深，覺張氏於意之淺也。』而無所盡見者，亦曰：『文無古今，惟其是而已。』

嘉慶以來，詞學莫盛於吳，朱綬《知止堂詞》、沈傳桂《清夢庵詞》、沈彥曾《蘭素詞》、戈載《翠微雅詞》、吳嘉洤《儀宋堂詞》、王嘉祿《嗣雅堂詞》、陳彬華《瑤碧詞》，為吳中詞七子。戈氏精於律，於白石旁譜多所發明，其《詞林正韻》一書，尤足為詞人篋衍之需。朱氏於宋人獨尊夢窗，其詞固四明之嗣音也。

濃綠分橋，斷紅流浦，看春平倚危闌。玉舞珠歌，冶情不似前番。濛濛香霧垂楊濕，泛空波艇子蕭閑。恨無聊，三兩愁鴉，啼老荒灣。　塵蕪一片傷春色，問畫驄誰騁，寶勒雕鞍。除卻西湖，江南無此溪山。翠衫竚立銀樓角，怨天涯未有人還。定宵深，夢繞蘋花，絲雨催寒。

右朱仲潔《高陽臺》詞，題為《廢港沈春，層樓度暝，為畫中人傷別》。

鷺浴新涼，鷗盟舊夢，泫紅搖碧。載酒尋芳，清香沁瑤席。西風未老，還自媚歌裙遊屐。凝立。斜照晚煙，對一簑漁笛。　驚鴻瞥影，環佩珊珊，淩波素羅濕。吹簫柳外，舊曲采蓮識。可惜粉痕香露，不是故鄉秋色。問九峰螺黛，知否碧城消息。

右戈順卿《皇甫墩觀荷·惜紅衣》詞。兩氏以詞論，朱實勝戈遠甚，朱遒[143]上，戈庸濫。朱祖夢窗，能得其神。戈自謂源出清真，卻不免中行鄉願之誚。顧戈以律名，字字協律，此[144]鄭叔問之言也。黃燮清以曲名，而詞名不為所掩。陳元鼎與之齊名，元鼎字實庵，曾與龔定庵自珍訂忘年交，其於浙派，享名在譚獻之先。

放船好。正水泛新萍，煙熏細草。認那時樓閣，垂楊又青了。愔愔小院春如醉，花氣籠清曉。甚東風簸豔吹香，作成愁抱。　重省舊池沼。記前度吟秋，俊遊都老。滿地殘紅，苔徑更誰掃。湖山尚有閑鷗鷺，無事還尋到。最銷魂、一曲黃鶯樹杪。

143「遒」，原作「道」，據《藝林月刊》改。
144「此」，原作「以」，據《藝林月刊》改。

右韻珊《重過長豐山館·探芳訊》詞。

素書曾託。自雙魚去後，綠波綿邈。倩[145]燕鶯喚醒春魂，奈夢繞絲輕，淚淹花薄。鏡夕釵晨，總未抵而今離索。漸懨懨病裏，瘦減秋妝，嬾裏靈藥。　芳尊漫斟下若。悵星期暗數，偏遇張角。念宏郎少小工愁，便豔冶光陰，等閒拋卻。舊跡西園，已莫問紅蕤翠萼。況淒涼數聲杜宇，暮寒院落。

右實庵《解連環》詞，『和片玉韻』。黃氏《倚晴樓詞》，陳氏《鴛鴦宜福館詞》，陳氏又有《詞苑》《詞律補》二書。與查繼佐《古今詞譜》、舒夢蘭《白香詞譜》不同，彼疏於律，此則嚴於律也，惜六十字而外，未成而死，是在徐本立《詞律拾遺》、杜文瀾《詞律補遺》之先者。

蔣春霖以常州人而從浙派，《水雲樓詞》二卷，譚氏復堂謂：『咸同之際，天挺此才，為倚聲家老杜。』過譽也。然而張、周以來，朱、厲之餘，得此豈易言哉！

青溪流水宵嗚咽。青溪楊柳無枝葉。遠客莫相思。江南春信遲。　遲君隄上道。隄下多荒草。布穀雨聲中。野花腸斷紅。

右鹿潭《菩薩蠻》詞。

天際歸舟，悔輕與故園梅花為約。歸雁唬人空侯，沙洲共漂泊。寒未減東風又急，問誰管沈腰愁削。一舸青琴，乘濤載雪，聊共斟酌。　更休怨傷別傷春，怕垂[146]老心期漸非昨。

145「倩」，原作「清」，據《藝林月刊》改。
146「垂」，原作「乘」，據《藝林月刊》改。

彈指十年幽恨，損蕭娘眉萼。今夜冷，篷窗倦倚，為月明強起梳掠。恁奈銀甲秋聲，暗回清角。

右鹿潭《琵琶仙》詞，題為《五湖之志久矣，羈絏江北，苦[147]不得去，歲乙丑偕婉君泛舟黃橋，望見煙水，蓋念鄉土，譜白石[148]自度曲一章，以空侯按之，婉君曾經喪亂，歌聲甚哀》。此鹿潭詞之膾炙人口者，以清峭勝耳。

先蔣鹿潭而得名者，杭人項廷紀字[149]蓮生，有《憶雲詞》，宗派與水雲同，有『二雲』之目。譚獻浙人，所學固猶之乎朱厲也，有《篋中詞》，蓋隨時甄錄所見今古詞人之作，間以己意，評騭數語。其所著《復堂詞》，即附錄《篋中詞》之後。其言曰：『周美成云「流潦妨車轂」，又曰「衣潤費爐煙」。辛幼[150]安云「不知筋力衰多少，只覺新來懶上樓」。填詞者試於此消息之。』

零亂楊枝千萬縷。今日為萍，昨日還飛絮。禪榻鬢絲春又去，東風不伴閑花住。幾點繞簾梅子雨。潤到屏山，畫個江潭樹。門外天涯芳草暮，眉顰深淺渾無語。

右復堂《蝶戀花》詞，題為《水香龕餞春》。

有清一代，詞事盛矣。然而浙派自炫色采，常州獨逞才華，似是而非者比比也。三百年來，

147「苦」，原作「若」，據《藝林月刊》改。
148「石」，原作「人」，據《藝林月刊》改。
149「字」，原作「宗」，據《藝林月刊》改。
150「幼」，原作「炳」，據《藝林月刊》改。

互有消長。龔翔麟刻《浙西[151]詞》，浙派也。張惠言錄十二家詞，常州派也。吳中詞七子，則大為左右袒焉。乾嘉以後，訖於同治，詞變益工，於二雲詞可以徵之。光緒中葉，王鵬運半唐，鄭文焯叔[152]問，朱祖謀彊邨，況周儀夔笙[153]，力闢異說，校刊宋賢詞集至數十種，示學者以途徑，陳義益高，規制益嚴，而詞旨亦日益顯。《庚子秋詞》《鶩音集》《彊邨語業》《樵風樂府》，傳誦[154]徧海內。不二十年，而漚[155]社、春音社，迭興於海上矣！

余曩《詞學講義》一編，斷代言之，最錄詞集書目，以備學者研讀之選，論詞之語，頗病簡略。此編別述所述，不甚與之同也。輓近詞事，雲興霞蔚，會當綜輯其人其詞，更著於篇。庚午歲不盡十日，壽鑈並識。

151「西」，原闕，據1932年《藝林月刊》補。
152「叔」，原作「張」，據1932年《藝林月刊》改。
153「笙」，原作「生」，據1932年《藝林月刊》改。
154「誦」，原作「論」，據1932年《藝林月刊》改。
155「漚」，原作「滔」，據1932年《藝林月刊》改。

清詞研究

徐興業

徐興業（1917—1990），浙江紹興人。1937年畢業於無錫國學專修學校，在校期間研讀詩詞多受錢仲聯先生指導。後在上海任中學教員多年。1957年調上海市教育局研究室，1961年起擔任上海教育出版社歷史編輯，退休後執教於上海師範學院歷史系，主講宋金史。長篇歷史小說《金甌缺》曾獲茅盾文學獎。還著有《凝寒室詞話》《清代詞學批評家述評》《清詞研究》《作文法講習》等。

《清詞研究》全書凡三章：清詞概論、清詞流派、清詞人評傳，其中第三章清詞人評傳共評介從清初吳梅村、龔鼎孳至晚清朱彊村、況周頤等二十八位詞人。《清詞研究》原刊載於《蕙蘭》1934年第3期。

徐興業　清詞研究

目錄

一、清詞概論

詞之學，自五季迄清，千年之間，諸名公推轂揚波，蔚然由附庸而為大國矣。蓋衷有所鬱而不能泄者，以音聲舒之，以文辭傳之。故自《三百篇》而《離騷》，而漢魏六朝詩，而唐詩，莫非如此？至唐季樂府不能入律，古體近體詩不能歌，詞乃藉以生矣。允乎成肇麐之言也：『十五國風息而樂府興，樂府微而歌詞作。』（《唐五代詞選序》）及于兩宋，厥道始盛。自帝王至走卒，皆能作之。而汴京則以周邦彥、蘇東坡為之宗，南渡後以姜白石、吳夢窗為擅場。迨夫金元，斯學稍衰，僅能承其緒而勿墜，然一二名家，猶足與兩宋頡頏也。及逮明人，僅知《花間集》《草堂詩餘》二選，所作詞，非失之纖，即失於俚，詞學殆中絕焉。及其季世，華亭陳子龍臥子所作，直接唐人，纏綿淒遠，一掃當時窠臼，故評之者，以為《湘真閣詞》《江籬檻詞》能嗣響南唐二主矣。其後清代詞苑之盛，或為子龍之濫觴歟？

清初時，京師諸士大夫，雖依附新朝，猶眷懷故國，如吳偉業輩微有寄託，開其端矣。其後稱一時之宗者，有朱竹垞、陳其年。而同時有納蘭性德、顧貞觀，納蘭詞，纏綿婉約，尤稱作家。其餘則皆為竹垞、其年所籠罩，雖以厲太鴻之思力，猶不能自拔，惟錢塘項鴻祚篇旨清峻，托體甚高，蓋能上窺兩宋者也。餘若郭頻伽疏俊，而失之滑；林蠡槎精煉，而失之實。其後蔣春霖《水雲樓詞》，屈曲洞達，直而有致，曼而不靡，自稱名手。故譚仲修之言清詞也：『蔣鹿潭詞固清商變徵之聲，而流別甚正，家數頗大。與納蘭容若、項蓮生二百年中分鼎三足。咸豐兵事（指太平天國亂事），天挺此才，為倚聲家杜老。』或曰：『何以與成、項並提？』應之曰：『王漁洋、錢葆馚（華亭人，名芳標，葆馚其字也，有《湘瑟詞》）一流為才人之詞。張皋文（名惠言，倡常州派者）、張翰風（名琦，惠言弟也）、周止庵（名濟，字保緒）一派為學者之詞，惟三家為詞人之詞。』此清詞之大略也。

二、清詞派流

言清詞者有二派焉，一為浙派，一為常派。

浙派源于秀水朱竹垞，蓋承明詞之敝，而崇尚清靈，欲以救嘽緩之病，洗衍曼之隔也。以姜白石、張玉田為止境，不知有北宋。故竹垞作〔解佩令〕：『十年磨劍，五陵結客，把平生涕淚都飄盡。老去填詞，一半是空中傳恨，幾曾圍燕釵蟬鬢。不師秦七，不師黃九，倚新聲玉田差盡。落拓江湖，且吩咐歌筵紅粉，料封侯白頭無分。』其志趣可睹矣。而竹垞生平所最傾倒者厥為曹倦圃（名溶，字秋岳，秀水人，有《靜惕堂詞》）。嘗云：『余壯日從先生南游嶺表，西北至雲中，酒闌燈施，往往以小令、慢詞更迭唱和。有井水處，輒為銀箏、檀板所歌。念倚聲雖小道，當其為之，必崇爾雅，斥淫畦，極其能事，則亦足以宣昭六義，鼓吹元音。往者明三百祀，詞學失傳，先生搜輯遺集，余曾表而出之。數十年來，浙西填詞者，家白石而戶玉田，春容大雅，風氣之變，實由於此。』蓋家白石而戶玉田，百餘年來浙派莫不奉為圭臬。竹垞後至厲樊榭始立宗派，郭頻伽揚其波。而其蔽也碎，流於餖飣寒酸，至乾嘉時益敝。陽湖張惠言遂有常州派之立，以代焉。

張惠言字皋文，其弟翰風名琦，為詞以沉著醇厚為宗。襟抱學問，噴薄而出，一洗浙派蔓衍嘽緩形似南宋之習。以尊清真薄姜張為鵠的，深美閎約為旨。蓋詞學自明以來，惟知《草堂詩餘》及《花間》二選，及清初則崇南宋，支離破碎，固未及北宋之藩籬也。迨常州派成，而詞鵠始立，詞境始大。宗惠言而揚之者，為其甥董士錫，造微踵武，以為詞者，意內而言外，變風騷人之遺。同時有周濟者，治《晉書》，而納交于董士錫，而得其法焉。其論詞以為：『初學詞求空，空則靈氣往來。既成格調求實，實則精力彌滿。初學詞求有寄託，有寄託則表裡相宜，斐然成章。既成格調，求無寄託，無寄託，則指事類情，仁者見仁，知者見知。北宋詞，下者在南宋下，以其不能空，且不知寄託也；高者在南宋上，以其能實，且能無寄託也。南宋由下不犯北宋拙率之病，高不到北宋渾涵之詣。』蓋詞固宜拙，然須濟之以重以大，不可以率也，陳迦陵之病，即坐此。又曰：『詞，非寄託不入，專寄託不出，一物一事，引而伸之，觸類多通，驅心若遊絲之罥飛英，含毫如郢斤之斫蠅翼，以無厚入有間，既習已，意感偶生，假類畢達，閱載千百，謦欬弗違，斯入矣。賦情獨深，逐境必寤，醞釀日久，冥發妄中，雖鋪敘平淡，摹繢淺近，而萬感橫集，五中無主，讀其篇者，臨淵窺魚，意為魴鯉，中宵驚電，罔識東西，赤子隨母笑啼，鄉人緣劇喜怒，抑可謂能出矣。』濟論詞甚精，故為繁引之。其後有譚仲修本濟之旨而發揚之，同時又有王鵬運，稍後有朱彊村、況蘷笙者，並以深美閎約為歸，嚴其戒，以宋後詞不得瀏涉，其宗趣詳後《詞人評傳》。明乎清詞派別之嬗遞，始可知清詞焉。

三、清詞人評傳

一　吳偉業、龔鼎孳

吳偉業字駿公，號梅村，太倉人。明崇禎進士，嘗為東宮侍讀，入清為國子祭酒，年六十三歲卒。臨卒時，令人以僧服斂，題曰『詩人吳梅村之墓』，並作〔金縷曲〕，其下半闋曰：『故人慷慨多奇節。恨當年呻吟不斷，草間偷活。艾炙眉頭瓜噴鼻，今日須難決絕。早患苦重來千疊。脫屣妻孥非易事，竟一錢不值何須說。人世事，幾完闕。』人之將死，其言亦善，滄桑之慨，得無憮然耶。澹歸和尚嘗有詩貽梅村云：『十郡名賢請自思，座中若個是男兒。鼎湖難挽龍髯日，鴛水爭持牛耳時。哭盡冬青徒有淚，歌殘凝碧竟無詩。故陵麥飯誰澆收，贏得空堂酒滿巵。』詞中所謂故人慷慨多奇節，得非澹歸輩邪？顧其詩以風華著，詞以頑豔著。《四庫全書提要》云：『吳偉業《詩餘》二卷，韻協宮商，感均頑豔，允足接跡屯田，嗣音淮海。王士禛詩稱「白髮填詞吳祭酒」，亦非虛美。』尤侗云：『先生以詩名海內，其所譜《通天臺》及《臨春閣》《秣陵春》諸曲，尤膾炙人口，詞在季孟之間，雖不多作，要皆不乖風雅之致。』王漁洋云：『婁東祭酒，長短句能驅使南北史，為是體中獨創，且流麗穩貼，不徒直逼幼安（辛棄疾）。』蓋梅村詞風華流麗，雖非大家，要亦一時之彥矣。

浣溪紗　吳梅村

斷頰微紅眼半醒，背人蓦地下階行。摘花高處賭身輕。　細撥熏爐香繚繞，嫩塗吟紙墨欹傾。慣猜閒事為聰明。

滿江紅

沽酒南徐。聽夜雨，江聲千尺。記當年、阿童東下，佛狸深入。白面書生成底用，蕭郎裙屐偏輕敵。笑風流北府好談兵，參軍客。 人事改，寒雲白。舊壘廢，神鴉集。盡沙沉浪洗，斷戈殘戟。落日樓船鳴鐵鎖，西風吹盡王侯宅。任黃蘆苦竹打寒潮，漁樵笛。

採桑子

低頭一霎風光變，多大心腸，沒處參詳。做個生疏故試郎。 何須抵死推儂去，後約何妨，卻費商量。難得今宵是乍涼。

龔鼎孳字孝昇，號芝麓，合肥人。明崇禎進士，清刑部尚書，卒謚端毅，詞集名為《三十二芙蓉詞》。前人評其詞者，尤展成云：『先生詞如花間美人，自覺斌媚，當與宋子京（祁）「紅杏枝頭」，晏同叔（幾道）「桃花扇底」，並豔千古。』徐釚《詞苑叢談》有記芝麓事一則，錄之：龔定山尚書與橫波夫人（顧橫波）月夜泛舟西湖，作〈醜奴兒令〉四闋。自序云：『五月十四夜，湖風酣暢，月明如洗，繁星盡斂，天水一碧。偕內人系艇子於寓樓下，剝菱煮芡，小飲達曙。人聲既絕，樓臺燈火，周視悄然。惟四山蒼翠，時時滴入杯底。千百年西湖，今夕始獨為吾有，徘徊顧戀，不謂人世也。酒語情恬，因口占四調，以紀其事。子瞻有云：何地無月，但少閒人如吾兩人。予則謂何地無閒人，無事尋事如吾兩人者，未易多得爾。』詞云：

一湖風漾當樓月，涼滿人間。我與青山。冷澹相看不等閒。 藕花社榜疏狂約，綠酒朱顏。放進嬋娟。今夜紗窗可忍關。

木蘭掀蕩波光碎，人似乘潮。何處吹簫。輕逐流螢度畫橋。　白鷗睡熟金鈴悄，好是蕭條。多謝雙高。折簡明宵不用招。

情癡每與銀蟾約，見了銷魂。爾許溫存。領受嫦娥一笑恩。　戲拈梅子橫波打，越樣心疼。和月須吞。省得濃香不閉門。

清輝依約雲鬟綠，水作菱花。蘇小夭斜。不見留人駐晚車。　湖山符牒誰能管，讓與天涯。如此豪華。除卻芳樽一味賒。

2 朱竹垞、陳其年

朱竹垞名彝尊，字錫鬯，又號小長蘆釣師，秀水人。生有奇稟，十七歲棄舉子業，肆力于古學，凡天下有字之書，靡不披閱。故時人稱王漁洋才高，而學足以副之；朱學博，而才足以運之。康熙己未，詔開博學鴻詞科，其時以布衣除檢討者凡四人，而竹垞與焉。時王漁洋工詩，而疏于文；汪苕文工文，而疏於詩；閻百詩、毛西河工考證，而詩文皆次乘；惟竹垞兼有諸人之勝，而詞刻削雋永，尤稱大家。以康熙四十八年卒，年八十有一。所著有《江湖載酒集》二卷、《靜志居琴趣》一卷、《茶煙閣體物集》二卷、《蕃錦集》一卷。其論詞旨趣，以崇尚清空為歸，見於前論浙派者，不贅。所作詞，折而永，深而煉，故沈融穀評之曰：『句琢字煉，歸於醇雅，雖白石、梅溪（史達祖）諸家為之，無以過也。』李分虎曰：『竹垞詞雖多豔語，然皆一歸雅正。不若屯田《樂章》徒以香澤為工者，詞而豔，能如竹垞，斯可矣。』杜紫綸云：『竹垞詞神明乎姜史，刻削雋永，本朝作者雖多，莫有過焉者。』吳子律云：『竹垞自云，倚新聲玉田差近。其實玉田詞疏，竹垞詞謹嚴；玉田詞淡，竹垞詞精緻，殊不相類。竊謂小長蘆，擷有南宋人之勝，而其圓轉瀏亮應得力于樂笑翁（玉田號）耳。』又云：『竹垞詞有名士氣，淵雅深穩，字句密緻。』而譚復堂則以為『朱詞情深而傷於碎』，蓋竹垞以刻劃麗縟為長，而其蔽也，不能著意於境界，入於南宋，而不能出。要之，總為清初大家矣。

蝶戀花・揚州早春同沈覃九同賦

十里雷塘歌吹遠。柳巷人家，蘸水鵝黃淺。遊子春衣都未換。鈿車早已東城遍。　妝冷罷遮蟬雀扇。最恨微風，不放珠簾卷。斜露翠蛾剛半面。心飛玉燕釵頭顫。

百字令・偶憶

橫街南巷，記鈿車小小，翠簾齊揭。綠酒分曹人散後，心事低回潛說。蓮子湖頭，枇杷花下，結就同心結。明珠未解，朔風千里催別。　同是淪落天涯，青青柳色，爭忍先攀折。紅浪香溫圍夜玉，墮我懷中明月。暮雨空歸，秋河不動，虯箭丁丁咽。十年一夢，鬢絲今已如雪。

桂殿秋

思往事，渡江干。青娥低映越山看。共眠一舸聽秋雨，小簟輕衾各自寒。

陳維崧字其年，宜興人。明末四公子陳貞慧子。（四公子者，侯方域、冒襄、方以智及陳，以氣節文章鳴天下。）少奇穎，讀書過目成誦。十歲代祖于廷作楊忠烈像贊，當時諸名士激賞之。

性倜儻，視錢帛如土，每出遊饋遺，隨手盡，垂橐而歸，歸無資，急命質衣物供用，至無以可質。駢文及詞為海內推重。吳梅村有『江左三鳳凰』之目，謂其年及吳江吳漢槎、雲間彭古晉也。嘗自中州入都，偕朱竹垞合刻所著曰《朱陳村詞》，流傳入禁中，為清聖祖賜問。顧其年以名公子鳴天下，而落拓不得志，益鬱勃豪邁，怨咽處，殆可分屈平之席，一發於詞。《詞苑叢談》錄其（滿江紅）三闋，蓋志其失意不平也。錄一首曰：『柳黃羊宛，繪出傷心片幅。酸切處、短霜供爨，古煙供讀。觴弄於君何必怒，飄浮似我原堪哭。聽黃陵、磯畔夜深船，淒涼曲。梨園內，絲憎肉。田園內，花欺粟。更賚麻謗錦，葹餺讒菊。百隊錢刀爭作頌，一身風雅單為僕。倚酒悲、亂擊紫珊瑚，嗚如築。』涉筆騷怨嗚咽，所謂字字《離騷》屈宋心者。讀《湖海樓詞》知斯義，則思過半矣。曹秋嶽云：『其年與錫鬯並負軼世才，同舉博學鴻詞，其為詞亦工力悉敵，《烏絲》《載酒》，一時未易軒輊也。』譚仲修曰：『錫鬯、其年出，而本朝詞派始立。顧朱傷于碎，陳厭其率，流弊亦百年而漸變。錫鬯情深，其年筆重，固後人所難到。嘉慶以前，為二家牢籠者十居七八。』蓋朱詞格謹嚴，而陳詞豪邁，各如其人。其年以康熙己未（十八年）登鴻詞科，纂修《明史》，年五十四矣，越四年卒。有《湖海樓集·迦陵詞》三十卷。

夏初臨·本意

中酒心情，拆棉時節，瞢騰剛送春歸。一畝池塘，綠蔭濃觸簾衣。柳花攪碎晴暉，更晝梁玉剪交飛。販茶船重，挑筍人忙，山市成圍。　驀然卻想，三十年前，銅駝恨積，金谷人稀。劃殘竹粉，舊愁寫向闌西。惆悵移時，鎮無聊掐損薔薇。許誰知。細柳新蒲，都付鵑啼。

3　曹貞吉、尤侗、嚴繩孫、吳綺、毛奇齡、錢芳標、彭孫遹

曹貞吉字升六，號實庵，安丘人，仕至禮部員外郎，有《珂雪詞》二卷。朱竹垞云：『詞至南宋始工，斯言出，未有不大怪者，惟實庵舍人意與余合。今就詠物諸詞觀之，心摹手追，乃在中仙、叔夏、公謹之間，北宋自方回、美成外，慢詞有此幽細綿麗否。』按竹垞論詞，崇尚南宋，其指斥北宋處，固非篤論。然貞吉詞綿密，固可取也。《四庫全書簡明目錄》謂『《珂雪詞》寄託遙遠，風華掩映，實遠過其詩，蓋才性有所偏也』，允非虛譽。

天香・綠牡丹

國色凝香，露華垂檻，苔痕欲上階砌。不就輕黃，還成嫩碧，接葉交柯無二。石家金谷，供妙舞、珠珠濃睡。渲染春光好處，掩映一天空翠。　魚子暮雲微起。帶蕉窗、幾分涼意。阿誰是、眉黛遠峰如此。倒掛嶺南么鳳，莫藏影、花間覓花蕊。芳草成裀，碧旗碾試。

尤侗字展成，號西堂，長洲人，翰林院檢討，文章最得世祖賞識。嘗有以所著《讀離騷樂府》獻者，世祖讀而善之，令梨園子弟播之管弦，時人以比太白之〈清平調〉焉。卒年八十七，有《百末詞》二卷。同時曹貞吉評其詞曰：『悔庵（西堂別字）詞，流麗圓轉，如細管臨風，新鶯啼樹，至其感慨詼諧，流轉酒樓郵壁，又天然工妙，直兼蘇、辛、秦、柳諸長。』

水龍吟・楊花和東坡韻

捲簾但見飛花，何時開起何時墜。玉人如夢，隨風遊戲，幾多愁思。為問章台，青青在

否，宫眉應閉。剩蠻腰解舞，飄颻上下，還學三眠三起。分付雕梁燕子，好銜將、小巢縈綴。謝娘纖手，搓來捏去，團成復碎。忽地傷心，人間天上，落花流水。倩軟綿堪拭，此中洗面，只餘清淚。

嚴繩孫名蓀友，六歲能作徑尺字，以詩古文擅名，工書善繪事，尤精畫鳳。晚歲以詩文圖畫請者，概不應暇，輒掃地焚香而已，小詞尤精妙，厲樊榭論詞絕句曰：『閒情何礙寫雲藍，淡處翻濃我未諳。獨有藕漁工小令，不教賀老占江南。』況蕙風云：『《秋水詞》風格在梁汾（顧貞觀）、容若之間。』茲舉其小詞二首：

南歌子

積潤初消砌，輕陰尚覆城。薔薇花外度流鶯。卻道年來渾是不勝情。　青鏡人如昨，朱弦手盡生。斷腸天氣舊池亭。夢裡紅香清露泣三更。

雙調望江南

歌宛轉，風日度江多。柳結帶煙留淺黛，桃花如夢送橫波。一覺懶雲窩。　曾幾日，輕扇掩纖羅。白髮黃金雙計拙，綠陰青子一春過。歸去意如何。

吳綺字園次，號聽翁，江都人。貢生，嘗出守湖州，多惠政，廉得大盜所在，單舸擒而殲之。湖人稱之為三風太守，謂多風力，尚風節，高風雅也。時有僧大汕者，士人多與交，僕僕終日，園次諷之曰：『和尚應酬雜遝，何不出家。』其不羈也如此。有《藝香詞》一卷。《四庫全書提要》云：『吳綺詩餘最擅名，有「紅豆詞人」之號，以所作有「把酒祝東風，種出雙紅豆」句也。風流跌宕，亦可謂一時才士矣。』朱竹垞云：『園次之詞，選調寓聲，各有旨趣。其和平雅麗處，似陳西麓。』

清平樂・太湖

亂山青接，黏住吳和越。萬頃琉璃秋映徹。做作蘋風柳月。　煙波誰是吾徒。西風吹出鱸魚。斜日蕩將艇子，醉教桃葉相扶。

浣溪紗

吳苑青苔鎖畫廊，漢宮垂柳映紅牆。教人愁殺是斜陽。　天上無端催曉暮，人間何事有興亡。可憐燕子只尋常。

毛奇齡初名甡，字大可，浙江蕭山人。翰林院檢討。有《毛翰林集・填詞》六卷，靡曼婉曲。姜汝長稱之曰：『河右詞，其旨精深，其體溫麗，戶綱粘蟲，枕聲停釧。吹龠苦唇朱之落，夢歡愁臂紅之銷。腰慵結帶，時作縈回。鏡喜看花，暗相轉側。此真靡曼之瑋辭，夫豈纖庸之佚調。』

相見歡

倚床還繡芙蓉，對花叢，牽得絲絲柳線翠煙籠。　愁思遠，拋金剪，唾殘絨。羞殺鴛鴦銜去一絲紅。

錢芳標字葆馚，華亭人，內閣中書，有《湘瑟詞》四卷。其詞往復悱惻，芳香清麗，高處直接唐人，尤善融合唐詩雋語，雍容都雅，名滿海內，允推名家。

憶少年

小屏殘燭，小窗殘雨，小樓殘夢。銖衣已煙散，只蘅蕪香重。　錦瑟華年愁裡送。便淒涼、也無人共。傷心白團扇，畫秦娥簫鳳。

臨江仙

歷歷槿籬芳草徑，重來都是殘春。春光無恙客愁新。露桃花不見，何況倚花人。　翠鈿香微蟬鬢晚，當年幾遍逡巡。半篙溪水蹙魚鱗。夕陽叉手處，腸轉似車輪。

雙雙燕・逢長安舊歌者

記休休宴，喚宣武門西，蕊珠名部。丁香圻後，見慣白浮鳩舞。惆悵飛雲散去，似一枕鈞天欲曙。誰知落拓逢伊，又是江南春暮。　無數，青衫淚雨，對榻畔茶煙，鬢絲千縷。烏衣殘照，剩否翠襟雙語。聞說華榱易主，漸老卻、玄都千樹。贏得舊日何戡，莫唱渭城樂府。

彭孫遹字駿孫，號羨門，海鹽人，順治己亥進士，康熙十八年舉博學鴻詞科，同時有朱竹垞、陳其年等，而駿聲為首選，工詩，與王漁洋齊名，時號『彭王』。尤工詩餘，漁洋稱之謂近今第一詞人。有《延露詞》三卷，及《詞藻》。嚴繩孫云：『羨門驚才絕豔，長調數十闋，固堪獨步江左。至其小詞，啼香怨粉，怯月淒花，不減南唐風格。』時人因推其詞在錢湘瑟之上云。

宴清都・螢火

四壁秋聲靜，疏簾外、數點飛來破暝。輕沾葉露，暗棲花蕊，亂翻銀井。有時團扇驚回，又巧坐、人衣相映。空自抱、熠燿微光，願增照金樞景。　幾番去傍深林，來穿小幔，高低不定。隨風欲墮，帶雨猶明，流輝耿耿。隋家宮苑何在，腐草於今無片影。向山堂且伴幽人，琴書清冷。

柳梢青

何事沉吟，小窗斜日，立遍春陰。翠袖天寒，青衫人老，一樣傷心。　十年舊事重尋，回首處、山高水深。兩點眉峰，半分腰帶，憔悴而今。

生查子

薄醉不成鄉，轉覺春寒重。鴛枕有誰同，夜夜和愁共。　夢好卻如真，事往翻如夢。起立悄無言，殘月生西弄。

4 吳漢槎、顧貞觀、納蘭性德

吳兆騫字漢槎，吳江人。童時作瞻賦，累千餘言，長繼復社主盟，才名動一世。順治丁酉領鄉薦，以科場事中蜚語，被斥，流徙尚陽堡二十餘年。一時名士，多為之營救。而顧貞觀、納蘭性德、徐健庵輩尤力，卒捐金贖還之。著有《秋笳集》。在戍所嘗有〈念奴嬌〉一闋，譚仲修評云：『其氣不怯，宜乎生還。』

念奴嬌・家書至有感

牧羝沙磧，待風鬟、喚作雨工行雨。不是垂虹，亭子上、休盼綠楊煙縷。白葦燒殘，黃榆吹落，也算相思樹。空題裂帛，迢迢南北無路。　消受水驛山程，燈昏被冷，夢裡偏叨絮。兒女心腸，英雄淚，抵死偏縈離緒。錦字閨中，瓊枝海上，辛苦隨窮戍。柴車冰雪，七香金犢何處。

絕塞萬里，窮驛千程。望故鄉兮何處，思舊友兮潸然。讀其詞可哀其志矣。

顧貞觀字華峰，號梁汾，無錫人。國史院典籍，有《彈指詞》三卷。世以與納蘭性德並稱。然納蘭詞之風華秀逸，非所企及也。杜紫綸云：『《彈指詞》極情之至，出入南北兩宋，而奄有眾長。』況蕙風云：『容若與梁汾交誼甚深，詞亦齊名，而梁汾稍不逮容若，論者曰失之脆。』其致吳漢槎〔金縷曲〕二首，情辭悱惻，使人增朋友之重，可以興也。而詞體亦初創，為前人所未有。

金縷曲・寄吳漢槎

季子平安否。便歸來，生平萬事，那堪回首。行路悠悠維慰藉，母老家貧子幼。記不起，從前杯酒。魑魅搏人應見慣，總輸他，覆雨翻雲手。冰與雪，周旋久。　淚痕莫滴牛衣透。數天涯，依然骨肉，幾家能夠。比似紅顏多命薄，更不如今還有。只絕塞，苦寒難受。廿載包胥承一諾，盼烏頭馬角終相救。置此劄，君懷袖。

我亦飄零久。十年來，深恩負盡，死生師友。宿昔齊名非忝竊，試看杜陵消瘦。曾不減，夜郎潺愁。薄命長辭知己別，問人生，到此淒涼否。千萬恨，為君剖。　兄生辛未吾丁丑。共些時，冰霜摧折，早衰蒲柳。詞賦從今須少作，留取心魂相守。但願得，河清人壽。歸日急翻行戍稿，把空名料理傳身後。言不盡，觀頓首。

南鄉子・擣衣

嘹唳夜鴻鳴，葉滿階除欲二更。一派西風吹不斷，秋聲。中有深閨萬里情。　廊上月華明。廊下霜華結漸成。今夜戍樓歸夢裡，分明。人在回廊曲處迎。

踏莎美人・六橋

濕翠群山，柔絲幾樹，當年傾國曾來處。前溪溪畔是誰招，覓個藕花叢裡暫停橈。　煙靄橫空，露華如雨，催歸卻訝舟人語。西南風緊上輕潮，待得月明同倚水仙橋。

納蘭性德原名成德，以避諱故，改之，字容若。生於順治十一年，其先為葉赫部，父明珠在康熙時官太傅。性德以十七歲補諸生，貢入太學，授三等侍衛。出入扈從，因得隨聖祖遊海子沙河，遠至張家口外、五臺山、盛京等地。詞集中有塞邊詞者，蓋身歷之境也。後進為一等侍衛。顧性德不喜拘束，既為侍衛，處於宮禁，頗鬱鬱不歡，卒於康熙二十四年，僅三十一歲，有《飲水》《側帽》集。生平愛交遊，所交如無錫顧貞觀、吳江吳漢槎、慈溪姜宸英，皆一時名士。漢槎之被謫也，亟力以營救之，其尚風義如此。所作詞哀感頑豔，淒婉處，令人泫然以泣，不尚門戶宗派，一抒其幽衷，所謂純任性靈，纖塵不沾者。且推為有清第一詞人焉。『以成容若之貴，項蓮生（即項鴻祚）之富，而填詞皆幽豔哀斷。』前人曾以此致疑，而解之以其詞云『不是人間富貴花』，所謂別有懷抱者也。其情摯，其辭清，《悼亡》諸作，直堪接武安仁、微之。人言黃門善述哀，當移以評納蘭詞，而小詞俊逸清新，鬱然如名花美錦。

青衫濕・悼亡

近來無限傷心事，誰與話長更。從教分付，綠窗紅淚，早雁初鶯。　當時領略，而今斷送，總負多情。忽疑君到，漆燈風颭，癡數映星。

金縷曲・亡婦忌日有感

此恨何時已。滴空階、寒更雨歇，葬花天氣。三載悠悠魂夢杳，是夢久應醒矣。料也覺、人間無味。不及夜台塵土隔，冷清清、一片埋愁地。釵鈿約，竟拋棄。　重泉若有雙魚寄。好知他、年來苦樂，與誰相倚。我自中宵成轉側，忍聽湘弦重理。待結個、他生知己。還怕兩人俱薄命，再緣慳、剩月零風裡。清淚盡，紙灰起。

沁園春

丁巳重陽前三日，夢亡婦淡妝素服，執手哽咽，語多不復能記。但臨別有云：『銜恨願為天上月，年年猶得向郎圓。』婦素未工詩，不知何以得此也，覺後感賦。

瞬息浮生，薄命如斯，低徊怎忘。記繡榻閒時，並吹紅雨。雕闌曲處，同倚斜陽。夢好難留，詩殘莫續，贏得更深哭一場。遺容在，只靈飆一轉，未許端詳。　重尋碧落茫茫。料短髮、朝來定有霜。便人間天上，塵緣未斷，春花秋葉，觸緒還傷。欲結綢繆，翻驚搖落，減盡荀衣昨日香。真無奈，倩聲聲簷雨，譜出回腸。

青衫濕（按此調為其自度）・悼亡

青衫濕遍，憑伊慰我，忍便相忘。半月前頭扶病，剪刀聲、猶共銀釭。憶生來、小膽怯空房。到而今、獨伴梨花影，冷冥冥、盡意淒涼。願指魂兮識路，教尋夢也回廊。　咫尺玉鈎斜路，一般消受，蔓草斜陽。判把長眠滴醒，和清淚、攪入椒漿。怕幽泉、還為我神傷。

道書生薄命宜將息，再休耽、怨粉愁香。料得重圓密誓，難盡寸裂柔腸。

欷歔纏綿，徘徊往復。所謂『聲聲掩抑弦弦思』者。又有《簡顧梁汾時方為吳漢槎作歸計》一首，可知其交誼之篤也。

金縷曲

灑盡無端淚。莫因他、瓊樓寂寞，誤來人世。信道癡兒多厚福，誰遣偏生明慧。莫更著、浮名相累。仕宦何妨如斷梗，只那將、聲影供群吠。天欲問，且休矣。　情深我自拚憔悴。轉丁甯、香憐易爇，玉憐輕碎。羨殺軟紅塵裡客，一味醉生夢死。歌與哭、任猜何意。絕塞生還吳季子，算眼前、此外皆閒事。知我者，梁汾耳。

《詞苑叢談》錄其題梁汾《側帽投壺圖》：『德也狂生耳。偶然間，淄塵京國，烏衣門第。有酒惟澆趙州土，誰會成生此意。不信道、遂成知己。青眼高歌俱未老，向尊前、拭盡英雄淚。君不見，月如水。　共君此夜須沉醉。且由他、娥眉謠諑，古今同忌。身世悠悠何足問，冷笑置之而已。尋思起、從頭翻悔。一日心期千劫在，後身緣，恐結他生裡。然諾重，君須記。』並謂：『詞旨嶔崎磊落，不啻坡老、稼軒，都下競相傳寫，於是教坊歌曲間，無不知有《側帽詞》者。』又云：『《側帽詞》有題西郊馮氏園看海棠（浣溪紗）韵：「誰道飄零不可憐，舊遊時節好花天。斷腸人去自今年。　一片暈紅才著雨，幾絲柔綠乍和煙。倩魂銷盡夕陽前。」王儼齋以為柔情一縷，能令九轉腸回，雖山抹微雲君（秦觀）不能道也。』其小詞清麗淒惋，多如斯類，更引數闋。

蝶戀花・送客

眼底風光留不住，和暖和香，又上雕鞍去。欲倩煙絲遮別路，垂楊那是相思樹。惆悵玉顏成間阻，何事東風，不作繁華主。斷帶依然留乞句，斑騅一系無尋處。

蕭瑟蘭成看老去，為怕多情，不作憐花句。閣淚倚花愁不語，暗香飄盡知何處。重到舊時明月路，袖口香寒，心比秋蓮苦。休說生生花裡住，惜花人去花無主。

又到綠楊曾折處，不語垂鞭，踏遍清秋路。衰草連天無意緒，雁聲遠向蕭關去。不恨天涯行役苦，只恨西風，吹夢成今古。明日客程還幾許，沾衣況是新寒雨。

譚復堂評之曰：『勢縱語咽，淒澹無聊，延巳（馮延巳）、六一（歐陽修）而後，盡見湘真（陳子龍）。』非虛譽也。顧梁汾評其詞曰：『容若詞一種淒惋處，令人不能卒讀，人言愁，我始欲愁。』陳其年云：『《飲水詞》哀感頑豔，得南唐二主之遺。』丁彭云：『容若填詞，有《飲水》《側帽》二本，大約於尊前馬上得之，讀之如名花美錦，鬱然而彩。又如太液波澄，明星皎潔。』聶晉人云：『容若為相國才子，少工填詞。香豔中更覺清彩，婉麗處又極俊逸。真所謂筆華四照，一字動移不得者也。』周稚圭云：『或言納蘭容若南唐後主李重光後身也。予謂重光天籟也，恐非人力所及。容若長調，多不協律；小令則格高韻遠，極纏綿婉約之致。能使殘唐墜緒，絕而復續。第其品格，殆叔原、方回之亞乎。』況蕙風云：『容若為國初第一詞人，其詞純任性靈，纖塵不沾，甘受和，白受采。進於沉著渾至，不難矣。』故言清詞者，當推容若為首云。

附朱彊村論清詞（望江南）一闋（書《飲水詞》後）

蘭錡貴，肯作稱家兒。解道紅羅亭上語，人間寧知《小山詞》。冷暖自家知。

5 厲太鴻、郭頻伽、林蠡槎

厲太鴻名鶚，號樊榭，錢塘人。康熙五十九年舉人。乾隆元年薦舉博學鴻詞，有《樊榭山房集》。性情孤峭，義不苟合。耽於書，嘗以孝廉需次縣令，將入京，道經天津，查蓮坡留之水西莊，觴詠數月，同撰周公謹《絕妙好詞箋》，遂不就選而歸。揚州馬秋玉兄弟，延為上客。嗣後往來竹西者凡數載，馬氏小玲瓏山館，多藏舊書善本，因得端居搜討，學以益博。其先世家於慈溪，故以四明山樊榭為號，以乾隆十七年卒。其詞思力深邃，辭意俱徹，為浙派砥柱焉。徐紫珊評其詞云：『樊榭詞生香異色，無半點塵土煙火氣，如入空山，如聞流泉，真沐浴白石、梅溪而得之者。』陳玉幾云：『樊榭詞清真雅正，超然神解，如金石之有聲，而玉之聲清越。如草木之有花，而蘭之味芬芳。』趙意田云：『《琴雅》一編，節奏精微，輒多弦外之響，是謂以無累之神，合有道之器者。』譚復堂評云：『太鴻思力，可到清真，苦為玉田（張叔夏）所累。』又云：『填詞至太鴻，真可分中仙、夢窗之席，世人爭賞其餖飣寒弱之作，所謂微之識碔砆也。』而朱彊村題《樊榭詞集》後之〈望江南〉有微詞焉，蓋取徑宗派不同也：『南湖隱，心折小長蘆（竹垞自號小長蘆釣師）。拈出空中傳恨語，不知探得頷珠無。神悟亦區區。』平心論之，樊榭詞能入於南宋而不及北宋，有頓挫跌宕之致，而無渾成自然之詣，樊榭之病坐此，而浙派之病亦坐此，故不得長主詞壇焉。

齊天樂・秋聲館賦秋聲

簟淒燈暗眠還起，清商幾處催發。碎竹虛廊，枯蓮淺渚，不辨聲來何葉。桐飆又接。盡吹入潘郎，一簪愁髮。已是難聽，中宵無用怨離別。陰蟲還更切切。玉窗挑錦倦，驚響簷鐵。漏斷高城，鐘疏野寺，遙送涼潮嗚咽。微吟漸怯。訝籬豆花開，雨篩時節。獨自開門，滿庭都是月。

百字令·月夜過七里瀧

秋光今夜，向桐江，為寫當年高躅。風雪皆非人世有，自坐船頭吹竹。萬籟生山，一星在水，鶴夢疑重續。拏音遙去，西岩漁父初宿。心憶汐社沉埋，清狂不見，使我形容獨。寂寂冷螢三四點，穿過前灣茅屋。林靜藏煙，峰危限月，帆影搖空綠。隨流飄蕩，白雲還臥深谷。

揚州慢·廣陵芍藥

疏雨催妍，稚寒凝態，天涯相見魂銷。問春歸幾日，未盡減春韶。算亭北、新妝老去，不多風露，暗展輕綃。送杯中、婪尾香心，欲話無聊。鵝黄初試，記當年、曾識煙苗。奈月幌低籠，雲階斜倚，夢到迢迢。除卻謝郎俊句，無人與、淺黛深描。想難禁擕贈，離情都在紅橋。

郭麐字祥伯，號頻伽，吳江人。所著有《靈芬館詞》三種，為《蘅夢詞》《浮眉樓詞》《懺餘綺語》各二卷，疏俊名貴，少年最喜讀之。其自序詞集云：『余少喜為側豔之辭，以《花間》為宗，然未暇工也。中年以往，憂患鮮歡，則益討沿詞家之源流，藉以陶寫阨塞，寄託清微，遂有會于南宋諸家之旨。為之稍多，其於此事，不可謂不涉其藩籬者也。春鳥之啾啁，秋蟲之流喝，自世人之觀，似無足以悅耳目者，而蟲鳥之懷，亦自其胸臆間出，未易輕棄也。」蓋其論詞一以南宋為本者。故譚復堂評云：『南宋詞敝屑瑣餖飣，朱、厲二家，學之者流為寒乞。枚庵（吳翌鳳）高朗，頻迦清疏，浙詞為之一變。而郭詞則疏俊，少年尤喜之。予初事倚聲，頗以頻伽名雋，樂於風詠。繼而微窺柔厚之旨，乃覺頻伽之薄。又以詞尚深澀，而頻伽滑矣。』陳鴻壽曰：『頻伽少習倚聲，長嫻詩教，走馬磩碻塞上，沽酒烏丸城邊，迴腸盪氣，搖曳情靈，既而端憂多暇，雜以變徵。』蓋雋朗為頻伽之長，然而薄矣。

疏影・燭淚

珠啼玉泣，向畫筵深夜，相對愁絕。今世紅紅，宿世蟲蟲，生平最惜離別。風簾露席隨開降，判滴滿、爛銀荷葉。算苦心、未是灰時，肯怕界淺紅頰。　便与紗籠護取，也應護不到，將炧時節。苦憶高樓，綢户曈曨，照見粉痕明滅。羅襦低解聞薌澤，有誰問、階前堆積。只淒然、擁髻人人，愁涴石榴裙褶。

臺城路・同嚴丈歷亭游舒氏園作

薄陰不散霜飛早，園林深貯秋意。水木清蒼，陂陀高下，淡與暮雲無際。紅泥亭子。占一角孤城，七分煙水。最愛疏疏，竹竿萬個滴寒翠。　年來俊侶都散，便登山臨水，只憑蕉萃。倦柳攀條，清流照鬢，暗老悲秋身世。荒寒如此。又畫角聲中，夕陽垂地。樹樹西風，暮鴉寒不起。

憶蘿月

雨斜風細，沉坐春寒裡。一樹小梅花謝矣。又是落燈天氣。　閑中獨自支頤。暗中苦自尋思。驀地有人看見，低頭兜上鞋兒。

林蕃鍾字毓奇，號蠡槎，華亭教諭。有《蘭葉詞》一卷。其詞以精煉勝。沈相威云：『蠡槎有《精選南宋四家詞》，以石帚、玉田為宗，而旁及於草窗（周密）、梅溪（史達祖）。故煉句研詞，自能超越凡近。』

南浦·題范青照《蒼茫獨立圖》

薄霧散愁陰，愛清幽池閣，霽痕初曉。殘葉下西風，芳堤外、一徑冷煙未掃。微茫遠渚，參差幾點賓鴻小。回首碧天空闊處，好景偏憐秋老。　此時獨立蒼茫，想杜陵老去，吟悰頻惱。有幾古今愁，凝淚眼、彈與露花霜草。蒼苔踏遍，斜川境僻無人到。最是多情留客住，一片疏林殘照。

探花慢·送陶淨蘅歸

潮落沙平，水回曲岸，新愁都入南浦。草色分涼，蘋香吹晚，秋滿畫橈移處。日暮鄉心急，料殘夢寒飆隨去。相思立盡河橋，夕陽還在高樹。　長恨相如遊倦，奈水色山光，佳約偏阻。寶瑟聲淒，古琴塵滿，君去不堪重撫。次第探芳信，謾冷落古人樽俎。甚日相逢，一蓑湖上煙雨。

6 項鴻祚

項鴻祚原名繼章，字蓮生，錢塘人，道光時舉人。有《憶雲詞甲乙丙丁稿》。其《乙稿·自序》云：『近日江南諸子，競尚填詞，辨韻辨律，翕然同聲，幾使姜、張（白石、玉田）頫首。及觀其著述，往往不逮所言。』又《丁稿・自序》云：『不為無益之事，何以遣有涯之生。』觀此可知其旨趣矣。黃韻甫云：『《憶雲詞》古豔哀怨，如不勝情，猿啼斷腸，鵑淚成血，不知其所以然也。』譚復堂云：『蓮生，古之傷心人也！盪氣迴腸，一波三折，有白石之幽澀而去其俗，有玉田之秀折而無其率，有夢窗之深細而化其滯，殆欲前無古人。』又云：『以成容若之貴，項蓮生之富，而填詞皆幽豔哀斷，異曲同工，所謂別有懷抱者也。』又云：『杭州填詞為姜張所縛，百年來，屈指惟項蓮生有真氣耳。』

有清百餘年來詞家，朱竹垞失之碎，陳其年失之率，容若哀怨豔玩，然無項蓮生之澀也。況蕙風主作詞宜重拙大，有清詞人能臻斯境者，蓮生一人而已。

湘月

壬午九月，避喧于南山之甘露院，就泉分茗，移枕看山，相羊浹旬，塵念都淨。出院不百步，越小嶺，即虎跑也。嘗月夜獨遊，清寒特甚，賦〔念奴嬌〕鬲指聲一闋紀之。

繩河一雁，帶微雲澹月，吹墮秋影。風約疏鐘，似喚我同醉寺橋煙景。黃葉聲多，紅塵夢斷，中有檀欒徑。空明積水，詩愁浩蕩千頃。　乘興欲叩禪關，殘螢幾點，颭寒星不定。清夜湖山，肯付與詞客閑來消領。跨鶴天高，盟漚緣淺，心事塘蒲冷。朔風狂嘯，滿林宿鳥都醒。

揚州慢・廣陵再次

脫葉辭螢，涼波送雁，系船野岸疏林。望重城靜鎖，聽斷續寒砧。且隨分江湖落拓，二分明月，閑到如今。謾多情、紅袖琵琶，彈破愁吟。竹西舊館，太荒寒休去登臨。縱畫舫垂燈，朱欄喚酒，都是傷心。我亦風流秦七，青樓遠，有夢難尋。剩隋堤楊柳，吴霜染得秋深。

減字木蘭花·春夜聞隔牆歌吹聲

闌珊心緒，醉依綠琴相伴祝。一枕新愁，殘夜花香月滿樓。繁笙脆管，吹得錦屏春夢遠。只有垂楊，不放秋千影過牆。

清平樂

水天清話，院靜人消夏。蠟炬風搖簾不下，竹影半牆如畫。醉來扶上桃笙，熟羅扇子涼輕。一霎荷塘過雨，明朝便是秋聲。

附朱彊村〔望江南〕題項鴻祚集：

無益事，能遣有涯生。自是傷心成結習，不辭累德為閒情，茲意托平生。

7　周濟、周稚圭、汪潮生、鄧廷楨、趙對澂

乾嘉以來浙派籠罩詞壇，而敝益深，於是張惠言、張琦有常州派之立。顧二張僅能啟其緒，不能言其精。雖奧窔已開，而町畦未辟也。能宗其旨而大者，厥惟周保緒乎！保緒名濟，一字介存，號未齋，晚號止庵，荊溪人，淮安府教授。有《味雋齋詞》。其論詞旨趣，略見於前，顧其所作詞，亦精煉遒密。譚復堂評云：『止庵詞精密純正，與茗柯（張惠言）把臂入林。』然二人之

詞，所謂學人之詞，非語于性靈者也，各錄一二。

相見歡張惠言

年年負卻花期，過春時，只合安排愁緒送春歸。　梅花雪，梨花月，總相思。自是春來不覺去偏知。

木蘭花慢·遊絲同舍弟翰風作**張惠言**

是春魂一縷，銷不盡，又輕飛。看曲曲回腸，愁儂未了，又待憐伊。東風幾回暗剪，盡纏綿、未忍斷相思。除有沉煙細嫋，閑來情緒還知。　家山何處，為春工，容易到天涯。但牽得春來，何曾繫住，依舊春歸。殘紅更無消息，便從今、休要上花枝。待祝梁間燕子，銜他深度簾絲。

六醜·楊花**周濟**

向濃陰翠幄，漾嫋嫋、春魂如雪。晝闌獨憑，飛英鴛甃濕，正恁愁絕。又對斜陽院，晴絲空嫋，任飄零離別。南國誤了雙蝴蝶。草際輕粘，簾前漫瞥。纖纖映、蛾眉月。卻難尋瘦影，幽恨重疊。　東風搖曳，算塵根小劫，灞岸嗚嘶騎，情暗切。柔條几度攀折。縱天涯覓遍，買春榆莢。只惆悵、眾芳都歇。爭得似、委豔香泥長倚，杏梁春帖。還消受、半枕寒怯。更唾絨、點綴茸窗底，嬌紅一擷。

周之琦字稚圭，祥符人，累官至廣西巡撫，有《金梁夢月詞》。之琦論詞甚精密。詞渾厚亦稱名家。黃韻甫云：『《夢月詞》渾融深厚，語語藏鋒，北宋瓣香，於斯未墜。』固非虛美。

思佳客

芭上新題間舊題，苦無佳句比紅兒。生憐桃萼初開日，那信楊花有定時。　人悄悄，畫遲遲，殷勤好夢托蛛絲。繡帷金鴨熏香坐，說與春寒總不知。

一枝春

珂裡新晴，試清遊、過卻愔愔坊陌。歡期暗數，豔景易成陳跡。旗亭喚酒，倩評跋、好春顏色。吟遍了，紫曲塵香，惟是燕鶯曾識。　幽蘭素芬堪摘。怕東風、認作尋常標格。琴心倦倚，夢裡水波空碧。何人寄語，但花外玉簫知得。重看取、小字銀鉤，冷綃翠拭。

汪潮生字汝信，號飲泉，江都人，諸生。有《冬巢集》。譚復堂云：『《冬巢詞》粹美無疵，深入宋賢之室。』

湘春夜月

太淒清，玉簫留住歌塵。誤卻冉冉東風，都化夢無痕。一帶落花如霰，又月明如水，掩上閑門。料燕棲正穩，鵑啼易斷，爭不銷魂。　愁時夜永，歡來酒冷，人去燈昏。未了相思，空對著一奩清影，偷覷雙身。年華晼晚，奈霎時多少寒溫。可念否這心頭意緒，怔忡不定，纔過今春。

高陽臺·花陰

瞑外含晴，晴邊弄瞑，滿庭香氣絲絲。綠意紅情，覺來濃到芳時。東風四面吹還偏，著些兒扶上空枝。盡無聊坐久春陰，簾影輕移。　幽尋但見溶溶月，又疏煙漠漠，薄霧微微。

幾個遊蜂，偷來淡處面窺。昏黃不是簾纖雨，佇蒼苔濕了單衣。最低回，一片葳蕤，半晌迷離。

鄧廷楨字嶰筠，江寧人，仕至兩廣總督，有《雙研齋詞》。廷楨於鴉片之役，譽滿天下。而詞悱惻忠誠，具以見仁者之志焉。第在品格風韻，亦不在周之琦下。故譚復堂云：『才氣韻度，與周稚圭伯仲，然而三事大夫，憂生念亂，竟似新亭之淚，可以覘世變也。』又云：『《雙研齋詞》宋于庭序云：「忠誠悱惻，咄唶於騷人，徘徊於變雅。將軍白髮之章，門掩黃昏之句，後有論世知人者，當以如歐（陽修）、范（希文）之亞流也。」』

酷相思・寄懷少穆

百五芳期過也未，但笳吹催千騎。看珠澥盈盈分兩地。君住也緣何意。儂去也緣何意。召緩徵和醫並至，眼下病肩頭事。怕愁重如春擔不起。儂去也心應碎。君住也心應碎。

高陽臺・玉泉山燕集

徑轉疏花，畦連寒菜，籃輿一路秋光。琴筑聲清，冷泉緩瀉鴛槳。憑高莫向闌干倚，倚闌干容易斜陽。寫閒情，細把金英，淺醉瑤觴。 欃槍未掃鐃歌唱，歎軍符憔悴，戰壘蒼涼。飲至筵開，愁聽滿耳伊涼，卻憐老圃霜華重，怕孤他晚節幽香。乍歸來，鐙火城南，澹月昏黃。

趙對澂字野航，有《小羅浮仙館詞》。譚復堂評其詞云：『野航名雋之才，運思婉密，而激楚亦學蘇、辛，倚聲可當名家。惟以闌入散曲，微茫處不免染指。』

虞美人·懷友人塞外

千金一劍留身畔，萬里音書斷。忽看只雁影橫秋，料得征人此際定回頭。　胡笳拍遍關山路，都是相思處。穹廬四覆野蒼茫，只有故園明月照邊牆。

酹江月·秋夜憶許知白、楊楚帆

淒涼月色，又沉沉，做出別離景況。舊雨蕭條新雨散，不管有人惆悵。花外鐘聲，池邊月影，都是愁心釀。墜歡如夢，重陽時節俱忘（去）。　為問北馬南船，天涯羈滯，來去應無恙。贏得隨身詩卷在，一掃風塵模樣。破帽籠頭，短衣縛袴，到處憑飄蕩。盤空野鶴，人間可許依傍。

8　蔣春霖

蔣春霖字鹿潭，江陰人，仕至兩淮鹽大使，有《水雲樓詞》。其時方值太平軍大亂，淮揚昔日勝地，劫後但餘狐兔成穴，牧童哀歌，頹垣殘城，斜暉映照而已。以常人對之，已自傷懷，況乃詞人耶？昔人稱梅村為詩史，若可當詞史者，其惟鹿潭乎！少陵自天寶亂後，陷於賊人，及後所作，益蒼涼鬱勃。春霖與之處境略同，故推之曰『倚聲家杜老』，甚無愧矣！李冰叔評之曰：『君為詩恢雄骯髒，若《東淘雜詩》二十首，不減少陵秦州之作。乃易其工力為長短句，鏤情劌恨，轉豪於銖黍之間，直而致，沈而姚，曼而不靡。』譚復堂曰：『屈曲洞達，齊梁書體。』又曰：『文字無大小，必有正變，必有家數。《水雲樓詞》，固清商變徵之聲，而流別甚正，家數頗大，與成容若、項蓮生，二百年中，分鼎三足。』而成、項二家，皆性靈過於學力，惟鹿潭兼具之。其詞氣韻既高，聲律復密。不專寄託，而情景自爾交融。不費推敲，而吐屬自然深穩。且生際離亂，發為沉鬱之詞，不徒自抒愁歎，蓋醇雅之至矣。晚清詞風之盛，更突過前人，顧於途徑之辟，實賴以前諸詞家。有重情韻者，有重寄託者，有重格調聲律者。有主北宋者，主唐五代者，主南宋姜張者。在倡說未始未正，而尤效往流於偏。春霖《水雲樓詞》能斟酌利弊之間，損益寸分之際，雅音遂得復見，所以其為一代之大家也。

踏莎行・癸丑三月賦

疊砌苔深，遮窗松密，無人小院纖塵隔。斜陽雙燕欲歸來，捲簾錯放楊花入。　蝶怨香遲，鶯嫌語澀，老紅吹盡春無力。東風一夜轉平蕪，可憐愁滿江南北。

東風第一枝・春雪

糝草疑霜，融泥似水，飛花覓又無處。樹梢才褪遙峰，簾外暗兼細雨。輕冰半霎，甚倚著、東風狂舞。怕一番暖意烘晴，還帶綠梅銷去。　花市冷試燈已誤。芳徑滑、踏青尚阻。依然淺畫溪山，愁殺軟寒院宇。春回萬瓦，聽滴斷簷聲悽楚。剩幾分殘粉樓臺，好趁夕陽釣取。

渡江雲・燕台遊跡阻隔十年，感事懷人，書寄王午橋、李閏生諸友。

春風燕市酒，旗亭賭醉，花壓帽檐香。暗塵隨馬去，笑擲絲鞭，擫笛傍宮牆。流鶯別後，問可曾、添種垂楊。但聽得、哀蟬曲破，樹樹總斜陽。　堪傷。秋生淮海，霜冷關河，縱青衫無恙。空換了、二分明月，一角滄桑。雁書夜寄相思淚，莫更談、天寶淒涼。殘夢醒、長安落葉啼螿。

臺城路·易州寄高寄泉

兩年心事西窗雨，闌干背燈敲遍。雪擁驚沙，星寒大野，馬足關河同賤。羈愁數點。問春去秋來，幾多鴻雁。忘卻華顛，昔時顏色夢中見。青衫鉛淚似洗，斷笳明月裏，涼夜吹怨。古石欹臺，悲風咽筑，酒罷哀歌難遣。飛花亂卷。對萬樹垂陽，故人青眼。霧隱孤城，夕陽山外遠。

附朱彊村鹿潭集書後（望江南）：

窮途恨，斫地放歌哀。幾許傷春家國淚，聲家天挺杜陵才，辛苦賊中來。

9 王鵬運、鄭文焯

方清之末造，朝政淆雜，國是日非，於是都下有『宣南詞社』之集，哀時傷國，宛然小雅怨誹之音，盛昱、陳銳、王鵬運、鄭文焯、朱彊村、況周頤其著者也。盛、陳造詣較小，而王、鄭、朱、況，皆卓然成家，具傳如下：

王鵬運字佑遐，一字幼霞，自號半塘僧鶩，廣西臨桂人。官禮科掌印給事中，以強項敢言稱，慈禧太后及德宗之常駐頤和園也，爭之尤甚，卒以忤去官。之江南，講學於南洋公學，以光緒三十年侘傺鬱死，有《半塘定稿》。其為詞幻渺而沉鬱，義隱而旨遠，格近碧山、玉田，而間為蘇、辛之壯語。取誼于周濟，取律于萬樹，晚近固推大家，而所刻《四印齋詞》，校讎精博，有功于詞學者深矣，後朱彊村有《彊村叢書》之刻，承其緒也。蓋詞起于晚唐，越三百餘年，而有南宋刻之《百家詞》。（據《直齋書錄解題》云：『自南唐二主以下，皆長沙書坊所刻，號《百家詞》。』）又四百餘年，為明末造，有常熟毛晉汲古閣《宋六十名家詞》，又三百年而後有《四印齋詞》及《彊村叢書》之刻。千載以來，詞苑於是為第三結集矣。

鄭文焯字叔問，號小坡，又號大鶴山人，奉天鐵嶺人，漢軍。其自稱高密者，詭托于康成之後也。官中書。有《瘦碧》《冷紅》《比竹餘音》《苕雅》諸稿，晚訂《樵風樂府》。一宗清真，煉字選聲，極見精麗。而清光蕩漾，情緒纏綿，感興微言，淡遠沉著。其少作工側豔，而不暇於音律，迨游吳中十年，學琴于江夏李復翁，極論古音。乃大悟四上競氣之指，于姜白石旁注音拍，輒能以意會通之。乃撰《詞原斠律》一書，為倚聲家別辟途徑。蓋兩宋詞人號知音者惟樂章、清真、白石。而文焯詞于清真、白石尤所致意，其教人舍白石外，並在禁例。晚乃兼及夢窗，又謂：『東坡詞氣韻格律，並到空靈妙境。』蓋發前人所未言也。

木蘭花慢·花之寺王鵬運

鳳城挑菜路，記攜酒，訪花之。正雲見華蠻，香生蜀錦，蘭檻春遲。支離倦遊老眼，只年年不負豔陽時。未用疏鐘遠引，玉驄自識招提。　攀枝前事誰知。鄰笛莫輕吹。歎幾番開落，鬢絲霜點，吟袖塵淄。天涯暗牽別恨，拂莓牆慵覓舊題詩。贏得殘僧目笑，對花長是攢眉。

慶宮春鄭文焯

霜月流階，蕪煙銜苑，戍笳愁度嚴城。殘雁關山，寒蛩庭户，斷腸今夜同聽。繞欄危步，萬葉戰、風濤自驚。悲秋身世，翻羡垂楊，猶解先零。行歌去國心情，寶劍淒涼，淚燭縱橫。臨老中原，驚塵滿目，朔風都作邊聲。夢沉雲海，奈寂寞、魚龍未醒。傷心詞客，如此江南，哀斷無名。

10 朱彊邨、況蕙風

朱彊村名祖謀，原名孝臧，一字古微，號漚尹，晚仍用原名。浙之歸安人。以二甲一名成進士，改庶吉士。庚子之役，清大學士剛毅回京，拳民隨至，縱火市廛，京民訛言洋兵至東安縣，距京僅六十里矣。是日太后召見廷臣，倉皇集議，親貴諸王，皆袒拳民主戰。時古微班次居後，倡言：『拳民固不可用，董福祥兵亦不可恃，兵事宜用山東巡撫袁世凱，議和急召大學士李鴻章。』太后猶未之識，問高聲瞋目者何人。終議定主撫，拳民遂戕殺德國公使，圍攻使館，事益急。又上疏切論開釁之非宜，忤旨，幾被譴。及聯軍入京師，古微乃偕王鵬運、劉福姚作詞於窮城，類皆蒼慨沉痛，即世傳《庚子秋詞》也。辛亥國變後，不問世事，往來湖湘之間，以遺老終矣。嘗一至舊京，袁世凱方為總統，優禮舊僚，欲羅致而不得。聞其至，急致書聘為高等顧問，但笑卻之，未與通一字。其高亮風節，固並世莫侔也。以民國廿年（辛未）十一月廿二日，卒於上海寄廬，享年七十有五。易簀前口占（鷓鴣天）詞云：『忠孝何嘗盡一分，年來姜被減奇溫。（蓋古微篤于友愛，仲弟孝威亦寓於吳，相依為命，年前病歿，傷之甚。）眼中犀角非耶是，（有子隽而殞折，晚撫仲弟子方飭為嗣，未及冠，故言之。）身後牛衣怨亦恩。　泡露事，水雲身。枉拋心力作詞人。可哀惟有人間世，不結他生未了因。』詞意淒絕，可賅其生平矣。古微少以詩名，孤懷獨往，其蹊徑在山谷、東野之間。年四十，始為詞。時王鵬運舉詞社，邀之入。顧鵬運性喜宏奬，而于古微，則繩檢不少貸，微叩之，則曰：『君于兩宋途徑，固未深涉，亦幸不睹明以後詞耳。』因貽以《四印齋詞》十數家，因同校《夢窗四稿》。謂：『以空靈奇幻之筆，運沉博絕麗之才。幾如韓文杜詩，無一字無來歷。』於是詞格一變，窮究倚聲家正變源流，晚造益深，嘗言：『鵬運所以過人者，其生平所學及抱負，盡納詞中，而他不旁及。』古微亦正與之相同，身世所歷，憂危沉痛，更過於鵬運矣。然其詞學，得厥于成者，未始非鵬運提汲之力也。鵬運之歿，曾哭之以詞，即《彊村詞》卷二、卷三所載〔木蘭花慢〕等闋，其錄於下，以睹交誼。

木蘭花慢

程使君書報半塘翁亡，翁將之若耶上塚，且為西湖猿鶴之問，遽逝吳中，賦此寄哀。時方為翁校刊《半塘定稿》，故章末及之。

馬塍花事了，但持淚，問西泠。信有美湖山，無聊瓶鉢，倦眼難青。飄零。水樓賦筆，要扁舟、一系暮年情。才近要離塚側，故人真個騎鯨。瑤京。何路問玄亭。九辯總無靈。算浮生消與，功名抗疏，心事傳經。冥冥。夜台碎語，咽漂風鄰笛不成聲。恨墨盈箋未理，暗蟲涼墮愁燈。

淒咽往復，殆所謂『弦弦掩抑聲聲思』者矣。鼎革以後，詞不多作，而偶一涉筆，則哀思淒厲，深沁心脾。晚又肆力於東坡、稼軒二家，而於東坡詞尤所嗜喜。遺有《彊村語業》三卷、《彊村棄稿》及《集外詞》各一卷。訂律精微，遺詞麗密，而托體高曠，行氣清空，尤能一掃餖飣瑣屑之弊，並世與況蕙風皆推詞宗焉。

燭影摇紅·晚春過人境廬話舊

春暝鉤簾，柳條西北輕雲蔽。博勞千囀不成晴，煙約遊絲墜。狼藉繁櫻劃地，傍樓陰東風又起。千紅沈損，鶗鴂聲中，殘陽誰繫。　容易消凝，楚蘭多少傷心事。等閒尋到酒邊來，滴滴滄洲淚。袖手危欄獨倚，翠蓬翻冥冥海氣。魚龍風惡，半折芳馨，愁心難寄。

國香慢·為曹君直題趙子固《淩波圖》

一幀湘魂，正捐璫水闊，泛瑟煙昏。江皋幾叢憔悴，留伴靈均。日暮通詞何許，有嬋媛、北渚孤顰。國香縱流落，未許東風，換土移根。　經年亡國恨，料銅盤冷透，鉛淚潸痕。故宮天遠，鵑管從此無春。補作宣和殘譜，盡消凝老去王孫。不成被花惱，步入鷗波，滿襪秋塵。

高陽臺·清明渝樓同夢華

短陌飛絲平碾曲，市簾江柳爭青。中酒年光，買春猶是旗亭。彩幡長記花生日，甚綠窗兒女心情。盡安排，畫桁吳縑，鈿閣秦箏。　白頭未要相料理，要哀吟狂醉，消遣餘生。無主東風，博勞怨不成聲。朦朧幾簇東闌雪，算今年又看清明。怕相逢、社燕歸來，猶訴飄零。

況周頤本名周儀，以避諱遂改之。字夔笙，別號蕙風，廣西臨桂人。少而察惠，讀書輒得神解，九歲補博士弟子員，十八歲舉優貢。一日往省姊，偶得《蓼園詞選》（黄蓼園選）讀之，偶為小詞，遂沉侵日以深。其集中附有《存悔》一卷，即十七前所作也。輕倩流慧，意境兩絕，有曰：『春小於人，花柔似汝，雲涯帳望知何處。』每謂之神來之筆，若有所感。至於垂老追念，都難為懷。二十一舉鄉試，既而宦游京國。官內閣中書，與王鵬運同官，益以詞學相砥礪，並以其暇治金石文字。尋以敘勞用知府，分發浙江，曾參端方幕，纂《陶齋藏石記》，頗有譖之者，聞于端方，端方太息曰：『亦知夔笙必將餓死，但我在，決不容坐視其餓死耳。』周頤聞之，感激涕下。顧于金石學外，其自喜者尤在詞學，嘗云：『世界無事無物，不可入詞。但在予能自運其筆，使宛轉如意耳。』初崇性靈，而或傷於尖豔。既與王鵬運同官，多有所規誡。又屬以校讎宋元人詞，自是得窺詞學之奧。所謂『重拙大』『自然從追琢中出』。積心領神會之，而體格遂變。迨鵬運卒，乃與古微相切磋，古微不輕作，恒於一字之工，一聲之合，痛自刻繩，因之以繩周頤。周頤亦恍然向者之失，乃悉依宋元舊譜，四聲相依，一字不易。嘗云：『予之為詞，二十八歲以後格調一變，得力於半塘。比歲守律綦嚴，得力于漚尹（即古微也）。人不可無良師友也。』其論詞最細，發前人之蔽隱，啟後學以途轍。具錄數條，以見詞旨。有曰：『趙汝茪〈漢宮春〉云：「故人老大，好襟懷消減全無。漫贏得、秋聲兩耳，冷泉亭下騎驢。」等句，以清麗之筆作淡語，便似冰壺濯魄，玉骨橫秋，綺紈粉黛，回眸無色。但此等佳處，猶為自詞中出者，未為其至。如欲超軼碧山、草窗，仲伯白石、夢窗，而上企東坡、稼軒，其必由性情學問中出乎。』又曰：『清真「天便教人，霎時廝見何妨」「夢魂凝想鴛侶」「多少暗愁密意，唯有天知」「最苦夢魂今宵不到伊行」「拚今生對花對酒，為伊淚落」，此等句，愈樸愈厚，愈厚愈雅，至真之情，由性靈肺腑中流出，不妨說盡而愈無盡。南宋人詞如白石云：「酒醒波遠，正凝想、明璫素襪。」庶幾近似。然已微嫌刷色矣。誠如清真此等句，唯有學之不能到耳。明以來詞纖豔少骨，致斯道為之不尊。竊以刻印比之，自六代作者，以縈紆拗折為工，而兩漢方正平直之氣，蕩然無復存者。救敝起衰，欲求一丁敬身、黃大易，而未易遽得。乃至倚聲小道，即亦將成絕學，良可慨夫。』又云：『詞筆能直固大佳，顧所謂直誠至不易，不能直率也。當於無字處為曲折，切忌有字處為曲折。』又云：『宋周端臣〈木蘭花慢〉句云：「料今朝別後，它時有夢，應夢今朝。」呂居仁〈減字木蘭花〉云：「來歲花前。又是今年憶昔年。」命意略同，而遣詞各極其妙。』其論詞工切處，多如斯類，具見《香海棠館詞話》《餐櫻廡詞話》。以民國十五年卒，年六十有六，所著曰《第一生修梅花館詞》《二雲詞》《香櫻詞》《蕙風詞》，才情清麗，出入于秦、周、姜、史之間。遜國而後，家國之感，身世之情，所觸日深，而詞格亦日遒上。頓挫排宕，柔厚沉鬱，千辟萬灌，略無爐錘之跡。而又嚴於守律，一聲一字，略無舛誤。方之古微，闊達高曠不及，而細膩熨貼，風華綿密過之焉。具錄三首，以窺一斑。

蝶戀花

西北高雲連睥睨，一抹修眉，望極遙山翠。誰向西風傳恨字，詩人大抵傷憔悴。　有酒盈爵須拚醉，感逝傷離，何況登臨地。爸好秋光圖畫裡，黃花省識秋深未。

齊天樂·秋雨

沈郎已自拚憔悴，驚心又聞秋雨。做冷欺燈，將愁續夢，越是宵深難住。千絲萬縷。更攙入蟲聲，攪人情緒。一片蕭騷，細聽不是故園樹。　沉沉更漏漸咽，只簷前鐵馬，幽愁如訴。倘是殘春，明朝怕有，無數飛花飛絮。天涯倦侶。記滴向篷窗，更加淒苦。欲譜瀟湘，黯愁生玉柱。

風入松・宋徽宗琴名松風

故宮風雨咽龍吟。法曲惜消沈。獸香錦幄聞箏後，絲桐語、特地情深。十八胡笳淒拍，九重仙樂遺音。　玉笙雞塞夢重尋。客路各沾襟。瘦金零落霓裳譜，朱弦怨、茸母光陰。說與宮聲不返，隴雲啼損雙禽。

清代詞學批評家述評

徐興業

徐興業（1917—1990），浙江紹興人。1937 年畢業於無錫國學專修學校，在校期間研讀詩詞多受錢仲聯先生指導。後在上海任中學教員多年。1957 年調上海市教育局研究室，1961 年起擔任上海教育出版社歷史編輯，退休後執教於上海師範學院歷史系，主講宋金史。長篇歷史小說《金甌缺》曾獲茅盾文學獎。還著有《凝寒室詞話》《清代詞學批評家述評》《清詞研究》《作文法講習》等。

《清代詞學批評家述評》全書凡四節：緒論、陳廷焯、譚獻、王國維。《清代詞學批評家述評》書後有作者附識：『廿六年四月於無錫國專』，可知本書完成於作者無錫國專畢業之年的 1937 年。《清代詞學批評家述評》有無錫國專鉛印本，今藏南京圖書館。

目錄

一、緒論

清人填詞，不能及宋人。若就詞學批評之立場言之，則宋人遠不及清人焉。大抵自五季至清，填詞名家輩出，已臻絕境。而論詞者，八百年來局促自限，不能有一步之進展。迨及浙派、常派迭為替代，論詞者始深以大，至譚復堂、陳廷焯、王國維三家出，並駕齊驅，各抒偉見。詞學於是確立，茲各為專篇論之。

清代詞評家輩出而獨取乎三家者蓋有說焉。

一、自李漁、毛奇齡迄季清，論詞有專著者，不下四五十家，其不能有所卓見。人言然，我亦言然者。或抄錄當時詞家，冀其傳世者，居其大半。究其所錄，則優劣不擇。甚焉者，為其友朋親党邀譽，勿論之可也。

二、有專論音韻格調者，此詞學之附庸，不足以語雅正，勿論之可也。

三、浙常二派，互為門戶，互相短長。論詞而作門戶之言，則所見狹小，勿論之可也。至於二派大旨，具論於下。

以我律人，則我不能無一確立之標準以評各詞評家，茲約立如下：

詩詞者所以抒人之情也，故曰文學為感情之記錄，能抒情者即詩詞之上乘。情深而作品亦深，情淺則所作亦淺，善乎陳臥子之言『其歡愉愁苦之致動於中而不能抑者類發於詩……』此我之所主張評詞當以純文藝為立場，亦即王國維《人間詞話》之立足點也。

以純文藝評論文學之結果，則首重『直覺』，其弊也淺膚。浮滑之言，亦自命為感情之結晶。高者如李後主直抒性情，自成高格。低者如郭頻伽、陸次雲、吴薗次輩矯揉造作，滿紙譾詞，則不得不濟之以雅正。詞能雅正，則抒情自深，感人也切。此陳廷焯之所主張者。兩者貌似相背，其實相輔而行者也。譚復堂之論詞觀點則介乎兩者之間也。

欲論清代之詞學，不能不明清詞之大略。自元明以來，詞之薄亦極矣。雲間諸子，有意推宗風雅，顧其力不逮，究其所為仍多靡曼之音，降至初清，流風未替，允乎陳廷焯所言：『近人為詞，習綺語者，托言溫韋；揚湖海者，倚為蘇辛。近今之弊，實六百年來之通病也。』小令仿《花間》，長調學蘇辛，已成當時通習。於是淫靡之作群推高手，而跳囂之詞以為蘇辛復生矣。如梅村一生小令專作『摘花高處賭身輕』『慣猜閒事為聰明』，夫何風格之可言。長調則如鄒祇謨輩所作『僮來語汝，約法告兒曹。吾所命，只數事，汝毋囂。記來朝。紅藥闌干畔，縛棕帚，摩苔石，除菊蠹，移蘭盎，早須澆……』，而當時已推為能手。詞之至斯，弊之甚焉。即陳迦陵亦不能無此習，但較為深厚耳。推其原因，則由於數百年論詞者僅知斬斬于婉約、豪放之分，不能深入，而自命為才子者，以為其作品兼溫、韋、晏、歐、蘇、辛為一手矣，于詞之高境殆未夢見。

浙派光大于厲樊榭而實創于朱竹垞，蓋欲以濟當時之弊，於是薄當時之所宗而高推南宋，以『密』代『疏』，此詞學界一大變也。浙派論詞無專著，但見於竹垞序曹溶之詞集，以為詞雖小道，極其能事，可以宣昭六義，鼓吹母音。又曰：『先生搜輯南宋遺集，尊曾表而出之。數十年來，浙西填詞者家白石而戶玉田，春容大雅，風氣之變，實由先生。』又其〔解佩令〕曰：『不師秦七，不師黃九，倚新聲，玉田差近……』於是天下翕然景從。嘉慶以前詞人，不能出此範圍，惟納蘭容若、顧貞觀以橫絕之姿，自創新格，超然於泥汙之外，不與時推移，可謂豪傑之士矣。

嘉慶以後，浙派之末流為餖飣曼衍，於是項蓮生以浙人而首揭旗起攻浙派，其言曰：『近日江南諸子競尚填詞，辨聲析律，翕然同聲，幾使姜、張頫首，及觀其著述，往往不逮所言。』蓋深譏之。

常州派創于宛陵翰風，而實成于周止庵。《介存齋論詞雜著》及《宋四家詞選目錄序論》為常州派主張所寄託者，試觀其說：

近人頗知北宋之妙，然終不免有姜、張二字橫亙胸中。豈知姜、張在南宋亦非巨擘乎。論詞之人，叔夏晚出，既與碧山同時，又與夢窗別派，是以過尊白石，但主清空。後人不能細研詞中曲折深淺之故，羣聚而和之，并為一談，亦固其所也。

又曰：

清真集大成者也。稼軒斂雄心，抗高調，變溫婉，成悲涼。碧山饜心切理，言近指遠，聲容調度，一一可循。夢窗奇思壯采，騰天潛淵，返南宋之清泚，為北宋之穠摯，是為四家，領袖一代。餘子犖犖，以方附庸。夫詞非寄託不入，專寄託不出。一物一事，引而伸之，觸類多通。驅心若遊絲之羂飛英，含毫如郢斤之斲蠅翼，以無厚入有間。既習已，意感偶生，假類畢達，閱載千百，謦欬弗違，斯入矣。賦情獨深，逐境必寤，醞釀日久，冥發妄中。雖鋪敘平淡，摹繢淺近，而萬感橫集，五中無主。讀其篇者，臨淵窺魚，意為魴鯉，中宵驚電，罔識東西。赤子隨母笑啼，鄉人緣劇喜怒，抑可謂能出矣。問塗碧山，歷夢窗、稼軒，以還清真之渾化，余所望於世之為詞人者，蓋如此。

又曰：

初學詞求空，空則靈氣往來。既成格調求實，實則精力彌滿。初學詞求有寄託，有寄託則表裏相宣，斐然成章。既成格調，求無寄託，無寄託則指事類情，仁者見仁，知者見知。北宋詞，下者在南宋下，以其不能空，且不知寄託也；高者在南宋上，以其能實，且能無寄託也。南宋則下不犯北宋拙率之病，高不到北宋渾涵之詣。

此常州派之立義也。第一條攻擊浙派，後二條則自標宗旨，於是乎常州派得以確立焉。常州派論詞正而且深，特堂奧既辟而蘊義未發，尚有待於來者。及陳廷焯、譚復堂出，承其後緒，而更加精深，甚焉且以詆茗柯、止庵諸人，詞之隱蘊，至是盡宣。王鵬運、文廷式、朱古微、況蕙風紛紛出，詞學得以光大，前修之功，不能或忘焉。

二、陳廷焯

陳廷焯字亦峰，丹徒人，著《白雨齋詞話》，綜論各代詞家，為清代詞學評論家一大人物焉。其自序曰：

……竊以聲音之道，關乎性情，通乎造化。小其文者，不能達其義，竟其委者，未獲泝其原。揆厥所由，其失有六：飄風驟雨，不可終朝，促管繁絃，絕無餘蘊，失之一也。美人香草，貌託靈脩，蝶雨梨雲，指陳瑣屑，失之二也。雕鎪物類，探討蟲魚，穿鑿愈工，風雅

愈遠，失之三也。（下略）

欲矯第一失，故陳氏主詞當沉鬱。欲矯第二失，故主詞當雅正。欲矯第三失，故不主詠物。於是陳氏評詞之旨盡矣。

其論沉鬱曰：『所謂沉鬱者，意在筆先，神餘言外。寫怨夫思婦之懷，寓孽子孤臣之感。凡交情之冷淡，身世之飄零，皆可於一草一木發之。而發之又必若隱若現，欲露不露，反復纏綿，終不許一語道破。匪獨體格之高，亦見性情之厚。』此沉鬱之定義也。至於填詞，何以獨貴乎沉鬱？陳氏亦有極完備之界說，曰：『詩詞一理，然亦有不盡同者。詩之高境，亦在沉鬱，然或以古樸勝，或以沖淡勝，或以鉅麗勝，或以雄蒼勝。納沉鬱於四者之中，固是化境，即不盡沉鬱，如五七言大篇，暢所欲言者，亦別有可觀。若詞則舍沉鬱之外，更無以為詞。蓋篇幅狹小，倘一直說去，不留餘地，雖極工巧之致，識者終笑其淺矣。』

陳氏對於沉鬱與否，又舉一極明顯之例，可以為初學之津逮焉，曰：『放翁〔蝶戀花〕云：「早信此生終不遇，當年悔草長楊賦。」情見乎詞，更無一毫含蓄處。稼軒〔鷓鴣天〕云：「卻將萬字平戎策，換得東家種樹書。」亦即放翁之意，而氣格迥乎不同。彼淺而直，此鬱而厚也。』

惟欲其沉鬱，凡膚淺側豔之詞，自命比興者流，陳氏皆深痛疾惡之。

其言曰：『風騷有比、興之義，本無比、興之名。後人指實其名，已落次乘。作詩詞者，不可不知。』又曰：『風詩三百，用意各有所在。仁者見之謂之仁，智者見之謂之智，故能感發人之性情。後人強事臆測，系以比、興、賦之名，而詩義轉晦。』又曰：『太白詩云：「大雅久不作，吾衰竟誰陳。」然詩教雖衰，而談詩者猶得所祖禰。詞至兩宋而後，幾成絕響。古之為詞者，志有所屬，而故鬱其辭，情有所感，而或隱其義。而要皆本諸風騷，歸於忠厚。自新聲競作，懷才之士，皆不免為風氣所囿，務取悅人，不復求本原所在。』所謂本原者，即歸重於雅正也。

欲求雅正，則當力辟側豔纖巧膚淺之詞，於是陳氏痛詆蔣心餘、黃仲則、郭頻伽輩之填詞，上且薄歐、晏諸公焉：

詞貴渾涵，刻摯不能渾涵，終屬下乘。晁無咎《詠梅》云：『開時似雪。謝時似雪。花中奇絕。香非在蕊，香非在萼。骨中香徹。』費盡氣力，終是不好看。

此以其膚淺而薄之焉。

劉龍洲〔沁園春〕，為詞中最下品。元人沈景高有《和劉龍洲指甲》一篇，句句扭捏，又不及改之遠甚。而俞焯云：『景高舊家子也。余見此詞纖麗可愛，因定交焉。』當時賞識如此，何怪元詞之不振也。

此以纖巧而薄之，且以此亦可見陳氏反對無寄託之詠物體焉。

詞人好作精豔語。如左與言之『滴粉搓酥』，姜白石之『柳怯雲鬆』，李易安之『綠肥紅瘦』『寵柳嬌花』等類，造句雖工，然非大雅。

綺語已屬下乘，若不取法乎古，更於淫詞褻語中求生活，縱極工巧，去風雅愈遠，即流弊益甚，竊所不取。

此又薄側豔之詞也。

其騭評各家，率以此為准。凡鬱而厚者，命曰正宗，淺而薄者，目為僻邪。其大旨曰：『溫、韋創古者也。晏、歐繼溫、韋之後，面目未改，神理全非，異乎溫、韋者也。蘇、辛、周、秦之於溫、韋，貌變而神不變。聲色大開，本原則一。南宋諸名家，大旨亦不悖於溫、韋，而各立門戶，別有千古。元、明庸庸碌碌，無所短長。至陳、朱輩出，而古意全失，溫、韋之風，不可復作矣。貞下起元，往而必復。皋文唱於前，蒿庵（莊中白字希祖）成於後。《風》《雅》正宗，賴以不墜。好古之士，又可得尋其緒焉。』蓋以溫韋為正宗，李後主、歐晏為變格，後此若歸於雅正者，得而騭評之，不然且不齒焉。

飛卿詞，全祖《離騷》，所以獨絕千古。〔菩薩蠻〕〔更漏子〕諸闋，已臻絕詣，後來無能為繼。

後主詞，思路悽惋，詞場本色，不及飛卿之厚，自勝牛松卿輩。

韋端己詞，似直而紆，似達而鬱，最為詞中勝境。

端己〔菩薩蠻〕四章，惓惓故國之思，而意婉詞直，一變飛卿面目，然消息正自相通。

余嘗謂後主之視飛卿，合而離者也；端己之視飛卿，離而合者也。

馮正中詞，極沈鬱之致，窮頓挫之妙，纏綿忠厚，與溫韋相伯仲也。

晏歐詞，雅近正中，然貌合神離，所失甚遠。蓋正中意餘於詞，體用兼備，不當作豔詞讀。若晏歐不過極力為豔詞耳，尚安足重！

北宋詞，沿五代之舊，才力較工，古意漸遠。晏歐著名一時，然並無甚強人意處。即以豔體論，亦非高境。

《詩》三百篇，大旨歸於無邪。北宋晏小山，工於言情，出元獻、文忠之右，然不免思涉於邪，有失風人之旨。而措詞婉妙，則一時獨步。

東坡、少游，皆是情餘於詞，耆卿乃辭餘于情，解人自辨之。

方回詞極沈鬱，而筆勢卻又飛舞，變化無端，不可方物，吾烏乎測其所至！

又曰：

方回詞，胸中眼中，另有一種傷心。說不出處，全得力於楚騷，而運以變化，允推神品。

美成詞，極其感慨，而無處不鬱，令人不能遽窺其旨。

辛稼軒，詞中之龍也，氣魄極雄大，意境卻極沈鬱，不善學之，流入叫囂一派，論者遂集矢於稼軒，稼軒不受也。

姜堯章詞，清虛騷雅，每於伊鬱中饒蘊藉，清真之勁敵，南宋一大家也。夢窗、玉田諸人，未易接武。

夢窗在南宋，自推大家。惟千古論夢窗者，多失之誣。……總之，夢窗之妙，在超逸中見沈鬱，不及碧山、梅溪之厚，而才氣較勝。

南宋詞家，白石、碧山，純乎純者也。梅溪、夢窗、玉田輩，大純而小疵，能雅不能虛，能清不能厚也。

詞法之密，無過清真。詞格之高，無過白石。詞味之厚，無過碧山。詞壇三絕也。

陳氏之論詞，蓋承常州派之後緒，而更加進一層者也。其論沉鬱、雅正，吾無間言。惟其所論也雜，所論也博，或不免有勉強自附其說處。如必謂李後主為變格，而溫韋為正，則無以自明其說也。

自竹垞以來，詞評家不能無派別，於是浙人高推南宋，而常人以美成為至高境，蓋皆有成見梗於中也。至陳氏則能融而化之，不專尚常派，不輕詆浙派，其著眼點尤高於止庵、茗柯輩。其論詞不以南宋、北宋為限，而以雅正膚薄為界說，此陳氏對於詞學之一大貢獻也。

陳氏論清詞以莊中白能繼雅正之後，跡其所言，則紛紛秦、柳輩不足數，且將方軌周、姜，而並駕溫、韋矣，未免高於位置。今其詞具在，後之讀者可得而評焉。又薄容若詞，蓋以其不能鬱厚也。不甚推崇蔣鹿潭詞，蓋以其宗玉田也。薄朱、陳、樊榭，以朱、厲著眼不高，而迦陵跳囂，性情不能如稼軒之厚也。微言或中，但其論清詞非專家，亦有謬處，具論于後章。

三、譚獻

譚獻字仲修，又字復堂，錢塘人。同光間以詩文詞鳴于時，選有《復堂詞錄》及《篋中詞》，其弟子徐仲可為之輯《復堂詞話》一卷。

譚氏《篋中詞》，蓋為清人評清詞家之權威作，且為最有系統之論評。較之陳廷焯，深且專焉。其論詞之旨，亦宗常州派之鬱厚雅正，而時參之以浙派『清空』之旨，蓋得論詞之正焉。其評常、浙二派之言曰：『……填詞至嘉慶，俳諧之病已淨。即蔓衍闡緩，貌似南宋之習，明者亦漸知其非。常州派興，雖不無皮傅，而比興漸盛。故以浙派洗明代淫曼之陋，而流為江湖；以常派挽朱、厲、吳、郭佻染餖飣之失，而流為學究。』此對於浙、常兩派之末流，加以痛詆者也。

復堂論清詞，最重要者曰：『文字無大小，必有正變，必有家數。《水雲樓詞》（蔣春霖鹿潭），固清商變徵之聲，而流別甚正，家數頗大，與成容若、項蓮生二百年中，分鼎三足。咸豐兵事，天挺此才，為倚聲家杜老。而晚唐兩宋一唱三歎之意，則已微矣。或曰：何以與成、項並論。應之曰：阮亭、葆酚一流，為才人之詞。宛鄰、止庵一派，為學人之詞。惟三家是詞人之詞。』此極公允之論也。

近人吳梅以為此論非篤，若以倚聲家老杜推鹿潭，則置周、姜于何地。此言極迂。蓋復堂之稱蔣為倚聲家杜老者，蓋以鹿潭身經離亂，發為哀迸之辭，忠肯沉鬱，窮愁潦倒，近于杜老，非以在詩壇杜老之地位以予鹿潭也。蓋詞自五季以來，多側豔纏綿之作，李後主亡國之音哀以怨，然皆為小令，不能如杜老之長篇述情也。美成、方回所詣固深，但未經戰亂，遽以杜老推之，何以克當。姜白石、吳夢窗多隱約其詞，於國家興亡之感非甚深也。張玉田、王碧山庶乎近焉，特以指義渺遠，雖忠誠哀痛，其用心一似杜老。然所發之詞，不能似焉。有明之亡，忠義感發，陳臥子、夏完淳皆以才人而兼烈士，殉身國家有足多者，故陳詞之成就在於亡國前，而夏以髫年成仁，雖天才駿發，未有大就，故亦不能以杜老推之焉。於是鹿潭尚矣，『遙評南斗望京華，忘卻滿身清露在天涯』，此少陵之心，亦少陵之辭也。（木蘭花慢）（揚州慢）諸闋，可以當《北征》《自奉先縣赴同谷詠懷》諸詩，善乎譚氏之推崇也。蓋自譚氏之前持論者，未有知鹿潭者。陳廷焯所謂：『蔣鹿潭《水雲樓詞》二卷，深得南宋之妙，于諸家中尤近樂笑翁。竹垞自謂學玉田，恐去鹿潭尚隔一層也。』『鹿潭深于樂笑翁，故措語多清警，最豁人目。』此固推崇鹿潭矣，猶未為鹿潭之知己也。劉毓盤以為蔣氏以常人而從浙派，蓋亦以白石、玉田目鹿潭也。其實蔣氏自曰：『超兩宋而軼五代，開詞家從來所未有之境界。』（見宗湘文序《水雲樓集》）雖其造詣猶未臻此，但決非專學姜、張所可限者。

鹿潭亦有學美成處，（鶯啼序）《悼顧鶯》一首結拍曰：『今生拌醉拌愁，聽絕哀弦，翠衾怕展。』此自美成『拌今生對花對酒，為伊淚落』出。近人況蕙風極論清真此等處，愈樸愈厚，愈厚愈雅，至真之情由性情中流出，不妨說盡而愈無盡，唯有學之不到耳。然蕙風前之論詞者，大抵以此等處太俚句不可學，沈伯時《樂府指迷》甚至懸為戒律，然則可謂鹿潭僅限於南宋諸賢乎。

吳梅于項蓮生亦有微詞，以為譚復堂能知頻伽之滑，而不知蓮生之滑，不足與成、蔣二家鼎足，此論亦未為是。蓋蓮生以世家子而遭破落，一厄于水，再厄于火，家人蕩盡，留此孑身，其所遭亦極人間之慘矣。於是發之於詞，其情豔而苦，其感于物也鬱而深，連峰巉巉，中宵猿嘯，無此哀怨。所謂不作無益之事，何以遣有涯之生。蓋蓮生為一純文藝之作家也。文學之產生，由於藝術本能之表現及功利主義之表現兩大原因，而蓮生則純粹為一藝術本能表現者，非如頻伽徒以浮詞為工也。

《憶雲詞》丁稿中有蓮生擬五季人詞，以一己之哀怨納於他人之軌範中，此非深於詞者所不辨。蓮生且以生命情感之全部浸於填詞中矣，何能以一『滑』字概括言之也。憶雲度律之工細，為學者所不能否認者，然則可以與頻伽之雜亂無比相比擬耶？

鹿潭在復堂前猶有陳廷焯論及之、杜文瀾論及之。憶雲則于杜文瀾《詞話》中一見外，餘無推之者。而復堂以之與成、蔣鼎時，真可謂卓見矣。

容若詞，二百年來論之者多矣。或譽之不當其實，或毀之不當其過，要之容若天才橫溢，不與時推移，不沉浮于南北宋中，論清詞者所不能廢者也。王國維於《人間詞話》中極推重之。茲詳論於下篇中。

復堂自所為詞亦醇厚雅正，深得常州派之旨焉。〔蝶戀花〕數闋，尤為一時傳誦之作。如：『語在修眉成在目，無端紅淚雙雙落。』又：『書剳平安知信否，夢裏顏色渾非舊。』又：『遮斷行人西去道，輕軀願化車前草。』此類正如復堂評容若〔蝶戀花〕所云：『淒咽往復，六一、湘真後無此手筆者也。』

復堂序莊中白詞云：『魚寄于水，鳥寄於木，人心寄於言，凡夫寄于榮利，莊棫寄於辭。填詞源于樂，閨中之思乎，靈均之遺則乎，動於哀愉而不能已乎。』陳廷焯稱之曰：『數語洞悉深處，蓋人不能無所感，感不能無所寄，知有所寄而後可讀《中白詞》。』蓋詞旨論雅正，已窮于陳、譚，於是不能不有一新界說出，新境地出，然後王國維以純文學之目光騖論詞家，亦趨勢之所歸，不得不然也。而陳、譚此言，已導其先河。

四、王國維

王國維字靜庵，海寧人。少以好學稱。東渡習西洋文學、哲學，又治金石、詞曲之學成名學者，以民國十五年憂憤疾世，自沉於頤和園，得年纔五十餘，時人惜焉。

王氏治詞學在早年，有《人間詞話》行世，趙萬里復為之輯未刊稿若干條。蓋中國以西洋純文藝之目光以論詩詞，王氏為第一人焉。近人如王昜等紛紛詆之，以為『此書王氏早年之作，未為定論』。其實《人間詞話》在文學批評上為一極有價值之書，一反前人以詞學為『鼓吹母音，宣昭六義』之觀念，而予詞曲以一種新估價，特限於學歷不能無觀察錯誤處，茲分別論之。

王氏最重要之發現為『境界』之說，境界者何，試觀其說：

> 詞以境界為最上。有境界，則自成高格，自有名句。五代、北宋之詞所以獨絕者在此。

境界又有造境、寫境之別，靜境、動境之別：

> 有造境，有寫境，此理想與寫實二派之所由分。

無我之境，人惟於靜中得之。有我之境，於由動之靜時得之。故一優美，一宏壯也。

有有我之境，有無我之境。『淚眼問花花不語，亂紅飛過秋千去』……有我之境也。『采菊東籬下，悠然見南山』……無我之境也。有我之境，以我觀物，故物皆著我之色彩。無我之境，以物觀物，故不知何者為我，何者為物。

境又有大小之别：

境界有大小，不以是而分優劣。『細雨魚兒出，微風燕子斜』，何遽不若『落日照大旗，馬鳴風蕭蕭』。

所謂境非僅以寫景，亦以之抒情：

境非獨謂景物也。喜怒哀樂，亦人心中之一境界。故能寫真景物、真感情者，謂之有境界。否則謂之無境界。

詩詞何以能有境界，則必須觀察宇宙，於是又有入世、出世之説：

詩人對宇宙人生，須入乎其內，又須出乎其外。入乎其內，故能寫之；出乎其外，故能觀之；入乎其內，故有生氣。出乎其外，故有高致。

入世的文學如《紅樓夢》，以入世之經驗，觀察宇宙，一一納入于文學中。出世的文學如陶詩、李後主詞，以超人之情感寫入詩詞者也。

欲對王氏之境界論作進一步之認識，則更當明乎王氏對於文學之認識。

《宋元戲曲史·元劇之文章》篇曰：『元劇最佳之處，不在其思想結構，而在其文章。其文章之妙，亦一言以蔽之曰：有意境而已矣。何以謂之有意境？曰：寫情則沁人心脾，寫景則在人耳目，述事則如其口出是也。古詩詞之佳者，無不如是。元曲亦然。明以後其思想結構，盡有勝於前人者，唯意境則為元人所獨擅。』

于此可知王氏之言意境即所謂境界也，蓋境界之含義實合『意』與『境』二者而成之。樊志厚（王氏僞託）序王氏《人間詞·乙稿》曰：『文學之事，其內足以攄己，而外足以感人者，意與境二者而已。上焉者意與境渾，其次或以境勝，或以意勝。苟缺其一，不足以言文學。原夫文學之所以有意境者，以其能觀也。出於觀我者，意餘於境。而出於觀物者，境多於意。然非物無以見我，而觀我之時，又自有我在。故二者常互相錯綜，能有所偏重，而不能有所偏廢也。文學之工不工，亦視其意境之有無，與其深淺而已。』又曰：『自夫人不能觀古人之所觀，而徒學古人之所作，於是始有僞文學。學者便之相尚以辭，相習以模擬，遂不復知意境之為何物，豈不悲哉。苟持此以觀古今人之詞，則其得失，可得而言焉。』

是王氏大聲疾呼反對模擬習尚之遊詞，於是宗南宋姜、張者，宗北宋周、蘇者，皆為王氏認作僞文學，列表如下，以明王氏之文學界說：

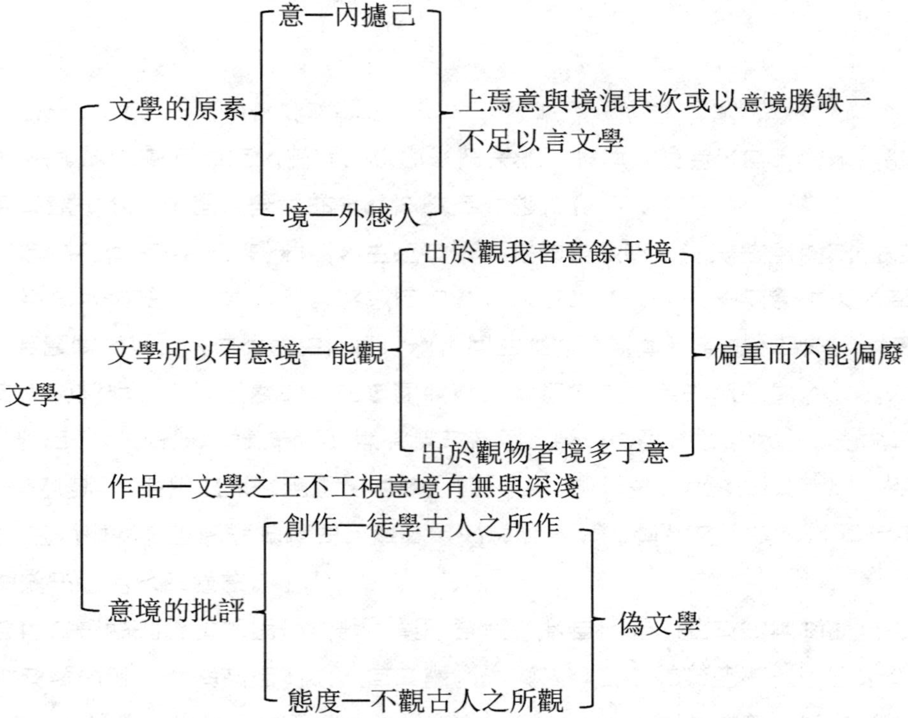
文學
文學的原素
意—內攄己
境—外感人
上焉意與境混其次或以意境勝缺一
不足以言文學
文學所以有意境—能觀
出於觀我者意餘于境
出於觀物者境多于意
偏重而不能偏廢
作品—文學之工不工視意境有無與深淺
意境的批評
創作—徒學古人之所作
態度—不觀古人之所觀
偽文學

『境界』二字，並非王氏所創造者，蓋亦有所本。其自言曰：『滄浪所謂「興趣」，阮亭所謂「神韻」，猶不過道其面目，不若鄙人拈出「境界」二字為探其本也。』又於未刊稿中曰：『言氣質，言神韻，不如言境界。有境界，本也。氣質、神韻，末也。』此王氏之境界，蓋合滄浪之『興趣』、阮亭之『神韻』兩者而言之也。

袁枚《隨園詩話》曰：『詩人之詩可以養心，自格律嚴而境界狹矣。』王氏《人間詞話》曰：『有境界則自成高格，自有名句。』《隨園詩話》又曰：『詩改一字，界判天人。』《人間詞話》曰：『「雲破月來花弄影」，著一「弄」字而境界全出矣。「紅杏枝頭春意鬧」，著一「鬧」字而境界全出矣。』

袁氏又曰：『嚴滄浪借禪喻詩，所謂羚羊掛角，香象渡河，有神韻可味，無跡象可求，此說甚是，然不過詩中一格耳。阮亭奉為至論，馮鈍吟笑為繆談，皆非知詩者。詩不必首首如是，亦不可不知此種境界。』隨園此論，實為王氏所本，特其言闊寬，未若王氏能確定其定義焉。

故王氏之境界論，自是其歷史之淵源而合以西洋文學之原理而成者，論詞者至此又為一大變遷矣。

溫飛卿之詞，句秀也。韋端己之詞，骨秀也。李後主之詞，神秀也。

此王氏以韋莊之視溫庭筠為一大進步，李後主之視韋莊又為一大進步矣。

至李後主而詞始大，詞始有深刻之意境，若飛卿不過精豔絕人耳。

詞至李後主而眼界始大，感慨遂深，遂變伶工之詞而為士大夫之詞。周介存置諸溫、韋之下，可謂顛倒黑白矣。『自是人生長恨水長東』『流水落花春去也，天上人間』，《金荃》《浣花》能有此氣象耶。

詞人者，不失其赤子之心者也。故生於深宮之中，長於婦人之手，是後主為人君所短處，亦即為詞人所長處。

客觀之詩人，不可不多閱世。閱世愈深，則材料愈豐富，愈變化，《水滸傳》《紅樓夢》之作者是也。主觀之詩人不必多閱世。閱世愈淺，則性情愈真，李後主是也。

尼采謂：『一切文學，余愛以血書者。』後主之詞，真所謂以血書者也。宋道君皇帝〈燕山亭〉詞亦畧似之。然道君不過自道身世之戚，後主則儼有釋迦、基督擔荷人類罪惡之意，其大小固不同矣。

犧牲一己而擔荷人類一切罪惡痛苦，是為人類最崇偉最至高之精神所表現者。孔子、墨子、釋迦、基督，皆具此精神而為一流大人。老莊、楊朱，但為利己之表現而已，不足以語此。我國素論詩詞者，多言一詩字句之工，結構之工，設意之工，最上者，亦不過以身世表現於詩詞者，謂之至高作，蓋從未一探求人生意義之真諦，一求其靈魂之至深處，此王氏之所以卓絕而為千年來李後主唯一之知己焉。

論一人之詩詞，可以知其性情，此言不能易，故史達祖填詞善用一『偷』字，而人品卑下亦似之。讀李後主詞手百遍，而不能自已者，蓋以其性情之厚也。讀子建、少陵，詞亦如是觀，不然，雖設色鮮采，用辭煉研，亦不能為第一流之文學家也。

陳廷焯論詞推崇溫、韋而薄後主，王氏以李後主遠勝溫、韋，其所以相反者，蓋各有其評論之立足點。王氏全以文學之直覺論詞，陳氏則以雅正為尚，於是李後主在陳氏之目光中，以為不能深沉鬱勃，而以變格擬之。溫、韋在王氏之目光中，以其徒知設色遣詞，不能直抒性情為憾事。

王氏幼年伶仃孤苦，飽受人世之經驗，但以其堅苦不懈之精神，能自拔於泥汙之中，復受西洋哲學之渾融，對於詞人之心靈之最高處，常有發掘。蓋王氏對於人生之處世抱極端樂觀者，而結果之悲憤疾世而自沉，正為此心理之反應。蓋對世事希望過甚，一遇挫折，則所感之失望也愈深，於是最後不能不出諸自殺之一途。王氏一生即處於此矛盾之心理中而已，發軔於作《人間詞話》時代。

> 古今之成大事業、大學問者，必經過三種之境界。『昨夜西風凋碧樹，獨上高樓，望盡天涯路』，此第一境也。『衣帶漸寬終不悔，為伊消得人憔悴』，此第二境也。『衆裏尋他千百度，回頭驀見，那人正在，燈火闌珊處』，此第三境也。此等語皆非大詞人不能道。

所謂第一境，為開始展望之境。其二為艱苦困難時之處境，於是本其堅忍不拔之精神，繼續而邁入成功之途，其對於事業具有極大之期望，極大之自信心，而王氏崇偉之人格可以睹見焉。

常州派所推崇為詞家至聖無上之周美成，王氏譏之，蓋亦以其不能直抒感情也。

> 美成深遠之致不及歐、秦，唯言情體物，窮極工巧，故不失為第一流之作者。但恨創調之才多，創意之才少耳。

以創意為最高境，諸凡設色、遣詞、格調高超，皆落第二乘。於是王氏又薄浙派之祖祧姜白石：『古今詞人格調之高，無如白石。惜不於意境上用力，故覺無言外之味，弦外之響，終不能與于第一流之作者也。』

『南宋詞人，白石有格而無情，劍南有氣而乏韻……』東坡、稼軒兩人在詞學上富有生命力、創造力，於是王氏推崇之：

幼安之佳處，在有性情，有境界。即以氣象論，亦有『傍素波、干青雲』之概，甯後世齷齪小生所可擬耶。

東坡之詞曠，稼軒之詞豪。無二人之胸襟而學其詞，猶東施之效捧心也。

朱古微之論詞不分南北宋，不曰婉約、豪放，而分為疏、密二派。北宋諸家，疏也。南宋諸家，密也。美成介於二派之間。此亦能力詆前人之弊者，而王氏于朱古微所稱為『密』者皆痛詆之。

夢窗之詞，余得取其詞中之一語以評之，曰『映夢窗，零亂碧』。玉田之詞，余得取其詞中之一語以評之曰『玉老田荒』。

蘇、辛，詞中之狂。白石猶不失為狷。若夢窗、梅溪、玉田、草窗、西麓輩，面目不同，同歸於鄉愿而已。

歷代詞人最為王氏所推尚者，李後主外，厥惟納蘭容若，以為容若可以直嗣後主。此言不自王氏始，周之琦曰：『或以成容若繼李後主者，余以為重光天才也，不能繼。容若工於抒情，殆晏小山之流亞乎？』

王氏既歷詆各家，則不能不標一二家以為准的，於是以容若超出周、姜輩矣。

「明月照積雪」「大江流日夜」「中天懸明月」「黄河落日圓」，此種境界，可謂千古壯觀。求之於詞，唯納蘭容若塞上之作，如〔長相思〕之「夜深千帳燈」、〔如夢令〕之「萬帳穹廬人醉，星影搖搖欲墜」，差近之。

納蘭容若以自然之眼觀物，以自然之舌言情。此由初入中原，未染漢人風氣，故能真切如此。北宋以來，一人而已。

王氏尚天才，而不尚學歷，故極推容若，其實非篤論。若謂詞人最能以生命情感納之於詞中，則蔣鹿潭、項蓮生皆似之，容若小令脫口如丸，蓋為聰明天縱，長調多不協律，語多累贅，則情有餘而才不足也。夫詩詞之原素在乎「情感」，情愈深而所作愈高，此不能否認者。然田野老夫一顰一歎何嘗非為情感之表現，村婦罵街何嘗非鬱怒之所積，而我人不能命之為藝術者，以其無組織無技巧也。情感由於天縱，技巧則非學歷不能深，技巧、情感二者相成，然後得稱之為藝術。王氏似專偏於情感一方面矣。

容若長調不免初清跳囂之習，除〔念奴嬌〕一闋「怕見人去樓空，柳枝無恙，猶掃窗間月。無分暗香深處，悔把蘭襟親結」數語外，其餘如〔金縷曲〕數首，皆一時說盡，毫無餘蘊，在詞壇中之估價極低。《悼亡》數闋，雖真情流露，但亦嫌太說盡，蓋容若之學歷尚淺，技巧猶不能精煉也。

王氏言容若不染漢人習氣，此言殆不然。容若極愛用典，但不能融化轉露痕跡，凡讀容若詞者，類能舉其例。

予以為容若少年之作如李後主早年之作，習於豪華，未能深入。中年後閲世漸深，復銜命塞外，有燕趙強悍之氣，而技巧亦見進步。如〔蝶戀花〕數闋，已能直接踵武馮、歐諸公，亦達其藝術之最高點，他作不能似焉。而王氏不之稱，何也？

讀容若詞，不能摘一二語以為高境，但論其全集秀麗清雋，不同初清錢芳標、陸次雲輩專作輕薄之詞，蓋性情之深，亦天賦之厚也。

王氏又曰：『譚復堂《篋中詞選》謂：「蔣鹿潭《水雲樓詞》與成容若、項蓮生，二百年間，分鼎三足。」然《水雲樓詞》小令頗有境界，長調惟存氣格。《憶雲詞》精實有餘，超逸不足，皆不足與容若比。然視皋文、止庵輩，則倜乎遠矣。』王氏蓋未深讀《水雲詞》《憶雲詞》也。蔣詞小令雖有佳者，但非絕詣。其所長者，正在長調數闋耳。即以王氏純文藝目光以評之，其〔高陽臺〕：『暗水平橋，明霞低浦，霜痕冷閣魚叉。纔一番寒，微黄卻上蒹葭。瘦腰不恨秋來早，恨秋來、偏在天涯。更堪傷、十載荷衣，吟鬢蒼華。燈邊記得分明語，待夢圓鵲鏡，窗倚蟲紗。幾日西風，雁歸客未還家。陌頭柳色渾難覓，滿空江、換了蘆花。又斜陽、過盡西樓，都是昏鴉。』此詞抒情之直、感人之深，已臻文學之最高點，何遽不若成容若乎？詞中『滿空江換了蘆花』一句，以應上半闋『瘦腰不恨秋來早，恨秋來、偏在天涯』二句，鉤勒之細，殆為容若之所未夢見者，可以謂蔣詞之地位不若容若邪？

《憶雲詞》有擬玉田、夢窗者，於是王氏謂之精實有餘，超逸不足，其實憶雲之長正在作聰明語而更能使人耐其遠味者，王氏必欲推尚容若，於是不能不輕蔣、項，斯言未能竊同焉。

綜之，王氏之卓見為我人所極端欽服者，其論文學自有其文學之見解。創境界論，予後人填詞以一具體之方法，未同前人所謂『水光雲影，搖盪綠波，撫玩無斁，追尋已遠』之虛無渺茫之說，而一洗浙派餖飣窮弱、常派迂遠呆滯之病，可謂豪傑之士，但因欲回顧已說，類多牽強，則其評論各家未足謂定論。願後之習詞者，能循其說而更加以精深廣大，則詞學前途或可光大矣。

廿六年四月於無錫國專

清代詞學

王洪佳

王洪佳，生平事蹟不詳。

《清代詞學》全書共分四節：緒論、清代詞學復興之原因、清代詞學之特徵、清代詞學之概況。

《清代詞學》原刊載於《女師學院期刊》，1936 年第 4 卷第 1、2 期。

王洪佳　**清代詞學**

目錄

一、緒論

顧亭林曰：『《三百篇》之不能不降而漢魏，漢魏之不能不降而六朝，六朝之不能不降而唐，勢也。』此言勢者，蓋指時代環境之趨勢，及文體自然之演變而言。至於詞體之演變，尤與音樂關係，不可分離。觀夫房中舊曲，九代遺聲，漸消歇于陳隋之際，隋唐之間，西域樂乃大盛，是以古樂府已不能適於歌唱，今曲子代之而興矣。今曲子者，即今所謂詞也。（據王灼《碧雞漫志》）詞由小令而中調，中調而曼詞，曼詞至於南宋，其音律之精，形式之繁，無以復加矣。故元明兩代，詞學大衰，散曲雜劇，代之而興。亦無非音樂關係，與文體自然之勢也。至於有清詞學復盛，振元明之衰蔽，接宋人之墜緒，雖無能超過宋人，然其文學之成就，其詞情內容，則有異於前代焉。吾人論清詞，專論其文學方面，弗問其音樂，則庶幾不昧真象矣。茲先述詞體演變，以明源流：

（一）唐末小令：五代之時，小令獨盛。南唐二主，與正中之作，下至二晏，皆婉約華貴。《金荃》《浣花》世並稱溫韋，其詞芊麗纏綿，實小令之正則也。然此期之詞，多為歌者當筵侑酒而作，故其內容簡明，個性不甚顯著。

（二）曼詞：柳耆卿出，北宋曼詞以立。詞體較小令為解放，自是其疆域日廣，律調益繁。至於東坡更以之而為『曲子內縛不住之詩』。其內容較前擴大，個性較前顯著。然不盡合音律，於是有『當行』『別派』之稱。『豪放』與『婉約』之派分矣。論者以婉約而合律為正宗，故秦、賀以語工而入律，為此派開山祖。而美成以音樂專家為詞，又善融詩句，故所作清麗輝煌，音律與詞情，皆集北宋之渾厚，兼南宋之精深，此為後世所仰宗者也。

（三）豪放派：盛于南渡之初，辛稼軒之慷慨悲歌，集其大成。後村、辰翁之亡國哀思，益發悲壯。然其詞為自抒感懷之作，多未能諧律，詞家目為別派也。

（四）正宗派：南渡後，以白石、二窗之句琢字煉，歸於醇雅，為極致。雖文字力崇典雅，音律務究精微。然於內容意境，則不之顧。是『七寶樓臺，碎拆下來不成片段』者也。

（五）金元以往，歌譜失傳，詞體衰微。然張翥、元好問仍不失為別派之繼。至於明代，則詞為絕響矣。蓋有明文學，小說、傳奇外，其餘詩文，無非古人糟粕。詞無專家，所作徒襲《花間》《草堂》靡麗之貌而已。吳衡照《蓮子居詞話》云：『金元工於小令，而詞亡，論詞於明，並不逮金元，遑言兩宋哉。蓋明詞無專門名家，一二才人，如楊用修、王元美、湯義仍輩，皆以傳奇手為之，宜乎詞之不振也。其詞患在好盡，而字面往往混入曲子。昔張玉田論兩宋人字面，多從李賀、溫岐詩來，若近俗近巧，詩餘之品何在焉。又好為之盡，去兩宋醞藉之旨，遠矣。』此數語論元明詞之趨勢，能撮其要。

二、清代詞學復興之原因

清代詞學突過明人，而接跡兩宋。創作之富，批評校勘之精，格律之細，皆可稱美於前代。綜觀清代詞學所以如此之盛，其原因大抵有四點：

（一）世運太平與君主之提倡。唐宋以降，世運日衰，遼金元三朝，外族入主，生民塗炭。明代國勢亦復不振，內亂頻仍，學術受其影響，而衰蔽不堪。是以詞學幾成絕響矣。清代二百八十年中，滿族統制之下，時世太平，士大夫得以專力學術與文章。又以君主多好文學，如世祖、高祖皆獎學好士之君，如尤侗、姜宸英輩，皆以特識殊遇，拔自寒微者。博學鴻詞科之開，尤能鼓勵士氣，是以康熙至乾隆年間，詞人輩起，遂構成一代之風氣。以至末季，尤未見衰。

（二）學術潮流之影響。清代學術淩轢前代，經學、小學、考據、義理，皆集一時之盛，而各有所建樹。能以系統之方法、科學之程式，整理一切學術，而發揚光大之。秦漢以來，未有之盛況也。是以文學亦受其影響，而生氣蓬勃，能以治學術之方法，研究之，窮其源流正變之跡，論其得失之故。是以清人品藻評論之作，獨勝前代。一洗明人浮華之習。至於創作，亦能取法乎上，觀摹兩宋，窺其淵源，是以清代詞能崇風骨，尚清空婉約者，尚沉鬱柔厚者，各極其妙。總之，清代詞學之盛，亦其學風所被也。

（三）詞學演變之自然趨勢。南宋以降，詞學銆微，固以南宋詞已達極峰，無可再進也。然文學史之時代，時呈曲線之態，衰而復始，修正其蔽端，而更張旗鼓之情形，于詩文皆非一見矣。故詞自南宋盛極而衰，元明益不能振，至於有清而大興，修正明詞之蔽，而為宋之後繼者，蓋自然之勢也。又以清人之詩，無足名家，士之為文學者，則多尚倚聲，故一代詞人，勝於昔時也。

（四）詞學專家及詞學系統之建立。明代傳奇、雜劇接元人之續，而為一代之擅勝，其詞無專家，故大家之作，亦皆似曲。清代則不然，學術既分門別類，而研究之。則精而且專。文藝界亦然，是以習倚聲者，多為專家。非若前此旦以遊戲視之也。如納蘭容若、蔣鹿潭、項蓮生皆中年而殤，生平別無所聞，惟詞獨橫絕一代。朱竹垞、厲樊榭二人，詩與曲雖工，然其最大之成就，仍在於詞。至於晚清之王半塘、朱彊村、況蕙風、鄭小坡諸家，更悉畢生心力，而為詞者也。雖張惠言輩，以經學名家，然其為詞，益崇其體，非為遊戲。專家既如此之多，宜乎詞學能振衰起病，蔚然而盛也。非獨此也，清代詞興復盛之最大原因，卻在其能建立系統，近人郭紹虞氏《中國文學批評史》有云：『因有「道統」之觀念，所以有信仰，所以能奮鬥，必須勇於自信，能有以斯文斯道自任之魄力，然後才能奏摧陷廓清的功績。』此則言建立系統之功用甚詳。清代詞人，若浙派之朱竹垞，常州派之張惠言，即能以斯文斯道自任者也。浙派以清空婉約為宗，標舉白石、玉田為圭臬，造成家白石而戶玉田之詞風；常州派標舉柔厚之旨，以北宋之深美閎約為歸，造成比興深厚之宗尚。清代詞人三千餘家，除大天才若容若輩之外，未能出此二派之範圍，才高者相容並取，得中和之妙。平庸者各守一派，亦足名家。要之，清代詞風之盛，其最大原因有二：一以其有專家之努力，一即浙派及常州派宣導之功也。

總括以上四點，一曰：世運之太平及君主之提倡，以此而作家輩起，開一代之風氣。二曰：學術潮流之影響，以治學術宏通淵博之態度，而治詞，故能得其源流正變之故。三曰：詞學演變之自然趨勢，文學史上之時代，恒為曲線式之表現，詩文皆歷數盛衰矣，詞亦振元明之衰而復振，固其宜也。四曰：專家及系統之建立。此為詞學復興之最大原因。蓋前此詞學，皆自然之發展，清人乃為有系統之宣導，故此詞風大盛也。

三、清代詞學之特徵

詞至宋末，已不復被管弦，歷元明而衰蔽幾絕。清代諸家出，始崇意格，沿宋人之格律，為『長短不輯之詩』，抒寫其性情抱負，雖不被管弦，要亦不失為文學妙品也。故論清詞與論詩亡異，舍其音樂關係，而論其文學價值，此則就其創作本身而言之，若夫詞譜詞律之著作，皆有獨到處，亦不可磨滅也。總之清代之詞學自有其特徵，今歸納之為五項，述之如下：

（甲）擅音律。明人好為龐亂鉤裂，自作聰明，率意為詞。復率意制譜度腔，去古愈遠。宋人規定為之蕩然。清初萬樹乃取歷代詞人至於元末，考其字句異同，分別為《詞律》廿卷，以正明人《嘯餘譜》等作之失。一時倚聲家，奉為正鵠。然此書亦未嘗無弊也。故徐誠庵氏《拾遺》補正之。至於淩廷堪《詞潔》，又謂宋詞非四聲可盡。方成培《香研居詞麈》，則專論律呂。戈載《詞林正韻》，究討旋宮四十八調之旨。鄭文焯《詞學微微》，極言四上競氣之妙。鄭氏于白石自注歌譜，又多發明。斯並宋以後，不傳之學也。蓋清人詞雖不復重被管弦，亦不違宋人法度。且窮究律呂，務無乖於音樂之道，以視明人之荒疏率意，非可同日而語也。

（乙）尊詞體。我國純文學，世多目為小技，詞曲猶為士君子所不道。清代張臯文氏，以經學大儒，倡言意內言外，儕之於風雅，此體遂尊。張氏《詞選序》云：『緣情造耑，興於微言，以相感動。極名風謠里巷，男女哀樂，以道賢人君子，幽約怨悱，不能自言之情，低佪要眇，以喻其致。蓋詩之比興，變風之義，騷人之歌，則近之矣。』夫詞雖不必盡含微言大義，然作者之才情個性，固在其中，非淫蕩靡曼所可概也。故張氏尊體之説，風靡一時，清末丁紹儀《聽秋聲館詞話》又曰：『夫子刪詩，以二南冠首，豈無意哉。正惟家庭之內，情意真摯，充類至盡，而後國治天下平。況《離騷》之芳草、美人，即《國風》之《卷耳》《淑女》，古人每借閨襜以寓諷刺。詞之旨趣，實本風騷，情苟不深，語必不豔，惜後人不能解，不知學耳。』此為豔語情詞作辯，發前人未敢發之旨也。總之乾嘉以後，論詞者，皆准張氏之説，故不復有小道之譏矣。

（丙）精藻鑒。宋人詞雖精，評論甚鮮。明代詞話雖夥，然議論多未得要領。及至清人之詞學評論，可謂前無古人矣。如浙派之於南宋，常州派之於北宋，各舉標榜，皆具隻眼。而其見地特高，影響特大者，當推周濟、況周頤、王國維三人。

周濟之《介存齋論詞雜著》《宋四家詞選序》，於詞家之得失正變，論列精審。《四家詞選序》云：『退蘇進辛，糾彈姜、張，剟刺陳、史，變夷盧、高。』此周氏自述態度也。其于白石、稼軒、夢窗、玉田、清真諸大家，無不探其底蘊，評其優劣，所論獨到之處有二：（一）論作詞要旨曰：『詞非寄託不入，專寄託不出。』曰：『驅心若遊絲之罥飛英，含毫如郢斤之斫蠅翼，以無厚入有間。』曰：『閱載千百，謦欬弗違，斯入矣。』曰：『讀其篇者臨淵窺魚，意為魴鯉，中宵驚電，罔識東西。赤子隨母笑啼，鄉人緣劇喜怒，抑可謂能出矣。』（二）論詞之內容革新曰：『隨人之性情學問，莫不有由衷之言。』曰：『詩有史，詞亦有史，庶乎自樹一幟矣。若乃離別懷思，感士不遇，陳陳相因，唾瀋互拾，便思高揖溫、韋，不亦恥乎。』此周氏所論之重要者。至於『學詞求空靈』『求用心』諸論，亦足為《樂府指迷》之繼矣。

況周頤氏著《蕙風詞話》，論詞細入毫芒。其論於半塘『重拙大』三大宗旨外，益以『真』字。其說曰：『真字是詞骨，情真語真，所作必佳。』又曰：『寫境與言情，非二事也。善言情者，但寫境，而情亦在其中。』蕙風又曰：『詞境以深靜為主，由靜而見深。』此其論詞境也。言入深微，於前人詞則兼取南宋。曰：『張固不足山斗，得謂南宋非正宗耶。』此其論詞之宗旨。至於論詞之作品，更為精微。每取宋以來名句，比較而觀，言其得失。論詞之作法曰：『性靈流露，書卷醞釀。』又曰：『於無字處為曲折，切忌有字處為曲折。』又曰：『於情中入深靜，於疏處運追琢。』與周氏『有間入無厚』之說，大同小異也。

蕙風有《詞學講義》之作，未刊稿也。其言簡而要。曾云：『學詞者，必須有天分，有學力，有性情，有襟抱。』又云：『其大要曰雅，曰厚，曰重拙大。厚與雅相因而相成者也。薄則俗矣，輕者重之反，巧者拙之反，纖者大之反，當知所戒矣。』此論甚精，戒薄，戒輕，戒巧，戒纖，然後始能沉厚。何與周氏之旨，合若符契耶？然周氏之論，尚未為系統之建立。《蕙風詞話》，及其《詞學講義》，皆較前代詞話，為有組織，故其說益揚矣。

王國維氏靜安，於詞非專家，所著《人間詞》，寥寥無幾。惟專擅批評，能貫融中西文學原理，而獨成機杼。所著《人間詞話》，標境界之說，評論多異於前人，不朽之作也。其境界說曰：『詞以境界為最上。有境界則自成高格，自有名句。』又曰：『有造境，有寫境，大詩人所造之境，必合乎自然，所寫之境，亦必鄰於理想。』又曰：『有有我之境，有無我之境。有我之境，以我觀物，故物皆著我之色彩。無我之境，以物觀物，故不知何者為我，何者為物。』又曰：『雖如何虛構之境，其材料必求之于自然，而其構造，亦必從自然之法則，故雖理想家，亦寫實家也。』蓋所謂有境界也者，作品中性靈之表現也。詞界有客觀與主觀，故有有我之境，有無我之境。然客觀之中，無論如何，皆帶有主觀色彩。反之，無論如何主觀者，亦須受客觀環境之影響。故理想家亦寫實家，寫實家亦理想家也。故詞或為理想，或為寫實，皆為人生之表現也。非徒美辭麗遭而已。此為其論詞之要旨。至於論前人詞，於五代則崇後主、正中，北宋則清真、少游。至南宋遂有微詞矣。謂南宋詞如霧裡觀花，終隔一層，蓋其評論之的，為詞之風格內容，形式與音律方面，固無論也。

綜觀以上三家論詞之獨到處，於清代詞學之評論可見也。

（丁）明校勘。校勘之學，清代極盛，延至清末，詞學亦尚整理與校勘矣。王鵬運《四印齋所刻詞》，開風氣之先。至朱祖謀，而校勘益精。祖謀校刊宋金元人詞集，一百七十餘家，為《彊村叢書》。曹元忠《序文》曰：『盛矣哉！自汲古以來，至於近時，朋舊，若四印齋、靈鶼閣、石蓮山房、雙照樓諸刻，皆未足方。』此言殆非虛譽。蓋祖謀精音律，故其所刊詞，於宮調旁譜，皆精心校注，且又多善本參考。故論詞藉之校勘，斯可為盡美盡善矣。

（戊）尚模仿。詞體發達，至於兩宋，已至極頂。故後世為此體者，不得不從而模仿之。清代詞人，雖聰明才力，視前人無減色，然詞之精蘊，已為前人道盡矣，焉得不模仿耶？觀竹垞于玉田，彊村之於夢窗，雖大家亦不免規仿前人，遑論其他耶？要之，亦勢然耳。此雖純為規仿宋人，然一代文人精力之所寄，亦自有其特照，此清詞學，所以不容忽視者也。

以上所舉擅音律、尊詞體、精藻鑒、明校勘、尚模仿五項，清代詞學之大要也。至於清代詞之創作，在詞史上價值，則大類樂府史上之新樂府。郭茂倩《樂府詩集》云：『新樂府者，皆唐世新歌也。以其辭實樂府，而未嘗被於聲，故曰新樂府也。』清人詞亦清代之新歌，其詞實諸宋詞之格，而未嘗被其聲也。故吾人舍諸音樂關係，以論清詞，猶唐之新樂府，於樂府也，又何得云清詞不占重要位置耶？

四、清代詞學之概況

有清二百餘年，詞人輩出。宗《花間》者，主南宋者，奉北宋者，屢有變易，故其作風與見解，亦各異焉。循其變易之跡，以比觀之，其要點可分為四期：

第一期：自滿清入主，至康熙之初。曾王孫所謂：皇朝定鼎後之四十年也。此期作者，悉明之遺老，各家詞鈔所刻，在百家以上。孫默所選《十五家詞》，皆一時名俊，而王士禛、曹貞吉、顧貞觀、陳維崧、徐釚、毛奇齡、吳綺、彭羨門諸家，尤為傑出。王士禛、彭羨門沿明人遺習，以《花間》《草堂》為宗，而工力特勝，所作小令含蓄不盡，直追王代。曹貞吉、陳維崧，發揚蹈厲，以豪放為宗，私淑東坡、稼軒，而境界特大。蓋清詞人朝氣滂薄，魄力甚大，已開一代之風氣矣。

第二期：自康熙中，迄於嘉慶之初，浙派全盛期也。浙派始于曹倦圃。竹垞稱之曰：『往者，明三百年，詞學失傳。先生搜輯遺集，余曾表而出之，數十年來，浙西填詞者，家白石而戶玉田，春容大雅，風氣之變，實由於此。』白石、玉田為浙派所宗仰，並以之為登峰造極之境。朱竹垞選《詞綜》，此派大興。其主旨，蓋承明詞之敝，而崇尚清靈，欲以救嘽緩之病，洗淫曼之陋也。龔翔麟《浙西六家詞》之刻，李良年、沈岸登、龔翔麟等，皆浙派之彥也。李良年論南宋詞人，夢窗之密，玉田之疏，必兼之乃工。然其自作，則不能以此言為的。李分虎、沈岸登、龔翔麟等，皆師竹垞，奉南宋為圭臬，不肯稍入北宋一步也。至厲樊榭出，能以幽深冷峭之筆，振浙派疏滑之弊，蔚然大家。郭頻伽、吴枚庵等人之作，亦清空疏俊之至，然終失之滑易淺薄，不能醇厚，此派至乾嘉間遂不振矣。要其始在挽明人之衰敝，接南宋正宗派之續，為清代詞學，創立門戶也。若朱、厲等大家，其才情，足以副之，故能有得于白石、梅溪。其末流則為餖飣為寒乞矣。其弊在於未能稍進於北宋，不能窺詞學之堂奥也。故不能深厚。況蕙風謂其意境，不求甚深，但事雕飾綺藻韻致而已。又謂鉤勒太露，乃失之薄。陳廷焯《白雨齋詞話》曰：『國初諸公出，如五色朗暢，八音和鳴，備極一時之盛。然規模雖具，精蘊未宣。綜論群公，其病有二。一則板襲南宋面目，而遺其真，謀色揣稱，雅而不韻。一則專習北宋小令，務取濃豔，遂以為晏、歐復生。不知晏、歐已落下乘，取法乎下，弊將何極，況並不如晏、歐？』陳氏此論，浙派詞人之弊，實屬詳審。於第一期詞人之弊，則未云精確。要之，浙派之朱、厲，實開清詞一代之門徑也。

第三期：乾嘉、道光之間，常州派全盛時期也。浙派末流，既為餖飣寒乞，故至乾嘉間乃益衰，為人所詬病。張皋文氏遂起而改革之，倡意內言外之說。極推比興之義。其弟翰風，甥董晉卿和之。於是常州派，代浙派而興矣。推張氏之旨，蓋以詞乃『變風之義，騷人之歌，詞雖香草美人，實喻賢人君子，幽約怨悱不能自言之情也』。其論詞，以深美閎約為指歸，以沉厚為宗旨，而尊北宋之渾涵，排南宋之餖飣。是以宗清真，而薄姜、張，以其不能厚也。觀其與翰風所輯《宛鄰詞選》，自唐李白迄于宋徽宗凡四十四家，僅一百十六首。去取之際，微旨在焉。周止庵尊是說，而推衍之，光大之，於源流正變之故，尤多深造。持論之精，自為一代批評大家，前已述之。嘗云：『白石詞如明七子詩，看是高格響調，不耐人細思。』又論玉田之作，如『積谷作米，把纜放船，無開闊手段』，皆獨到之見也。要之，常州派矯浙派之貌襲南宋之習，而進宗北宋也。是以蔓衍嘽緩之病，一時作者，皆盡除之。然比興寄託，亦不能無流弊也。常州派之作者，往往流為平鈍廓落，反失浙派婉約清超之境。蕙風氏論弊甚詳，嘗曰：『詞貴有寄託。所貴者流露於不自知，觸發於弗克自已。身世之感，通於性靈。即性靈，即寄託，非二物相比附也。横亘一寄託于搦管之先，此物此志，千首一律，則是門面語，平略無變化。』蓋刻意求寄託，反失其自然之旨也。

第四期：道光、同治以迄民國，清代詞之光榮結局也。道光以來，清室日趨於滅亡。士大夫怵于家國之內憂外患，於率以隱幽之詞，藉發忠憤之懷。莊中白、譚復堂兩氏唱和于同治、光緒間，承常州派之說，廣其柔厚比興之旨。其自作亦大雅遒逸，品骨甚高。至於王鵬運、朱祖謀，乃篤學之士，以乾嘉大師，校勘經籍之力，從事詞籍之校勘。《四印齋詞》及《彊村叢書》之刻，宋元名家詞集，得以流布。海內治學者，乃益衆。故此數十年間，詞風特盛。如半塘、彊村、蕙風、叔問四人，皆大家也。相率主持晚清詞壇，各有造詣。半塘詞，『幼眇而沉鬱，義隱而指遠』。

彊村詞，『聲情樸茂，清剛雋上』，得乎夢窗之神者也。蕙風詞，『柔厚沉鬱，頓挫排蕩』。叔問詞，則『感興微言，澹遠蕭疏』，且深明管弦聲數之理，尤非近世人所有也。此期除以上四人之外，尚有文廷式及馮夢華，皆名著一時。文氏《雲起軒詞鈔》，極兀傲俊爽之至，其風格在稼軒、須溪間。馮氏《蒙香室詞》，所作小令，高情遠韻，得南唐之遺。此期詞人之盛如此。至於批評校勘之學，亦至此期而大盛。蓋此期乃集一代之大成者也。

綜觀上列各期作家，人標一幟，其作風雖經四次變易，不出宋規模也。第一期、第二期，乃自五代北宋，而趨南宋。第三期、第四期，又自南宋，而上追北宋。初期雖以《花間》《草堂》為宗，而以才力勝，模仿尚非專藝，門戶並未確立。至於浙派，則偏主南宋，常州派則專主比興，各走極端，互見短長。而五百年來詞壇，經兩派之提倡，為體乃尊。於是研究之風日盛，嗜之者，恒出畢生精力，而為之。其態度嚴正，不似前人，但以遊戲燕集而出之。此清儒『為學術而學術』之偉大精神也。末期則貫穿兩宋，融洽諸家，而集一代之大成。創作之風既盛，研究之學益精，是詞史一大結束也。

清代詞人，考《清詞綜》及《續編》《補編》所錄，已有三千家。徐乃昌小檀欒室匯刻之《閨秀百家詞》，錄清代女詞人九十六家，其零篇散章不成卷冊之詞者，又不知凡幾。其中能單然自立，得宋人之真者，亦復數十家。茲就上述四期中，求其足以代表各派，或各期之特徵者，得若干家。其天才獨高，成就獨大，不為某派所限，籠蓋一代者，得三家，今次其大較，著之篇。

詞學概論

蔣梅笙

蔣梅笙（1870—1942），名兆燮，以字行，江蘇宜興宜城鎮人。蔣兆蘭之弟，蔣碧薇之父。1929年至1931年，曾短暫出任北平大學藝術學院教授和金陵女子大學教授，後歷任重慶大學、四川教育學院教授等。著有《國學入門》《莊子淺訓》《理齋近十年詩詞》等。

《詞學概論》主要從何謂詞、詞的起源、詞在中國文學上的地位、晚唐五代的詞學概論、宋詞發達的原因、北宋的詞學概論、南宋的詞學概論、詞的弊病、研究詞學的幾段經驗談等九部分論述。《詞學概論》原載於《沙磁文化》1941年第1卷第1、2、3、4、5期。據蔣梅笙附白云：『這部稿子，是我從前在某大學擔任暑期業課所編的。只是講義體裁，而並非專家著述，故言論意旨，大半採擷各書的精華（尤以胡雲翼《宋詞研究》為最多），而加以管見的修改，本不應重付排印，冒侵人版權的嫌疑；但自從抗戰以來，文化機關集重慶，江海封鎖，書籍饑荒，從而人人可以購閱之書，現在高價亦難購致，於是像我這部東鈔西襲的稿子也似乎不妨公佈出來，暫救青年學子的饑渴，這就是我應先在本刊上分期登載的近因。』由此可知蔣梅笙《詞學通論》多借鑒胡雲翼《宋詞研究》，為講義體裁。另外蔣碧薇女士將父親遺著《詞學概論》整理，於1960年交由台灣國民出版社出版排印本。本書據《沙磁文化》所載整理，參校以台灣版排印本。

目錄

一、何謂詞？

『什麼是詞？』這個問題，要求解答：

《說文》：『詞，意內而言外也。』段注說：『詞者，文字形聲之合也。』又說：『詞者從司言，此摹繪狀物及發聲助語之文字也。』《說文》所謂詞，明是指文法上所謂詞類的詞，並不是解釋詩詞的詞。因為詞體晚出，古人詞的解釋，只有造字本義；及詞體成立，詞的意義，已經不是本義；而詞的解釋，也只能從詞的作品裏去探討，不能從《說文》上求解釋了。

《詞源・跋》說：『詞與辭通用。』段氏《說文注》說：『辭，謂篇章也。』以辭為篇章，這又不免過於籠統，所謂詞，也是文學的一體，原是成篇章的；但成篇章的，又何止詞呢？散文、小說，沒有不成篇章的，所以辭之一字，並不足以表現詞的特色，除非說詞是歌辭，比較確切些。然而歌辭兩字，只能算是詞的別名，表明詞是歌的，並不能算是詞的定義，況且詞還不能概括歌辭，古詩、樂府、近體，絕句，也都是歌辭呵。

從詞的作品裡觀察詞的意義，我們誠然可以明白詞是什麼，但卻不能指出詞在文體上的特性，換句話說：詩與詞並沒有根本上的差別。王阮亭曾經告訴我們詩詞曲的分界，他說：『「無可奈何花落去，似曾相識燕歸來」，定非《香奩詩》；「良辰美景奈何天，賞心樂事誰家院」，定非《草堂詞》也。』劉公勇說：『「夜闌更秉燭，相對如夢寐。」叔原則云：「今宵剩把銀釭照，猶怕相逢是夢中。」此詩與詞之分疆也。』這未免說得太神秘了！還有幾種說法，也都是先肯定了詩與詞的分別，再從作法上、修辭上、叶韻上、體格上，或字句上，勉強下一個區別。這都是沒意義的！老實說，無論在形式上、內容上，詩與詞都沒有明顯的劃界，先從歌辭方面說：

當在晚唐五代，詞即歌辭。故《花間》《尊前》諸集，沒有詞名，凡屬歌辭，一概選錄，並不以長短句分別。我們若以歌辭為詩詞之分，那麼《花間集》裏，正有許多詩體。例如《楊柳枝》：

宜春苑外最長條，閑嫋春風伴舞腰。正是玉人腸斷處，一渠春水赤欄橋。

館娃宮外鄴城西，遠映征帆近拂隄。繫得王孫歸意切，不關芳草綠萋萋。

這是兩首七言絕句。又如《紇那曲》《長相思》，是五言絕句。《清平詞》《竹枝》《小秦王》《陽關曲》《八拍蠻》《浪淘沙》《阿那曲》《雞叫子》，都是七言絕句。《瑞鷓鴣》是七言律詩，《款殘紅》是五言古詩。這些歌辭，俱載《尊前集》《花間集》《草堂集》中。如果我們承認這些都是詞集，就不得不承認這些是詞。然而卻是詩的體裁。我們把什麼去區分詩詞呢？

或者說，詩雖是歌辭，句子是整齊的，詞卻是長短句的，這是詩與詞的不同。殊不知古樂府裡，也有許多長短句的歌辭。例如《戰城南》（漢鐃歌）：

戰城南，死郭北，野死不葬烏可食。為我謂烏，且為客豪，野死諒不葬，腐肉安能去子逃？水聲激激，蒲葦冥冥；梟騎戰鬥死，駑馬徘徊鳴。梁築室，何以南？何以北？禾黍不獲君何食？願為忠臣安可得？思子良臣，良臣誠可思；朝行出攻，暮不想歸！

它如瑟調曲的《東門行》《孤兒行》之類，都是長短句的歌辭。都是樂府詩，而不是詞。

還有人說，詞是倚聲製譜，按譜填詞，這倚聲填譜，便是詩詞樂的分野線。這種說法也是枉然的。只有《花間》為詞集之祖，而《花間集》的詞，便沒有一定的詞譜。同是一個調子，字句多殊，並非定體，而所謂按譜填詞者，乃後人摹擬宋詞的體格，並不發生文學上的意義，尤不足以表明詞的特徵。

以上種種，俱無法證明詩詞的劃界，實因詩詞本無區劃的可能。總之，詞就是詩。所謂詞者，不過表明詞在詩裡的一個特殊色采罷了。何謂詞？答曰：

『詞就是抒情詩。』怎麼說呢？且分形體、內容與音樂三方面來解釋：（一）詩的形體，大都是整齊的，也有不整齊的。《三百篇》的詩，漢代的古樂府，六朝的吳曲歌謠，長短句很多。詞的形體，也一樣有不整齊的長短句，有整齊的五言、七言，雖然詞的長短句多些，這卻更適宜於抒情詩。例如《三百篇》的抒情詩，六朝歌曲裡的抒情詩，大概都用長短句，因為形式太整齊，就過於板滯不活動了。這種曲線式的長短句，是最適宜於抒情詩的形體。（二）從音節方面看，詞不但論平仄，並且講求五聲。詞的押韻，比詩更要嚴格，故詞的音樂成分，只有比詩複雜，音節比詩更要響亮。音節與韻律，容易在聽覺上驟增抒情的力量，引起情緒的波動，發生聯想的感情。故音節在抒情詩裡面，最關重要，而詞的音節，自然最適宜於抒情了。（三）更從內容方面看，詩可以分為抒情詩、敘事詩、劇詩等類，而詞則僅限於抒情一體。我們試將詞的作品，分析歸納一下，其描寫的對象，總不外閨情、離別、傷懷、悵憶之類。《花間》小令，務著豔語；南唐後主，宋初柳永，皆以婉約為宗；雖然蘇、辛務為豪放，號稱別派，然亦未嘗不是抒情。南宋詞，若《絕妙好詞》所選，非言情之作。所以沈伯時說：『作詞與作詩不同，縱是用花草之類，亦須略用情意，或要入閨房之意。……如只直詠花草，而不著些豔語，又不似詞家體例。』（《樂府指迷》）李東琪說：『詩莊詞媚，其體元別。』所以明明是詠花草，不可不入情意；明明是詠物，不可歸自敘。總結一句，詞不可不是抒情的。那麼抒情詞與抒情詩有什麼區別呢？例如李後主《搗練子》：

深院静，小庭空，斷續寒砧斷續風。無奈夜長人不寐，數聲和月到簾櫳。

這與王昌齡的《長信秋詞》：

金井梧桐秋葉黄，珠簾不卷夜來霜。熏籠玉枕無顔色，卧聽南宫夜漏長。

李白的《玉階怨》：

玉階生白露，夜久侵羅襪。卻下水晶簾，玲瓏望秋月。

這都是抒情的詩和抒情的詞，除了字句的長短以外，哪裡有劃分兩種體裁的可能呢？本來中國文學的分類，只是照形式分，全不顧及內容及其他方面。譬如《國風》與《離騷》，原都是詩，只因篇幅的長短，別為詩賦。詩歌小變，又分為古詩、近體。五言即為五言詩，七言即為七言詩；四句為絕句，八句為律詩，這完全以形式為劃界。只要形體稍變，就別立一類名目，並沒有根本的差異。詞之得名，也是由於詩的形式上，小有變改，遂另立詞名，以別於詩。其實詞不但是詩，與詩沒有何等差異，而且是形式更適宜於抒情，音節更響亮，內容更富於情感，可以說是詩中之詩——抒情詩，唐詩之變，只是形成抒情詩的一種形式；宋詞之發達，不過表見抒情詩的片面發展罷了。

可是我們說詞是抒情詩，不錯，抒情詩三個字的確是詞的最好定義：但這又偏於內容的界說了，為普遍明白詞是什麼見起，看下一個定義：『倚聲填譜的歌辭，謂之詞。』詩是歌辭，已無話說。現在於歌辭上，加以『倚聲的』，則《三百篇》、古樂府、五七言絕句，都是以樂協辭的，自然不算是詞了。又有『填譜的』，則宋以後的填詞也算詞了。大概這個定義，僅可包括一般所謂詞體，於是何謂詞的答案，可由（一）詞是抒情詩，（二）倚聲填譜之歌辭謂之詞，兩項，歸納得一個結論：

何謂詞？在形體上是音數一定的，篇幅簡短的——最長的《鶯啼序》也不過二百四十字。在音節上是『倚聲的』，或是『填譜的』，而內容的實質是『抒情的』，那就叫作詞！

二、詞的起源

中國從前只有詞的創作，沒有詞的研究。間有『詞話』一類書，亦是信口雌黃，不負責任；支離瑣碎，毫無足取。故雖如『詞的起源』這種要題也不曾有人給我們一個圓滿的解答。現在得重新提出來討論，我們先搜輯前人對這問題的說話，約有四種：

(1)長短句起源說：這一派的主張，是以詞為長短句，詞的起源，也起源於長短句。《詞綜·序》說：『自有詩而長短句即寓焉，《南風》之操，《五子之歌》是也。周之《頌》三十一篇，長短句居十八；漢《郊祀歌》十九篇，長短句居其五；至《短簫鐃歌》十八篇，篇皆長短句；謂非詞之源乎？』楊用修說：『填詞必溯六朝者，亦探河窮源之意。長短句如梁武帝《江南弄》、梁僧法雲《三洲歌》、梁臣徐勉《迎客曲》《送客曲》、隋煬帝《夜飲朝眠曲》、王叡《迎神歌》《送神歌》，此六朝風華靡麗之語，後世詞家之所本也。』

（2）詩餘起源說：這一派的主張，以為『詞者詩之餘』。沈雄《柳塘詞話》：『衍詞有三，賀方回衍「秋盡江南草未凋」，陳子高衍「李夫人病已經秋」，全用舊詩，而為添聲也。《花非花》，張子野衍之為《御街行》；《水鼓子》，范希文衍之為《漁家傲》，此以短句而衍為長言也。至溫飛卿詩云：「合歡桃核真堪恨，裡許原來別有人。」山谷衍為詞云：「似合歡桃核真堪人恨，心裡有兩個人。」古詩云：「夜闌更秉燭，相對如夢寐。」叔原衍為詞云：「今宵剩把銀缸照，猶恐相逢是夢中。」以此見詞為詩之餘也。』宋翔鳳說：『謂之詩餘者，以詞起於唐人絕句，如太白之《清平調》，即以被之樂府。太白《憶秦娥》《菩薩蠻》，皆詩之變格，為小令之權輿。旗亭畫壁賭唱，皆七言絕句。後至十國時，遂競為長短句，自一字兩字至七字，以抑揚高下其聲，而樂府之體一變，則詞實詩之餘，遂名曰詩餘。』（《樂府餘論》）

（3）樂府起源說：主此說者，謂詞起源於漢魏樂府。因樂府主聲，已近小詞，歌曲句有長短，聲多柔曼，徐釚《詞苑叢談》說：『填詞原本樂府，《菩薩蠻》以前，追而溯之，梁武帝《江南弄》，沈約《六憶詩》，皆詞之祖，前人言之詳矣。』徐師曾《詩體明辨》說：『詩餘者，古樂府之流別。……』徐巨源說：『樂府變為吳趨越豔，雜以《捉搦》《企喻》《子夜》《讀曲》之屬，以下逮於詞焉。』王國維說：『詩餘之興，齊梁小樂府先之。』（《戲曲考源》）

（4）音樂起源說：主此說者，謂起源於音樂的變遷。俞彥說：『六朝至唐，樂府不勝詰曲，而近體出。五代至宋，詩文不勝方板，而詩餘出。唐之詩，宋之詞，甫脫穎而遍歌者之口。』紀昀[156]說：『古樂府在聲不在詞，唐人不得其聲，……其時采詩入樂者，僅五七言絕句，或律詩割取其四句，依聲製其詞者。初體《竹枝》《柳枝》之類，猶為絕句；繼而《望江南》《菩薩蠻》等曲作焉。至宋而傳其歌詞之法，不傳其歌詩[157]之法。』俞彥又說：『詩亡然後詞作，非詩亡，所以歌詠詩者亡也。』

以上四種說法究竟哪一種對呢？據我看來，沒有一說全對！詩餘之說早有駁論，如汪森序《詞綜》說：『古詩之於樂府，近體之於詞，分鑣並馳，非有先後。謂詩降為詞，以詞為詩之餘，殆非通論！』說詞起源於長短句，亦不可通！詞固然是長短句，但長短句不必是詞！若必如此說，則如俞彥所說：『溯其源流，咸自鴻蒙上古而來，如億兆黔首，固皆神聖裔矣。』這豈不是笑話？樂府起源之說，比較可通。然有唐一代，詩歌大盛，詞則無聞。故詞起源於樂府之說，亦非通論！只有音樂起源一說最為合理。可是古人主其說者，只有簡單置論，沒有充分的說明，未能使我們滿意。現在且等我們來試探詞的起源事吧！

顧亭林說：『《三百篇》之不能不降而《楚辭》，《楚辭》之不能不降而漢魏，漢魏之不得不降而六朝，六朝之不能不降而唐也，勢也。詩文之所以代變，有不得不變者……』為什麼不得不變呢？在前古的一種文體，經過了長時期的運用，已經用舊了，變盡了。若再不改用新文體，不能創造好文藝出來，這便是不得不變的原因。詩至晚唐五季，誠如陸放翁所說：『氣格卑陋，千

156『昀』，原作『時』。

157『詩』，原作『詞』。

人一律。』非變不可了。因為詩體自四五言以至七言，由古體而近體，已經變盡了。自然會變到長短句的詞的路上來。現在再探討詞的起源的歷史的事實，這該先肯定兩個前提。兩個什麼前提呢？

（1）詞的起源，完全是音樂變遷的關係。因詞以協樂為主，有聲律，然後有製譜填詞。

（2）詞的發生，只能在有唐一代。唐以前太早，與宋詞發達無聯絡的線索；唐以後太遲，不能解釋宋詞發達的淵源。

肯定了這兩個前提，於是我們可以來開始探討了。有人說，詞起源于李太白的《菩薩蠻》《憶秦娥》等調。因為太白盛唐人，在那時有發生詞的可能；並且《菩薩蠻》《憶秦娥》恰是有調倚聲之詞。這一來，大家都相信李白是詞祖，說詞起源於李白了。詞的起源問題，就這樣輕輕解決了嗎？決不！我們有許多證據，使我們根本不信《菩薩蠻》幾首詞是李太白的創作！

第一，《太白集》裡，未載《菩薩蠻》等詞，這是鐵證。按《李翰林集》，《新書·藝文志》有著錄，全集刊行，並非佚本。唐刊本今雖不存，而陳直齋《書錄解題》，晁氏《讀書志》，並題《李翰林集》，是此集還流傳至宋。後蜀趙崇祚編《花間集》，編錄晚唐諸家詞，而不及李白，是必李集未刊詞無疑。甚至南宋黃昇編《花庵詞選》，始載白詞，這顯然不可靠！且黃書只求廣搜，多有錄誤。如《山花子》一首，實李璟作（《南唐書》載馮延巳之對語可證）。乃題李後主，可見這書的不忠實了！

第二，李白是盛唐詩人，文名甚著，倘製新詞，創新體詞，當時必有唱和！何以不但當時諸詩人無唱和之作？即太白之後，亦絕無繼響？直到晚唐，填詞始風行？中間孤絕百年，這是無法解釋的。

第三，《杜陽雜編》說：『大中初，女蠻國貢雙龍犀、明霞錦，其國人危髻金冠，瓔珞被體，故謂之菩薩蠻。當時倡優，遂歌《菩薩蠻》曲，文士亦往往效其詞。』《南部新書》亦載此事。則李白之世，唐尚未有斯題。何得預填其篇焉？

第四，『……予謂太白當時，直以風雅自任，即近體盛行，七言律鄙不肯為，寧屑事此？且二詞雖工麗，而氣衰颯。於太白超然之致，不啻空壤，藉令真出青蓮，必不作如是語，詳其音調，絕類溫方城輩。蓋晚唐人詞，嫁名太白耳！』（胡元瑞語）

根據上面四種說法，《菩薩蠻》《憶秦娥》詞，是否真出太白，這就很有疑問了。雖然有人說此二詞音調高古，絕非溫方城輩所能。但我們不必信他確是溫方城的，大約總是晚唐（？）五代（？）的詞人，以為李白是大詩家，為抬高所做詞的聲價計，所以嫁名太白的。黃昇不察，編入《花庵詞選》，題上白名，後人遂以這兩首為詞祖了。或者黃昇想與《花間》爭勝，明知其偽，故意濫取，以矜搜集的廣博，也未可料！總之，《菩薩蠻》《憶秦娥》諸詞，決不出於太白，是可斷定了！

據我的觀察，詞的起源的歷程，是全由音樂的變遷產生出來。現在先引幾段話：

（1）《唐書・藝文志》說：『江左宋梁之間，南朝文物，號稱最盛，人謠國俗，亦世有新聲。後魏孝文宣武，用師淮漢，收其所獲南音，謂之清商樂。隋平陳，因置清商署，總謂之清樂。遭梁陳亡亂，所存蓋鮮。隋室以來，日益淪缺。武太后之時，猶有六十三曲，今其辭存在，惟四十四曲焉。」

（2）王灼《碧雞漫志》：『隋氏取漢以來樂器歌章，古調，併入清樂，餘波至李唐始絕。唐中葉雖有古樂府，而播在聲律則鮮矣。』

（3）又云：『唐時古詩亦未全消，《竹枝》《浪淘沙》《拋珠樂》《楊柳枝》，乃詞中絕句，而定為歌曲。故李太白《清平調》詞三章皆絕句。元白諸詩，亦知音者協律作歌。自樂天守杭，元微之贈云：「休遣玲瓏唱我詩，我詩多是別君辭。……」白樂天亦戲諸妓云：「席上爭飛使君酒，歌中多唱舍人詩。……」舊說開元中，詩人王昌齡、高適、王之渙詣旗亭飲，梨園伶官，亦招技聚讌。三人和約曰：我輩同擅詩名，未定甲乙，試觀諸伶謳詩，分優劣，一伶唱昌齡絕句云「寒雨連江夜入[158]吳……」，一伶唱適絕句云「開篋淚沾臆，……」。妓唱「黃河遠上白雲間，……」，（渙之作）……以此知李唐伶妓，取當時名士詩句入歌曲，蓋常俗也。』

（4）又云：『涼州曲，唐史及傳載，稱天寶樂曲，皆以邊地為名，若涼州、甘州之類。曲遍聲繁[159]，名入破。又詔道調法曲，與胡部樂合作。』

（5）《朱子語類·論詩篇》曰：『古樂府只是詩，中間卻添許多泛聲。後來怕失了泛聲，逐一聲添個實字，遂成長短句，今曲子便是。』《全唐詩·附錄》說：『唐人樂府，原用律絕等詩，

158「入」，原作「未」。
159「繁」，原作「絲」。

雜和聲歌之。其並和聲成實字，長短其句以就曲拍者，為填詞。』

從上邊幾條例子，很可以看出詞體起源的線索來。原來古樂府的調譜，到唐朝已亡個乾淨，只剩下清商樂的一部分，還保存著。故唐時古樂府已經失了音樂的效能。詞人所擬作，不過借題抒意。而所作新樂府，亦只是五七言古詩，完全是文學方面的事了。這時與音樂發生關係的，是什麼呢？就是五七言絕句。當時的絕句，脫稿就可歌唱。一方面外國樂也漸漸輸入中國來了。唐時十部樂，除了一部分的清商曲系本部樂外完全是外國樂。這種外國樂最初與中國樂發生結合關係時，雖還沿用絕句作為歌辭，但卻發生了絕大的困難。音樂本來以『聲』為主，而且是最活動的。若是把格律整齊音數一定的絕句，作為歌辭，而用音樂來配合他，那自然感覺到音辭難協的困難，而且桎梏了音樂的發展。所以勢不能不設法變通，或在字中加散聲，或在句裡插和聲，以協樂性；並且重疊絕句，以免除字數的單調。後來即用曲譜作基本，散聲和聲皆填以字，那麼五七言盡變成長短句了。一方面依著音樂單獨的發展，常常會產生許多新腔新調兒，倚聲製辭，則這種歌辭，自然不會是音數整齊的絕句，而是長短不定的詞句。晚唐長短句歌辭盛行，正是音樂發展的結果。故詞的起源，並不是由誰憑空創造出來，也不能說是起於哪一首詞。詞的起源，只能說是唐玄宗時代外國樂到中國來，與中國古代的殘樂結合，成功一種新的音樂。最初只是用音樂來配合歌辭，因為樂辭難協，後來即倚聲製辭。這種歌辭是長短句的，是協樂有韻律的，——是詞的起源。

附帶，我們在這裡證明『詞者詩之餘』說的謬誤，大概普通反對『詩餘』之說，總說這是不懂得文學進化的妄言；但『進化』二字，如何能使人心服呢？除非有人拿事實來證明詞確不是詩餘，那麼我們就在此處來證明。俞彥說：『詩亡，……非詩亡，所以歌詠詩者亡也。』這話本對，但他接著又說：『詩亡然後詞作。』否認『詞興而樂府亡』，便全沒理由。大凡一種形體的喪亡，必自有其喪亡之道，有外因和內因兩種：內因是自身已失卻存在的價值，外因是有更適用的形態代興了。我們知道歌詞之法，是代歌詩之法而興的。原本在文學裡面，絕句或者比詞更自由些；若到音樂範圍裡面，則絕句遠不及詞的活動。因為絕句是自成為一種體裁，是固定的，詞則隨音樂在變化而變化，最活動，故能跟著音樂的發展而發展，絕句則仍然退到完全的文學方面去。（後來填詞也單獨在文學方面發展了。）這不分明是歌詞打倒了詩歌了嗎？不分明詞是進化的嗎？因此我們大膽地說：『詞興而歌詩亡！』

附白

這部稿子，是我從前在某大學擔任暑期講課所編的。只是講義體裁，而並非專家著述，故言論意旨，大半採擷各書的精華（尤以胡雲翼《宋詞研究》為最多），而加以管見的修改，本不應重付排印，冒侵人版權的嫌疑；但自從抗戰以來，文化機關，聚集重慶，江海封鎖，書籍饑荒，從前人人可以購閱之書，現在高價亦難購致，於是像我這部東鈔西襲的稿子也似乎不妨公佈出來，暫救青年學子的饑渴，這就是我應先在本刊上分期登載的近因。大雅君子！請莫譏我為郭竊向注，謝謝！

蔣梅笙白

三、詞在中國文學上的地位

講到詞在中國文學的各種體裁上，本應當占著一個重要的位置，然而從前的文人，都不很看得起詞，俞彥說：『詩詞末技也。』又說：『詞於不朽之業，最為小乘。』賀裳說：『詞誠薄技。』《詞品》說：『填詞於文為末。』紀昀[160]說：『詞曲二體，在文章技藝之間，厥品頗卑，作者弗貴。』又說：『文之體格有尊卑，律詩降於古詩，詞又降於律詩。』這種卑睨詞的論調，顯與我們的見解相矛盾，何以會這樣矛盾呢？這自然是古今人的文學觀念不同，原古人所以卑睨詞，實因他們抱有兩個極謬誤的文學觀念。

第一，是文以載道的謬誤觀念：從前的文人，以為文學的體用，以載道為極則。假如一種文學，不是載道的，或者與道沒有直接或間接的關係的，則這種文學，就失了高貴的價值，只能算小技，只能算末流。所以，古人在堅信『文以載道』的前提之下，不惜把《詩三百篇》裡那些平民無所為而作的歌謠，加上些美君、美后、刺君、刺時的按語；不惜把《楚辭》裡那些屈原自敘、自悼的作品，加上些思君寓意的名目；不惜把一切作品，無論所描寫的對象是什麼，總要牽強附會到『載道』上去，以完成『文以載道』的觀念。只有詞那是很乾脆鮮明地描寫情緒的，尤其適宜於描寫兩性間的愛戀之情，無法把他附會到道上去，簡直與他們『文以載道』的標語，完全不合，因此他們不認他為真正的文學，故說『詞末技也』『作者弗貴』；又說他是『風人之末派』

160『昀』，原作『的』。

『文苑之附庸』，這種種輕褻的話，無非是根據『文以載道』來批評的。這就完全是一種錯誤，儘管《三百篇》裡，有好多『美』好多『刺』的作品，那些『投我以木桃，報之以瓊瑤』『匪女之為美，美人之貽』和『有女懷春，吉士誘之』的詩，無論怎樣解釋，總不能不說是描寫戀愛的詩。其中鄭風、陳風、衛風，有許多戀愛詩在裡面，朱熹早已說過。可見《三百篇》已不合於『文以載道』了，儘管《楚辭》裡有許多思君憂國之音，但屈子的憤天怨人，是無可諱言的。後人也說，他不合於詩人溫柔敦厚之旨。而那些『及少康之未家，留有虞之二姚』的名句，簡直與道不發生關係；高唐神女之類，簡直與道相矛盾；可見《楚辭》已不合於『文以載道』了。這樣看來，『文以載道』這句話，根本不能作為詩詞批評的準則，那麼我們有什麼理由卑睨詞不是文學正宗呢？

第二，是文學復古的謬誤觀念：大概從前的文人，都不免抱著文學復古的觀念，他們尊重古代文學，而蔑視近代文學，故晉有陸機之創擬古，唐有韓愈之創古文，宋有尹洙、歐陽修之復古，明有前後七子之復古，清代考據學興，並且蔑視漢以後的一切文體。詞最晚出，自然不為主張文學復古者所珍重，而被輕視了。然這種重古輕今、入主出奴的文學態度，究竟是不是對的，王阮亭批評得好：『廢宋詞而宗唐詩，廢唐詩而宗漢魏，廢唐宋大家之文而宗秦漢，然則古今文筆一畫足矣，不必三墳九邱；至六經三史，不幾贅疣乎？』假如我們拋棄這種主張文學復古的觀念，則詞雖樂府之餘音，也無法否認他的文體之成立了。而且最奇怪的是那些文人一方面儘管鄙薄詞，但一方面自己又很愛填詞，可見古人雖明裡鄙薄詞，暗中卻已向詞體輸誠了。

現在我們的文學觀念，既然與古人迥然不同，已經拋棄了那種『文以載道』和文學復古的謬誤見解，那麼我們自然否認『詞是末技』這些話。並且認詞在中國文學史上的各種體裁裡面，應占一個重要的位置，而研究不容怠慢了。

四、晚唐五代的詞學概略

詞在晚唐五代，已經有了很好的成績，像溫飛卿、李後主們的詞，都是很成功的作品。不過我們詞的歷史線索，是宋代為完全發達時期，宋以前，只是詞的先驅時代。最古的詞的總集，《花間集》《尊前集》，而輯錄晚唐五代詞。《花間集》，據陳直齋《書錄解題》云：實為後世倚聲填詞之祖。《尊前集》，則無著錄，傳本極少。現只就《花間集》來探討一番。

詞何以在五代興盛，這似乎是很奇怪的。陸游跋《花間集》說：『斯時天下岌岌，士大夫乃流宕如此，或者出於無聊？』殊不知在專制政治之下，國家變亂，只有平民最遭禍害，貴族階級除了有特別的政治關係外，至少還可以有他生活上的享樂，生靈塗炭，在他們是不發生什麼關係的。只看李後主兵臨城下，還是笙歌不絕，所謂『商女不知亡國恨，隔江猶唱後庭花』者，蓋那時的亡國，不過君主的變換，亡一姓之國，平民無關係的。並且因君王的時常更換，人民比較可得自由，因時局的變亂，人民生活加倍痛苦，反促起『人生苦短，為歡幾何』之感，而極端去求樂。試由歷史上來證明：周季幽厲無道，春秋紛爭，可算禍亂之極了，而《詩·國風》裡，關於社交戀愛的抒情詩特別的多。東晉末年，五胡亂華，六朝爭統，也可謂極其禍亂了；而吳曲楚聲，盛言兒女豔情。由表面上看來，似乎文學與時代環境相背馳，實在不然，時局變亂，倒正是人民自由享樂的時候，正是生活要求欲極強，激起藝術衝動的時候。五季紛擾，正是抒情詩興起的根源呢？

詞何以在五代成功了呢？陸游在《花間集》第二跋上說：『唐季五代詩愈卑，而倚聲者極簡古可愛，能此不能彼，未易以理推也。』實際上也盡有理可推。唐季五代詩卑詞勝，並不是作者能此不能彼的問題，這是文體的進化。詩體已舊，自然成為卑陋了；詞體新出，宜於創造，自然會簡古可愛。詞的簡古可愛，正是詞體試驗成功，打倒詩體而代興的成績。

更談到作品方面，唐末五代，詞人已多，花間所錄，共十八人，李璟、李煜、馮延巳等刊有專集者，尚不在內。現只是舉幾個人的詞作為代表：

溫庭筠，晚唐人，本名岐，字飛卿，太原籍。與李義山齊名，號稱溫李。但溫詩遠不及李詩，而詞最著名。《花庵詞選》說：『飛卿詞極流麗，宜為《花間集》之冠。』其實溫詞還未達十分成功之境，例如他的《菩薩蠻》：

小山重疊金明滅。鬢雲欲度香腮雪。懶起畫蛾眉。弄妝梳洗遲。照花前後鏡。花面交相映。新帖繡羅襦。雙雙金鷓鴣。

玉樓明月長相憶。柳絲嫋娜嬌無力。門外草萋萋。送君聞馬嘶。畫羅金翡翠。香燭滅成淚。花落子規啼。綠窗殘夢迷。

像這種詞雖不能說怎樣壞，實不過用事鋪排而成，沒有濃摯情感的表現，畢竟不能說是有實質的作品，再舉他兩首詞作例：

竹風輕動庭除冷。珠簾月上玲瓏影。山枕隱穠妝。綠檀金鳳凰。　兩蛾愁黛淺。故國吳宮遠。春恨正關情。畫樓殘點聲。（《菩薩蠻》）

洛陽愁葉。楊柳花飄雪。終日行人恣攀折。橋下水流嗚咽。　上馬爭勸離觴。南浦鶯聲斷腸。愁殺平原年少，回首揮淚千行。（《清平樂》）

這是描寫相思和送別的兩首詞。『山枕隱濃妝。綠檀金鳳凰』，已經太笨了，後面也不能把思憶之情深刻的表現出來。寫別愁也只隱隱約約用了幾個事。人說：『庭筠工於造語，極為奇麗。』我說正惟造語奇麗，庭筠的詞便少靈氣了。飛卿的詩，也是詞勝於意，他的詞受詩的影響不小，這是溫詞的大瑕點。然而就詞論詞，飛卿總不失為一個詞家。劉融齋說：『飛卿詞倩麗逼人。』這實在是一個適當的批評。

此外有兩首詞，一首《菩薩蠻》，一首《憶秦娥》，向來託名李白，上面已辯正過了。有人說是飛卿做的，又有人說飛卿做不來，我們不必管作者是誰，卻是兩首可讀的詞：

平林漠漠煙如織。寒山一帶傷心碧。暝色入高樓。有人樓上愁。　玉階空佇立。宿鳥歸飛急。何處是歸程。長亭更短亭。（《菩薩蠻・閨情》）

簫聲咽。秦娥夢斷秦樓月。秦樓月。年年柳色，灞陵傷別。　樂游原上清秋節。咸陽古道音塵絕。音塵絕。西風殘照，漢家陵闕。（《憶秦娥・秋思》）

其餘晚唐短短的小詞，也盡有些好的，如張志和的《漁歌子》：

西塞山前白鷺飛。桃花流水鱖魚肥。青箬笠，綠蓑衣，斜風細雨不須歸。

段成式的《閑中好》：

閑中好，塵務不縈心。坐對當窗木，看移三面陰。

呂巖的《梧桐影》：

落日斜，秋風冷，今夜故人來不來，教人立盡梧桐影。

這都是晚唐的詞，到了五代，詞越發開展起來了。

馮延巳，字正中，新安人。事南唐，為左僕射，《陽春錄》便是他的創作詞集，他與南唐中祖曾有一段『吹皺一池春水，干卿底事』的有趣故事，他的詞也是屬豔體，都很描寫得細膩婉約，讀來令人起一種極溫柔的感覺。看他：

幾日行雲何處去。忘了歸來，不道春將暮。百草千花寒食路。香車繫在誰家樹。淚眼倚樓頻獨語。雙燕來時，陌上相逢否。撩亂春愁如柳絮。依稀夢裡無尋處。（《蝶戀花》）

六曲闌干偎碧樹。楊柳風輕，展盡黃金縷。誰把鈿箏移玉柱。穿簾海燕雙飛去。滿眼遊絲兼落絮。紅杏開時，一霎清明雨。濃睡覺來鶯亂語。驚殘好夢無尋處。（同上）

誰道閒情拋棄久。每到春來，惆悵還依舊。日日花前常病酒。不辭鏡裡朱顏瘦。河畔青蕪隄上柳。為問新愁，何事年年有。獨立小樓風滿袖。平林新月人歸後。（同上）

小堂深靜無人到，滿院春風。惆悵牆東。一樹櫻桃帶雨紅。愁心似解如兼病，欲語還慵。日暮疏鐘。燕子歸來畫閣中。（《羅敷豔歌》）

玉鉤鸞柱調鸚鵡，宛轉留春語。雲屏冷落畫堂空。薄晚春寒無奈、落花風。搴簾燕子低飛去，拂鏡塵鸞舞。不知今夜月眉彎。誰佩同心雙結、倚闌干。（《虞美人》）

陳世修說：『馮公樂府，思深詞麗，韻逸調新。』《人間詞話》說：『馮正中雖不失五代風格，而堂廡特大，開有宋一代風氣。』從這兩個批評，可以知道馮氏詞的意義與價值。略後於馮正中的詞人，有韋莊。莊字端己，杜陵人，為蜀王建掌書記。有《浣花集詞》，世人號稱溫韋，其實溫詞遠不如韋詞，看他的詞：

紅樓別夜堪惆悵。香燈半卷流蘇帳。殘月出門時。美人和淚辭。琵琶金翠羽。絃上黃鶯語。勸我早歸家。綠窗人似花。（《菩薩蠻》）

人人盡說江南好。遊人只合江南老。春水碧於天。畫舫聽雨眠。壚邊人似月。皓腕凝霜雪。未老莫還鄉。還鄉須斷腸。（同上）

如今卻憶江南樂。當時年少春衫薄。騎馬倚斜橋。滿樓紅袖招。翠屏金屈曲。醉入花叢宿。此度見花枝。白頭誓不歸。（同上）

絕代佳人難得。傾國。花下見無期。一雙愁黛遠山眉。不忍更思惟。閑掩翠屏金鳳。殘夢。羅幕畫堂空。碧天無路信難通。惆悵舊房櫳。（《荷葉杯》）

記得那年花下。深夜。初識謝娘時。水堂西面畫簾垂。攜手暗相期。惆悵曉鶯殘月。相別。從此隔音塵。如今俱是異鄉人。相見更無因。（同上）

周保緒說：『端己詞清豔絕倫，「初日芙蓉春月柳」，使人想見風度。』

由馮延巳、韋莊到李後主（煜），五代的詞便已登峯造極了。《人間詞話》說：『詞至李後主而眼界始大，感慨遂深，遂變伶工之詞，而為士大夫之詞。』李後主不但要算五代第一大詞家，在中國文學史上也要算最偉大的作家，後世每把南唐二主並稱，中主也有很好的詞：

菡萏香消翠葉殘。西風殘起綠波間。還與韶光共憔悴，不堪看。　細雨夢回雞塞遠，小樓吹徹玉笙寒。多少淚珠何限恨，倚闌干。（《山花子》）

手卷真珠上玉鉤。依前春恨鎖重樓。風裡落花誰是主，思悠悠。　青鳥不傳雲外信，丁香空結雨中愁。回首綠波三峽暮，接天流。（同上）

說到後主誠然是個亡國之君，為後人所唾罵。然而我們該知道，後主並不是個政治家，他只是個有天才的文人。幸而生於帝王家，世襲了一個君位。不幸而做個亂世偏安的皇帝，給人把國滅掉了。這雖是後主的罪過，但如其拋開政治關係不談，只從文學上著想，則像後主那樣兵臨城下，還是笙歌不絕，真是癡得可笑。而對於他亡國後的痛苦，又很可悲憫了。

後主的詞，顯然可分為兩個時期，在他沒有亡國以前的作品，與亡國以後的作品，完全不同。大概沒有亡國以前的詞是綺麗的，舉兩首作例：

曉妝初了明肌雪。春殿嬪娥魚貫列。鳳簫聲斷水雲間，重按霓裳歌遍徹。　臨春誰更飄香屑。醉拍闌干情未切。歸時休放燭花紅，待踏馬蹄清夜月。（《木蘭花》）

晚妝初過，沈檀輕注些兒個。向人微露丁香顆。一曲清歌，暫引櫻桃破。　羅袖裛殘般色可，杯深旋被香醪涴。繡牀斜憑嬌無那。爛嚼紅絨，笑向檀郎唾。（《一斛珠》）

到亡國以後的，就哀感頑豔之極，令人不忍卒讀了。試看以下幾首：

無言獨上西樓，月如鉤。寂寞梧桐深院鎖清秋。　剪不斷，理還亂，是離愁。別是一般滋味在心頭。（《相見歡》）

林花謝了春紅，太匆匆。無奈朝來寒雨晚來風。　臙脂淚，相留醉，幾時重。自是人生長恨水長東。（同上）

人生愁恨何能免。消魂獨我情何限。故國夢重歸。覺來雙淚垂。　高樓誰與上。長記秋晴望。往事已成空。還如一夢中。（《菩薩蠻》）

別來春半。觸目愁腸斷。砌下落梅如雪亂。拂了一身還滿。　雁來音信無憑。路遙歸夢難成。離恨恰如春草，更行更遠還生。（《清平樂》）

簾外雨潺潺。春意闌珊。羅衾不耐五更寒。夢裡不知身是客，一晌貪歡。　獨自莫憑闌。無限江山。別時容易見時難。流水落花春去也，天上人間。（《浪淘沙》）

往事祇堪哀。對景難排。秋風庭院蘚侵階。一桁珠簾閑不卷，終日誰來。　金劍已沉埋。壯氣蒿萊。晚涼天淨月華開。想得玉樓瑤殿影，空照秦淮。（同前）

風回小院庭蕪綠。柳眼春相續。憑闌半日獨無言，依舊竹聲新月似當年。　笙歌未散尊罍在，池面冰初解。燭明香暗畫樓深，滿鬢清霜殘雪忍難禁。（《虞美人》）

春花秋月何時了。往事知多少。小樓昨夜又東風，故國不堪回首月明中。　雕闌玉砌應猶在，只是朱顏改。問君能有幾多愁，恰似一江春水向東流。（同上）

櫻桃落盡春歸去，蝶翻輕粉雙飛。子規啼月小樓西。玉鉤羅幕，惆悵暮煙垂。　別巷寂寥人散後，望殘煙草低迷。爐香閑嫋鳳凰兒。空持羅帶，回首恨依依。（《臨江仙》）

以上這幾首詞淒涼怨慕，到了萬分。『夢裡不知身是客，一晌貪歡』『空持羅帶，回首恨依依』，是絲絲的淚痕，織在紙墨裡面。正是尼采所謂：『一切文學，予愛以血書者。』後主之詞，真所謂以血書者也！

《人間詞話》：後主《歸國謠》詞云：『四十年來家國，三千里地山河。鳳閣龍樓連霄漢，玉樹瓊枝作煙蘿，幾曾識干戈。一旦歸為臣虜，沈腰潘鬢消磨。最是倉皇辭廟日，教坊猶奏別離歌，揮淚對宮娥。』這是何等的癡啊？所謂『亡國之音哀以思』，非邪？

對於溫、韋、馮、李諸人的詞，後人有很好的比較的評論。周介存說：『王嬙，西施，天下之美婦人也。嚴妝佳，淡妝亦佳；粗服亂頭，不掩國色。飛卿嚴妝也，端己淡妝也，後主則粗服亂頭矣。』《人間詞話》說：『「畫屏金鷓鴣」，飛卿語也，其詞品似之！「弦上黃鶯語」，端己語也，其詞品亦似之！正中詞品者，於其詞句中求之，則「和淚試嚴妝」殆近之歟？』又言：『溫飛卿之詞，句麗也；韋端己之詞，骨秀也；李重[161]光之詞，神秀也。』

與後主同時的，還有許多很好的詞；如顧敻（仕蜀為太尉）的《訴衷情》：

永夜拋人何處去，絕來音。香閣掩，眉斂，月將沉。　爭忍不相尋。怨孤衾。換我心，為你心，始知相憶深。

161『重』，原作『主』。

鹿虔扆的《臨江仙》：

金鎖重門荒苑靜，綺窗愁對秋空。翠華一去寂無蹤。玉樓歌吹，聲斷已隨風。　煙月不知人事改，夜闌還照深宮。藕花相向野塘中。暗傷亡國，清露泣香紅。

歐陽炯（事後蜀，為中書舍人）的《南鄉子》：

畫舸停橈。槿花籬外竹橫橋。水上遊人沙上女，回顧。笑指芭蕉林裡住。

毛熙震（蜀國人，官秘書監事）的《河滿子》：

寂寞芳菲暗度，歲華如箭堪驚。緬想舊歡多少事，轉添春思難平。曲檻垂絲金柳，小窗絃斷銀箏。　深院空聞燕語，滿園閑落花輕。一片相思休不得，忍教長日愁生。誰見夕陽孤夢，覺來無限傷情。

李珣（梓州，入蜀秀才，有《瓊瑤集》）的《南鄉子》：

乘彩舫，過蓮塘。棹歌驚起睡鴛鴦。帶香遊女偎人笑。爭窈窕。競折團荷遮晚照。

攜籠去，采菱歸。碧波風起雨霏霏。趁岸小船齊棹急。羅衣濕。出向桄榔樹下立。

登畫舸，泛清波。採蓮時唱採蓮歌。攔棹聲齊羅袖斂。池光颭。驚起沙鷗八九點。

孫光憲（字孟文，陵州人，先事荊南，後又事宋。有《荊台筆傭》《橘齋》《鞏湖》諸集）的《浣溪沙》：

蓼岸風多橘柚香。江邊一望楚天長。片帆煙際閃孤光。　目送征鴻飛杳杳162，思隨流水去茫茫。蘭紅波碧憶瀟湘。

張泌（字子澄，江南人，仕南唐，為內史舍人）的《江城子》：

浣花溪上見卿卿。臉波秋水明。黛眉輕。綠雲高綰，金簇小蜻蜓。好事問他來得麼，和笑道，莫多情。

這些都是很好的小詞。五代的詞，雖屬於詞的先驅時代，都不能否認他是成功的作品。這時代的詞，其特色有兩點可述：

在文學方面，照理論說，先驅時代的文學，當是極幼稚，不能有很成功的作品，但是不然！我國歷史上的文學，凡最好的作品，往往在一種文體初發生時就成功了。譬如《三百篇》是四言之祖，也就是最好的四言詩；《離騷》是詞賦之祖，也就是最好的詞賦；《古詩十九首》是五言之祖，也就是最好的五言詩。詞之發展，先有小令，我們敢說五代的小詞，已經成了功。

在音樂方面，《花間》非詞集，乃以歌詞為編輯中心。所收歌辭，無論律詩絕句或詞，只要可歌，統行搜入。所以同一調名，因時地之變，可有幾種調譜；同一調譜，因歌法歌時之出入，辭句亦有差異。在《花間集》裡最顯明的，如《楊柳枝》各調，不但有絕句詩，而且長短句亦有差異。譜子最無一定，這是表明當時的詞，實是純粹的歌辭。調譜既無定軌，辭句也全隨音樂之變

162「杳杳」，原作「杳」。

而變。這是五代詞在音樂方面的特色。宋詞就有一定的詞譜，按譜填詞者多，音樂的關係，便消滅了。

以上述唐五代詞，只舉概略。要求詳備，可購置《花間[163]集》和《唐五代詞選》兩書細細研究！

五、宋詞發達的原因

有宋一代的文學，詞為最盛。詞話上說：『詞之系宋，猶詩之系唐。』這話誠然不錯！大概詞到宋代，已經發達到最高點了。作者方面，上自帝王輔相，下至販夫走卒，都會作詞，詞人不知有多少。作品方面，名篇佳製，更是數也數不清。現在我們要問，宋詞何以發達到這步田地？宋詞既不是天上掉下來的，也不是地下掘出來的，那麼必有他發展的因果律在。對於這個問題，我們可以簡單地分五項置答：

(一)詩體之變。詩到晚唐五代，氣格卑弱，千人一律，這是唐詩末流之弊，已經不成其為詩了，所以詞體代興起來。陳臥子說：『宋人不知詩而強作詩，故終宋之世無詩。然有歡愉愁苦之致，動於中而不能抑者，類發於詩餘，故所造獨工。』這是什麼緣故呢？難道真是毛稚黃說的『宋之詩才，若天絀之；宋之詞才，若天縱之』嗎？不是的！《人間詞話》在這層，有很透徹的發揮。說：『蓋文體通行既久，染指遂多，自成習套，豪傑之士，亦難於其中自出新意；故遁而別創一

163『間』，原闕。

體，以自解脫。一切文體所以始盛終衰者，皆由於此。』宋詩之衰與詞之盛，大抵是這個原因！

（2）五代的成功。前曾引陸放翁的話：『晚唐五代詩愈卑，而倚聲輒簡古可愛。』這是五代詞的成功，已經駕體而上之了！一部《花間集》就包涵十幾個成功的作家。《浣花集》《陽春錄》《南唐二主詞》，更是文學史上不朽的創作集。既有五代詞之成功，作為先驅，於是宋人承其餘緒，蓬勃發展起來。這種發展是必然的。第一，詞既是已經被試驗成功的新文體，自然該有長期的時間，讓作者利用這種新文體，儘量去創造。第二，五代的詞，雖已達於成功，但只限於小詞方面，局面甚狹，無論內包外延方面都不曾完備。發揚而光大他，正有待於宋人。

（3）君主之提倡。在專制時代的文化趨向，君主的意旨，最強而有力，簡直可以任意左右他。宋詞的發達到這般田地，得君主們的幫助也不少。我說這話一定有人要發生疑問，說：宋仁宗不是留意儒雅，嚴斥浮華的聖主嗎？他屢黜柳永，就是為的填詞，至少可以說仁宗不曾提倡詞。這樣說法，真是誤會仁宗了！仁宗不但不反對詞，並且很欣賞詞。就把晏氏父子來說吧：晏殊會作詞，在仁宗朝，官至樞密使，並沒有遭仁宗的鄙薄。而晏叔原且以《鷓鴣天》『碧藕花開水殿涼』詞，受仁宗的激賞。其餘歐、蘇諸人，都是仁宗時代的詞人，都得重任。這雖不能算仁宗提倡詞的證明，卻也不是反對詞了。到了徽宗，他自己既會作詞，又倡立大晟樂府，令詞人按月進詞。南渡以後的君主，高宗便又是竭力提倡詞的，他自己也會作詞。『上有好者，下必甚焉。』宋詞怎能不發達呢？

（4）音樂關係。音樂是發生詞的淵源，也就是發達詞的媒介。本來詞是歌辭，多可歌唱，當代詞人的新聲一出，立刻就傳播在秦樓楚館中了。向來單獨的文學，在社會上素不及音樂的效力大。詞因為有音樂的關係，所以也含著較大的普遍性。譬如『有井水處，皆能歌柳詞』，若不是可歌，哪能這樣普遍呢？因為在音樂方面，需要歌辭很多，要許多人供給歌辭。而那些歌妓舞女，亦每以得著名人學士贈詞為榮耀。一輩文人，也樂得替她作詞，以博得美人一粲。又如姜白石輩，每能自度新曲。姜有詩云：『自製新詞韻最嬌，小紅低唱我吹簫。曲終過盡松陵路，回首煙波十四橋。』可見那些文人名士，自己懂得音律，娶幾個歌妓為妾，做些歌辭，給她們唱唱，是很有趣的事。音樂與詞，既結合成這樣密接關係，自然普遍發達了。

（5）時代背景。文學絕不會憑空產生的，一種文學的產生，必有他的時代背景，一種文學的發達，也必有他的時代背景。這是文學史家告訴我們的話。那麼看宋朝的時代背景，是不是適宜於詞的發達呢？自然是適宜的。『仁宗朝，中原息兵，汴京繁庶，歌臺舞席，競睹新聲。』既是國家平靖，人民自然競趨於享樂。詞為豔科，故遭時尚。吳曾的話，已經告訴我們北宋詞發達的原因了。北宋末年，外侮日亟，但臣民迷於繁華之夢，沈湎已深，一時醒不過來。所以金兵節節南侵，徽宗還在深宮裡『清歌妙舞從頭按，等芳時開宴。記得去年對著東風，曾許不負鶯花願』。人民也是一樣地昏迷不醒。到了南宋，經過了國破家亡，才有那些英雄志士，創為豪放激宕[164]的詞，抒寫偉大的襟懷，描摹壯美的情緒，把詞的作為豔科的觀念，一手打破。但到南宋，偏安已定，漸漸又恢復了北宋的酣眠狀態。國力既微，人心已死，金元天天要南侵，既無力抵抗，又不

164『宕』，原作『岩』。

自努力，只好苟延殘喘，多活一天，便算一天。得快活時，且儘量快活一番。由這種畸形的時代心理作背景，豔詞作品之多而靡，自然比北宋更要活動。而如以衛道自命的朱晦庵，作詞也寫豔情，則豔詞之盛可想而知了。這是時代背景造成詞學發達的事實。

上面略略敘述了幾條宋詞發達的原因，自是很簡略的。本來一種文體的原因和結果，是最複雜的，不是簡單幾條可以解釋明白。並且文體的發生和發達，有的經過有意的提倡，有的也是無意的發展，有的是有原因可以指明，有的是無法解釋的。況且離了宋朝很遠的我們，更感覺歷史材料可作證明的缺乏，要想完全發露宋詞的何以發達，作系統的解釋，真是滿身困難。這篇短文，自然不是滿意，但也許能夠得著一個粗枝大葉的觀念罷？

六、北宋的詞學概略

敘述宋詞，可以用貴族的、平民的，或是白話的、古典的幾種分類敘述的方法。但是用這方法，也是很困難的。要在宋詞裡分出哪種是真正平民文學，與貴族文學對峙，已經不可能。再分什麼白話與古典，則辛稼軒的詞，完全是白話？周清真的詞完全是古典文藝？蘇東坡、李易安的是純白話？純古典呢？想誰也不能下一個十分肯定的斷語。若認真分派來敘述，不但不免於武斷，而且把宋國割裂成幾片段了。我們現在照著時代的自然敘述，分宋詞為南北宋二期，做簡便概的觀察，同時也顧到各種派別上的敘述。

對於宋詞作概括的評論，古人有幾條說話：

1、尤侗說：『唐詩有初盛中晚，宋詞亦有之。唐之詩由六朝樂府而變，宋之詞由五代長短句而變。約而次之，小山、安陸，其詞之初乎？淮海、清真其詞之盛乎？石帚、夢窗似得其中，碧山、玉田風斯晚矣。唐詩以李杜為宗，而宋詞蘇、陸、辛、劉有太白之風，秦、黃、周、柳得少陵之體，此又畫疆而理、聯騎而馳者也。』（《詞苑叢談序[165]》）

2、《詞繹》云：『詞亦有初盛中晚，不以代也。牛嶠、和凝、張泌、歐陽炯、韓偓、鹿虔扆輩，不離唐絕句，如唐之初不脫隋[166]調也，然皆小令耳！至宋則極盛，周[167]、張、康、柳，蔚然大家。至姜白石、史邦卿，則如唐之中。而明初比唐晚。……』

3、俞仲茅云：『唐詩三變愈下，宋詞殊不然。歐、蘇、秦、黃足以當高、岑、王、李。南度以後，矯矯陡健，即不得稱中宋晚宋也。……』（《爰園詞話》）

這種以宋詞[168]附會唐詩的論調，實在很勉強，我們只覺得南宋詞有南宋詞的意義，北宋詞有北宋詞的價值。從區分方面講，兩宋詞固有得顯著的差分；而就同點說，兩宋詞實有相聯絡的線索，及共通的色彩，不可強分。所以我們論北宋詞，只就他的本色而論。後人對於北宋詞的批評，有的稱許清真的詞，有的激賞樂章詞（柳永作），有的推崇蘇詞的排宕[169]，有的又說蘇詞非詞家的

165『詞苑叢談序』，原作『苑詞叢書談序』。
166『隋』，原作『惰』。
167『周』，原作『周盛』。
168『詞』，原作『詩』。
169『宕』，原作『岩』。

本色。我們決不能在那些古批評者的評論裡，得一個概括的觀念，更如女詞人李清照對於北宋這些大詞家更有嚴刻的批評：

始有柳屯田永者，變舊聲作新聲，出《樂章集》，大得聲稱於世。雖協音律，而詞語塵下。又有張子野、宋子京兄弟，沈唐、元絳170、晁次膺輩出，雖時時有妙語，而破碎何足名家？至晏元獻、歐陽永叔、蘇子瞻，學際天人，作為小歌詞，直如酌蠡水於大海，然皆句讀不葺之詩耳……王介甫、曾子固文章似西漢，若作小歌詞，則人必絕倒，不可讀也！……後晏叔原、賀方回、秦少游、黃魯直出，始能知之。又晏苦無鋪敘，賀苦少典重。秦即專主情致，而少故實，譬如貧171家美女，非不妍麗，終乏富貴態。黃即尚故實，而多疵病，如良玉有瑕，價自減半矣。

照這樣看來，北宋這些大詞人，幾乎沒有一個足以名家。清照此論自有她的獨見處，但持論未免過高。本來清照就是卑睨一世的女詞人，她講張子韶有『露華倒影柳三變，桂子飄香張九成』，不能就據為定評，尤其不能據為南北宋詞的公論。因為清照是北宋詞人，她只就北宋詞立論，其餘各家對於北宋詞的評論也無須多事徵引了。往下開始敘述吧。

170『絳』，原作『降』。
171『貧』，原作『貪』。

北宋詞的發展，在形體上，一方面是承五代之舊，為小詞之創合；一方面更增延形體，為長詞的繁衍。在內容上，一方面因仍《花間》舊體，描寫婉約的情緒。一方面更擴充詞家描寫的對象，創作排宕[172]慷慨的詞。這是動的考察，再進而為靜的分析。

小詞在五代的發達，上面已有詳[173]細敘述。似乎小詞在五代已經發達到登峯造極的地步，除非別開生面，決不能再向上發展了。這種說法，似是而非。五代的小詞，為李後主、馮延巳諸人所作，誠然是上乘的作品，宋朝數百年的小詞，也未必能後來居上。可是從另一方面想，一種文風文體，必具有佔有時代歷程的繼續性，不是忽起忽滅的。五代小詞雖然價值大，但五代的時期很短促，小詞的發展未盡他的力量，尚有繼續發展的必要。所以北宋人，仍舊進行小詞的創造和發展，十分努力。

小詞因為簡短的緣故，最適宜於抒寫片段感興的情。並且在藝術上的功夫要求少些，不必詞人，只要稍能運用文字者，就能寫小詞，無論其好不好。因此小詞的創作，在北宋很發達而流行，如寇准、韓琦、司馬光、范仲淹，他們並不是詞人，而隨手拈筆寫來，往往有很佳妙的小詞，鈔幾首於後：

波渺渺，柳依依。孤村芳草遠，斜日杏花飛。江南春盡離腸斷，蘋滿汀洲人未歸。（寇準《江南春》）

172「宕」，原作「岩」。

173「詳」，原作「誠」。

病起懨懨，庭前花影添憔悴。亂紅飄砌，滴盡珍珠淚。　惆悵前春，誰向花前醉。愁無際，武陵凝睇，人遠波空翠。（韓琦《點絳唇》）

碧雲天，黃葉地。秋色連波，波上寒煙翠。山映斜陽天接水。芳草無情，更在斜陽外。　黯鄉魂，追旅思。夜夜除非，好夢留人睡。明月樓高休獨倚。酒入愁腸，化作相思淚。（范仲淹《蘇幕遮》）

寶髻鬆鬆綰就，鉛華淡淡妝成。紅雲翠霧罩輕盈。飛絮遊絲無定。　相見爭如不見，有情何似無情。笙[174]歌散後酒微醒。深院月明人靜。（司馬光《西江月[175]》）

這是代表北宋方面的小詞，這是北宋真正的抒情文字。至於平民方面類樂[176]歌謠的小調更多，可惜經過時代的犧牲，多數散佚，只少數散見各詞話中。《樂府雅詞》載有無名[177]氏《九張機》詞。現在錄出五首：

一張機。采桑陌上試春衣。風晴日暖慵無力。桃花枝上，啼鶯言語，不肯放人歸。

四張機。鴛鴦織就欲雙飛。可憐未老頭先[178]白。春波碧草，曉寒深處，相對浴紅衣。

174「笙」，原作「坐」。
175「西江月」，原作「江西月」。
176「樂」，原作「藥」。
177「名」，原作「石」。
178「先」，原作「老」。

五張機。橫紋織就沈郎詩。中心一句無人會。不言愁恨，不言憔悴，只恁寄179相思。

七張機。春蠶吐盡一生絲。莫教容易裁羅綺。無端翦破，仙鸞彩鳳，與作兩邊衣。

九張機。雙花雙葉又雙枝。薄情自古多離別。從頭到底，將心縈繫，穿過一條絲。

這是很好的歌謠式小詞。吳虎臣《漫錄》說政和間，一貴人未達時，嘗游妓崔廿四之館，因其行第作《踏青遊》，京下盛傳，詞云：

識個人人，恰止二年歡會。似賭賽六只渾四。向巫山重重去，如魚水。兩情美，同倚畫樓十二，倚了又還重倚。　兩日不來，時時在人心裡。擬問卜常占歸計。伴三人清齋，望永同鴛被。到夢裡，驀然被人驚覺，夢也有頭無尾。

吳曾《漫錄》又云：宣和間，有女子幼卿題詞陝府驛壁，其詞云：（《浪淘沙》）

極目楚天空。雲雨無蹤。漫留遺恨鎖眉峯。自是荷花開較晚，孤負東風。　客館欲飄蓬。聚散匆匆。揚鞭那忍驟花驄。望斷斜陽人不見，滿袖啼紅。

《冷齋夜話》云：黃魯直發荊州亭，柱間有此詞：

簾捲曲欄獨倚，山展暮雲無際。淚眼不曾晴，家在吳頭楚尾。　數點雪花亂委，撲漉沙鷗驚起。詩句欲成時，沒入蒼煙叢裡。（《荊州亭》）

靖康間，金人犯闕，陽武蔣令興祖死之，其女被賊虜去，題詞雄州驛中：

179『寄』，原作『宰』。

朝雲横度，轆轆車聲如水去。白草黃沙。月照孤村三兩家。　飛鴻過也，百結愁腸無晝夜。漸近燕山，回首鄉關歸路難。（《減字木蘭花》）

這種很好的小詞，都是民間做出來的，不是貴族做的，也不是詞人作的。現在民國要談到北宋詞人的小詞，應舉晏氏父子、歐陽修、李清照幾家為代表。

晏殊字[180]同叔，江西臨川人。仁宗時，歷居要職，至同中書門下平章事，兼樞密使，謚元獻。他的詞，據他兒子幾道說『生平不作婦人語』。但我們一打開他著的《珠玉詞》一看，描寫兒女情，正是他的特色。可見幾道的話，完全不確。劉貢父說：『元獻尤喜馮延巳歌詞，其所作亦不減延巳。』實在元獻詞，受延巳的影響確不小。試讀他兩首：

金風細細，葉葉梧桐墜。綠酒初嘗人易醉，一枕小窗濃睡。　紫薇朱槿花殘，斜陽卻照欄干。雙燕欲歸時節，銀屏昨夜微寒。（《清平樂》）

小徑紅稀，芳郊綠遍。高臺樹色陰陰見。春風不解禁楊花，濛濛亂撲行人面。　翠葉藏鶯，珠簾隔燕。爐香漸逐遊絲轉。一場愁夢酒醒時，斜陽卻照深深院。（《踏莎行》）

燕子來時新社，梨花落後清明。池上碧苔三四點，葉底黃鸝一兩聲，日長飛絮輕。　巧笑東鄰女伴，採桑徑裡逢迎。疑怪昨宵春夢好，元是今朝鬥草贏，笑從雙臉生。（《破陣子》）

晏幾道字叔原，晏殊的幼子，他的詞自然受他父親的影響不少。但叔原對於詞的修養與用功，比他父親來得深刻些。所以他的詞的造詣，還高勝晏殊一籌。陳質齋說《小山詞》：『可追逼《花

180『字』，原作『自』。

間》，高處或過之。』這是不錯的批評。看他的詞：

夢後樓臺高鎖，酒醒簾幕低垂。去年春恨卻來時。落花人獨立，微雨燕雙飛。　記得小蘋初見，兩重心字羅衣[181]。琵琶絃上說相思。當時明月在，曾照彩雲歸。（《臨江仙》）

醉別西樓醒不記。春夢秋雲，聚散真容易。斜月半窗還少睡。畫屏閑展吳山翠。　衣上酒痕詩裡字。點點行行，總是淒涼意。紅燭自憐無好計。夜寒空替人垂淚。（《蝶戀花》）

留人不住。醉解蘭舟去。一棹碧濤春水路。過盡曉鶯啼處。　渡頭楊柳青青。枝枝葉葉離情。此後錦書休寄，畫樓雲雨無憑。（《清平樂》）

妝席相逢，旋勻紅淚歌金縷。意中曾許。欲共吹花去。　長愛荷香，柳色殷橋路。留人住。淡煙微雨，好個雙棲處。（《點絳唇》）

小令尊前見玉簫。銀燈一曲太妖嬈。歌中醉倒誰能恨，唱罷歸來酒未消。　春悄悄，夜迢迢。碧雲天共楚宮遙。夢魂慣得無拘檢，又踏楊花過謝橋。（《鷓鴣天》）

歐陽修，他在文學史上的文名詩名很大。並且是主張『文字復古』『文以載道』的正統派古文家。他的詞在宋壇裡，名不甚著。然而他的小詞[182]，它有極高的價值，還在他的詩之上。後人震於他道德文章的嚴正之名，及疑他所著《六一詞》中許多豔語小詞，都是他人作偽的。殊不知

181『衣』，原作『良』。
182『小詞』，原作『詞小』。

抒情和載道，天然是兩樁事，古來大文學家，一定是並行不[183]悖的。我們現在且來欣賞永叔的絕妙好詞：

羣芳過後西湖好，狼籍残紅。飛絮濛濛。垂柳闌干盡日風。　笙歌散盡遊人在，始覺春空。垂下簾櫳。雙燕歸來細雨中。（《採桑子》）

清晨簾幕卷輕霜。呵手試梅妝。都緣自有離恨，故畫作，遠山長。　思往事，惜流光。易成傷。擬歌先飲，欲笑還顰，最斷人腸。（《訴衷腸》）

候館梅残，溪橋柳細。草熏風暖搖征轡。離愁漸遠漸無窮，迢迢不斷如春水。　寸寸柔腸，盈盈粉淚。樓高莫近危闌倚。平蕪盡處是春山，行人更在春山外。（《踏莎行》）

庭院深深深幾許，楊柳堆煙，簾幕無重數。玉勒雕鞍遊冶處。樓高不見章臺路。　雨橫風狂三月暮。門掩黃昏，無計留春住。淚眼向花花不語。亂紅飛過秋千去。（《蝶戀花》）

柳外輕雷池上雨，雨聲滴碎荷聲。小樓西角斷虹明。闌干倚處，待得月華生。　燕子飛來窺畫棟，玉鉤垂下簾旌。涼波不動簟紋平。水精雙枕，旁有墮釵橫。（《臨江仙》）

把酒祝東風。且共從容。垂楊紫陌洛城東。總是當時攜手處，游遍芳叢。　聚散苦怱怱。此恨無窮。今年花勝去年紅。可惜明年花更好，知與誰同。（《浪淘沙》）

李清照，她是北宋末年人。在中國詞史上，是一個珍貴的女作家。讀了她的詞，則馮延巳的《陽春錄》、晏同叔的《珠玉詞》都失掉了它的溫婉了。世人把她比並南唐後主，稱作『二李』，

183『不』，原闕。

的確沒有愧色。她的詞不多，這裡舉三首作例：

昨夜雨疏風驟。濃睡不消殘酒。試問捲簾人，卻道海棠依舊。知否。知否。應是綠肥紅瘦。（《如夢令》）

薄霧濃雲愁永晝。瑞腦消金獸。佳節又重陽，寶枕紗廚，半夜涼初透。東籬把酒黃昏後。有暗香盈袖。莫道不消魂，簾卷西風，人比黃花瘦。（《醉花陰》）

簾外五更風。吹夢無蹤。畫樓重上與誰同。記得玉釵斜撥火，寶篆成空。回首紫金峯。雨潤煙濃。一江春浪醉醒中。留得羅襟前日淚，彈與征鴻。（《浪淘沙》）

以上所說，只限於小詞方面。小詞還不能算北宋詞的特色，北宋詞的特色，是在長詞的繁衍。《能改齋漫錄》云：『按詞自南唐以來，但有小令。其慢詞（即長調）起自仁宗。中原息兵，汴京繁庶，歌臺舞席，競賭新聲。耆卿（柳永）失意無俚，流連坊曲，遂盡收俚俗語言，編入詞中，以便使人傳習。一時動聽，散佈四方。其後東坡、少游、山谷輩，相繼有作，慢詞遂盛。』慢詞的繁衍即詞體的擴充。小詞只能寫斷片感興的情，而長調則能描寫回環深刻的情緒，並且可以容納多量的詞料，在詞裡面任意使用。小詞不必詞人所作，也往往有很好的作品。長調的傑作，則大概出於詞人手筆，因為長調不但要才氣雄大，情緒豐富，就是藝術的手段，也很重要。所以在平民作品裡，長調總覺缺乏，但也不是絕對沒有好的。例如《中吳紀聞》記無名氏題吳江的《水調歌頭》詞：

平坐太湖上，短櫂幾經過。如今重到何事，愁比水雲多。擬把匣中長劍，換取扁舟一葉，歸去老漁蓑。銀艾非吾事，邱壑已蹉跎。　膾新鱸，斟美酒，起悲歌。太平生長，豈謂今日識干戈。欲瀉三江雪浪，淨洗邊塵千里，不用挽天河。回首望霄漢，雙淚墮清波。

又《古今詞話》記無名氏《御街行》詞：

霜風漸緊寒侵袂。聽孤雁，聲嘹唳。一聲聲送一聲悲，雲淡碧天如水。披衣告語，雁兒略住，聽我些兒心事。　塔兒南畔城兒裡，第三個橋兒外。瀕河西岸小紅樓，門外梧桐雕砌。請教且與，低聲飛過，那裡有人人無寐。

這兩首詞，前者激昂，後者婉轉，都是極好的作品。可見民間所作的慢詞，盡有好的，不過流傳很少罷了。《漫錄》又記：西湖有倅，閑唱少游《滿庭芳》（詞見後），偶然誤一韻，云：『畫角聲斷斜陽。』琴操在側，曰：『畫角聲斷譙門，非斜陽也。』倅因戲之曰：『爾可改韻否？』琴操即改作陽字韻云：

山抹微雲，天黏衰草，畫角聲斷斜陽。暫停征轡，聊共引離觴。多少蓬萊舊侶，空回首煙靄茫茫。孤村裡，寒鴉萬點，流水繞紅牆。　魂傷。當此際，輕分羅帶，暗解香囊。漫贏得，青樓薄倖名狂。此去何時見也，襟袖上空惹餘香。傷情去，高城望斷，燈火已昏黃。

琴操改作，不必勝過原作，但能隨口就韻改詞，不失原意，至少須有點文藝的素養。由此可知當時妓女文學定有相當的發達，可惜不傳，我們無法欣賞到他們的作品了。往下再講北宋詞人的慢詞。

北宋的慢詞，依描寫的對象分為兩派。一派是繼承五代《花間》的詞風，描寫溫柔的情緒，不過將情緒的成分加濃密些，加複雜纏綿些，描寫恢張些，柳永、秦觀、周邦彥都是這派的代表。一派是完全拋棄那種兒女情緒的描寫，而別開生面，去抒寫那偉大的懷抱，壯烈的感情，淋漓縱橫構成長篇，這一派的代表人物是蘇軾，其餘黃山谷、王介甫，也有趨向這一派詞風的詞。

柳永字耆卿，他是一個潦倒生平的窮詞人。因此他的詞，也僅是閨怨別愁，令人悱惻。他有一段詞人的佳話，就是蘇東坡問一樂工：『吾詞何如柳耆卿？』對曰：『柳屯田詞宜十七八少女，按紅牙拍，唱「楊柳岸曉風殘月」；學士詞須關西大漢，執銅琵琶鐵綽板，唱「大江東去」。』言外褒貶之意顯然。原來耆卿的詞多用俚語，所描寫的，亦是男女間思怨離別之情，不難懂而易感人。故耆卿詞名著於樂部，所謂『有井水處皆歌柳詞』也。我們來讀他的『楊柳岸曉風殘月』吧：

寒蟬淒切，對長亭晚，驟雨初歇。都門悵飲無緒，方留戀處，蘭舟催發。執手相看淚眼，竟無語凝咽。念去去，千里煙波，暮靄沉沉楚天闊。

多情自古傷離別，更那堪冷落清秋節。今宵酒醒何處，楊柳岸，曉風殘月。此去經年，應是良辰好景虛設。便縱有千種風情，更與何人說。（《雨霖鈴》）

對瀟瀟暮雨灑江天，一番洗清秋。漸霜風淒緊，關河冷落，殘照當樓。是處紅衰綠減，苒苒物華休。唯有長江水，無語東流。

不忍登高臨遠，望故鄉渺邈，歸思難收。歎年來蹤跡，何事苦淹留。想佳人妝樓長望，誤幾回天際識歸舟。爭知我，倚闌杆處，正恁凝愁。（《八聲甘州》）

陳質齋評柳永詞，謂：『音節諧婉，詞意妥帖，承平氣象，形容曲盡，尤工於羈旅行役。』這是最適宜的耆卿詞評。

秦觀字少游，與蘇東坡同時，著有《淮海詞》。他的詞與蘇、黄的詞，都不同道，而趨向柳永。蔡伯世稱少游詞：『子瞻辭勝乎情，耆卿情勝乎辭，辭情相稱者，惟少游而已。』彭羨門謂：『詞家每以秦七、黄九並稱，其實黄不及秦遠甚。』由此可知少游詞的受人稱道了。少游小詞、長調，並皆佳妙，東坡亦很推重他的詞。詞例：

梅英疏淡，冰澌溶洩，東風暗換年華。金谷俊遊，銅駝巷陌，新晴細履平沙。長記誤隨車，正絮翻蝶舞，芳思交加。柳下[184]桃蹊，亂分春色到人家。西窗夜飲鳴笳。有華燈礙月，飛蓋妨花。蘭苑未空，行人漸老，重來事事堪嗟。煙暝酒旗斜，但倚樓極目，時見棲鴉。無奈歸心，暗隨流水到天涯。（《望海潮》）

山抹微雲，天黏衰草，畫角聲斷譙門。暫停征櫂，聊共引離樽。多少蓬萊舊事，空回首煙靄紛紛。斜陽外，寒鴉萬點，流水繞孤村。銷魂。當此際，香囊暗解，羅帶輕分。漫贏得，青樓薄倖名存。此去何時見也，襟袖上空惹啼痕。傷情處，高城望斷，燈火已黄昏。（《滿庭芳》）

西城楊柳弄春柔。動離憂。淚難收。猶記多情，曾為繫歸舟。碧野朱橋當日事，人不見，

184『下』，原作『不』。

水東流。　韶華不為少年留。恨悠悠，幾時休。飛絮落花時候一登樓。便做春江都是淚，流不盡，許多愁。（《江城子》）

周邦彥字美成，有《清真詞》集。他精於音律，徽宗時提舉大晟樂府。徐釚說：『周清真雖未高出，大致自勻淨，有柳欹花嚲之致，沁人肌骨。觀淮海，不能娣姒而已。』清真詞之鋪敘，未必高出淮海。居然有人稱他是北宋第一詞家，未免過譽了吧！他的長調很有名，詞例：

柳陰直。煙柳絲絲弄碧。隋隄上，曾見幾番，拂水飄綿送行色。登臨望故國，誰識京華倦客。長亭路，年去歲來，應折柔條過千尺。　閑尋舊蹤跡。又酒趁哀絃，燈照離席。梨花榆火催寒食。愁一箭風快，半篙波暖，回頭迢遞便數驛。望人在天北。　淒惻。恨堆積。漸別浦縈回，津堠岑寂。斜陽冉冉春無極。念月榭攜手，露橋聞笛。沉思前事，似夢裡，淚暗滴。（《蘭陵王．詠柳》）

正單衣試酒，恨客裡光陰虛擲。願春暫留，春歸如過翼。一去無跡。為問花何在，夜來風雨，葬楚宮傾國。釵鈿墮處遺香澤。亂點桃蹊，輕翻柳陌。多情為誰追惜。但蜂媒蝶使，時叩窗槅。　東園岑寂。漸蒙籠暗碧。靜繞珍叢底，成歎息。長條故惹行客。似牽衣待話，別情無極。殘英小強簪巾幘。終不似一朵釵頭顫嫋，向人欹側。漂流處，莫趁潮汐。恐斷紅，尚有相思字，何由見得。（《六醜．薔薇謝後作》）

這種柳派的詞，我們讀了，雖然並不感覺有什麼特別的詞境，也不過和《花間集》中小令一樣描寫兩性的愛情，描寫閨思別怨。然而同是寫閨情，同是寫別怨，在小詞只能說幾句便完了，感動人的力量比較小。長調則纏纏綿綿，說了又說，描寫得淋漓盡致。她的感動人的力量，便很大了。尤其是柳永的詞，孫敦立說：『耆卿詞雖極工，然多雜以鄙語。』殊不知雜以鄙語，正是柳詞的佳處。周邦彥的詞，因為『無一點市井氣』（沈伯時語），過於文雅，便減削了不少好處。然而柳派的詞，有一個共同的大毛病，就是詞裡沒有氣骨。所以陳質齋說：『柳詞氣格不高。』葉少蘊說：『子瞻云「山抹微雲秦學士，露華倒影柳屯田」，微以風骨為病也。』徐釚：『周清真雖未高出……』這都是從詞的氣骨上著眼，不滿意於這一派的詞。實際上我們如其多讀柳、周的詞，只表現出一種病態的心理，假說一讀蘇學士的詞，精神就立刻興奮起來。

詞到了東坡，一洗五代以來的脂粉香澤，綢繆宛轉的氣習，別開描寫的生面。打破詞為豔科的狹隘觀念。我們如其讀了《花間》小令，讀了北宋的小詞，柳、晏、秦、周之類，再來讀東坡的長歌，真如同聽十七八少女，按紅牙拍，唱『楊柳岸曉風殘月』以後，頭腦昏迷，忽聽關西大漢執鐵綽板，唱『大江東去』，精神為之一爽，這是何等的樂趣，聽聽唱『大江東去』吧：

大江東去，浪淘盡千古風流人物。故壘西邊，人道是三國周郎赤壁。亂石崩雲，驚濤拍岸，卷起千堆雪。江山如畫，一時多少豪傑。遙想公瑾當年，小喬初嫁了，雄姿英發。羽扇綸巾，談笑間檣櫓灰飛煙滅。故國神游，多情應笑我，早生華髮。人生如夢，一尊還酹江月。（《念奴嬌·赤壁懷古》）

明月幾時有，把酒問青天。不知天上宮闕，今夕[185]是何年。我欲乘風歸去，又恐瓊樓玉宇，高處不勝寒。起舞弄清影，何似在人間。　轉朱閣，低綺户，照無眠。不應有恨，何事偏向別時圓。人有悲歡離合，月有陰晴圓缺，此事古難全。但願人長久，千里共嬋娟。（《水調歌頭》）

這種豪情憂慨的詞，是東坡的創體，實為發前人所未發。但因此就説他不能作情語，這就錯了！東坡的小詞，也有很溫婉的。現在舉一首作例：

記得畫屏初會遇。好夢驚回，望斷高唐路。燕子雙飛來又去。紗窗幾度春光暮。　那日繡簾相見處。低眼佯行，笑整香雲縷。斂盡青山羞不語。人前深意難輕訴。

像這樣的詞，又何讓秦、柳呢？

黃山谷的詞，世人把他比少游，稱秦七黃九，其實他的詞，與少游絕不相同。他有極豪放的詞，例如《念奴嬌》：

斷虹霽雨，淨秋空，山染修眉新綠。掛影扶疏，誰便道今夕清輝不足。萬里青天，姮娥何處，駕此一輪玉。寒光零亂，為誰偏照醽醁。　年少從我追遊，晚城幽徑，繞張園森木。共倒金荷家萬里，難得樽前相屬。老子平生，江南江北，最愛臨風曲。孫郎微笑，坐來聲歎霜竹。

185『夕』，原作『名』。

山谷這類詞，顯然是受蘇的影響。此外還有一種是專描寫男女間戀愛的，論者多鄙他為淫豔。法雲秀長老並力戒他，說：『以筆墨誨淫，於我法當墮犂舌地獄。』其實詞本是豔科，且男女間的情愛，也沒有什麼不可描寫出來。這種批評，我們認為不當，但是山谷豔詞，過於『俗語化』了，讀了往往使人費解。這是他的弊病。現在也不介紹了。

王介甫的詞，造詣似乎不及他的詩[186]，但《桂枝香》一首，卻是極有名的，詞曰：

登臨縱目。正故國晚秋，天氣初肅。千里澄江似練，翠峯如簇。征帆去棹殘陽裡，背西風酒旗斜矗。綵舟雲淡，星河鷺起，畫圖難足。　念自昔，豪華競逐。歎門外樓頭，悲恨相續。千古憑高對此，漫嗟榮辱。六[187]朝舊事隨流水，但寒煙衰草凝綠。至今商女，時時猶唱，《後庭》遺曲。（《金陵懷古》）

這類蘇派的詞，後人很多瞧不起，陳無己說：『東坡以詩為詞，如教坊雷大使之舞，雖極天下之工，要非本色。』張世文說：『詞體大約有二，一婉約，一豪放，大抵以婉約為正。』而李易安則以不諳音律為蘇詞之大病。其實這都是謬論！文學不該分什麼正宗與別派，只要真切就好。詞尤其是如此。至於不諧音律是音樂方面的事，不關文學本身的價值。蘇詞打破詞為豔科的狹義，

186『詩』，原作『詞』。

187『六』，原作『亦』。

新辟無窮的詞境讓新作家去努力。革命的功績不小，後人拘定詞以婉約為宗[188]，刻意求古，不思向新境界發展，反肆意譏笑革命軍，未免近於食古不化。但一般後生小子，不肯用功，專學蘇、辛的粗率處，就自以為是的，那又該力戒才是！

以上約畧敘述了北宋詞的梗概。總之北宋的特色，在小詞方面，繼承五代的餘緒，有晏氏父子、歐陽修、李易安諸人的創作，小詞臻于極盛。長[189]歌方面分為柳永和蘇軾兩派，各自發展。柳詞就小詞的內容，加以深刻纏綿的情感，鋪敘成慢詞。蘇派則描寫高曠的意境，表現壯美的個性。結果，都有很好的成功。實際講來，這種分派的敘述，還是武斷的。北宋詞人作詞，並沒有什麼門戶之見。如蘇軾稱秦觀為詞手，而秦、蘇二人的詞，卻不相同，各人有各人的造就。此外上面所舉那些作者，都是一代大詞人，都是成功的作家，應當分別介紹的。不過限於時間，不能充分地介紹，要窺全豹，還得多看參考書才是！

七、南宋的詞學概論

詞到南宋，固然到了極盛的境界，同時卻也是詞的末運。怎見得呢？詞體經過五代至北宋長期的發達，無論在小詞方面，長調方面，婉約的詞，或是豪放的詞，都有專門的作家，極好的佳品。本來簡單謹嚴的詞體，描寫對象又是很狹的，經過這樣長期的開展，差不多境界已盡了。而

188『宗』，原作『宋』。
189『長』，原作『方』。

且北宋人既有很好的成績，很好的作品，作為範本，南宋詞人不由的便走向古典主義的路上去了。講詞派，論詞體，講求字面，講求雕琢，僅在作法上轉來轉去，雖有警字警句而支[190]離破碎，何足名家？況所謂作法的講求，也不過以北宋名家詞為摹本。雖有成就，無非北宋人僕隸，何能超出其上呢？故在量的方面講，南宋詞誠然發達到極地，無以復加了。若論到詞的本質，則南宋詞的確是詞的末運，宋徵璧說：『詞至南宋而繁，亦至南宋而弊。』這話真不錯。

這是概括地泛論南宋詞的現象。但這種批評，太嫌籠統，而且不免武斷。若我們把南宋一代的詞，分析地說來，也未嘗沒有大詞人，好作品，不可一概抹殺。現在為敘述的方便起見，分南宋為三時期來敘述：（1）南渡時的詞；（2）偏安以後的南宋詞；（3）南宋末年的詞。現在先講南渡時的詞。

南渡時的詞，是最值得敘述的。當時金兵入寇，徽、欽被虜，眼見大好河山，淪於異種。一時愛國志士，羣起禦夷，所謂豪傑之類，痛祖國的喪亂，哀君上的流離，投鞭中流，擊楫浩歌，一片愛護國家的熱忱，發為歌詞。自然雄闊壯美，前無古人了。

我們敘述宋南渡時的詞，換句話，是講英雄的詞文學，這種英雄的文學，不但在南宋要算特色，且可算有宋全代的特色。因為北宋一代，對於國際間只持保守、和平退讓主義。但能保得暫時的苟安，無論退讓到什麼地步，都可以的。所以有宋二百年天下，只在吞聲忍氣的苟安之下過活。雖有范仲淹等輩，也不過窮守邊塞，作幾句愁酸詞，哪裡有英雄本色詞，表現出來？到了南

190『支』，原作『友』。

渡時，情形就不同了，外力的侵入，已經極其猛烈。君王被虜，國都被占，雖有家室，不能安居。種種亡國的刺激，激勵了一般人民的愛國意志。英雄及英雄的文學，就是這樣產生出來的。在詞一方面[191]講，南渡時英雄的詞，可以把辛棄疾做代表。但有一位大英雄岳飛，他雖不是詞人，他作的詞也很少，卻不能不說是極珍貴的。極能道出英雄的本色來，看他的詞吧：

怒髮衝冠，憑闌處瀟瀟雨歇。擡望眼，仰天長嘯，壯懷激烈。三十功名塵與土，八千里路雲和月。莫等閒，白了少年頭，空悲切。靖康恥，猶未雪。臣子恨，何時滅。駕長車，踏破賀蘭山缺。壯志饑餐胡虜肉，笑談渴飲匈奴血。待從頭收拾舊山河，朝天闕。（《滿江紅》）

滿腔忠憤，一氣呵成。讀了這首詞，覺得《花間集》《樂章集》的詞，都是病態的了。覺得蘇東坡的詞，也不算豪放了。他那種愛國的精誠在九十七個字裡，充分表瀑出來。讀了令人興奮，卻又不是格言或道德論，而極富於壯烈的情感的。因為岳飛，不是詞人，它的詞極少，夠不了我們怎樣的敘述。現在我們來談談這位英雄詞家辛棄疾吧。

辛棄疾，字幼安，本是北宋人，他少年時與耿京在山東起兵，很幹了些英雄事業。老年仕於南宋，他的性情是一位英雄，他的詞也是英雄語。後人評論他的詞，和評論東坡一樣，說是豪放，非詞家正宗。有的說他的詞，失之粗俚。有的說他的詞，『時時掉書袋，要是一癖』。又有人竟否認幼安的詞是詞，說是詞論。近人胡適則說：『辛幼安的詞，可算是南宋第一大家。』要之，奔放豪肆，英雄本色，這是辛詞的長處。我們恭維辛詞的在此，人家反對辛詞的也在此。鈔他幾

191『方面』，原作『面方』。

首作例：

杯汝來前，老子今朝，點檢形骸。甚長年抱濁，咽為焦釜。於今喜溢，氣似奔雷。漫說劉伶，古今達者，醉後何妨死便埋。渾如許，欲汝於知己，真少恩哉。更憑歌舞為媒，算合作人間鴆毒猜。況怨無大小，生於所愛。物無美惡，過則為災。與汝成言，勿留亟去，吾力徒能肆汝杯。杯再拜，道麾之即去，招則須來。（《沁園春·將止酒》）

疊嶂西馳，萬馬迴旋，眾山欲來。正驚湍直下，跳珠倒濺，小橋橫截，缺月初弓。老舍投閑，天教多事，檢校長身十萬松。吾廬小，在龍蛇影外，風雨聲中。爭先見面重重，看爽氣朝來三四峯。似謝家子弟，衣冠磊落，相如庭戶，車騎從容。我覺其間，雄深雅健，如對文章太史公。新隄路，問偃湖何日，煙水濛濛。（前調）

這種詞看是很粗俚，卻很可表示幼安的一團豪氣。幼安的詞，尤其少年時代的詞，大都才氣橫溢，豪縱不可一世。直到他晚年，歸宋，仕於高宗，這時英氣已經消磨殆盡，詞的技巧，卻越發進步了。在這時候的辛詞，與少年時那種英雄氣魄的詞，完全兩樣。

綠樹聽鵜鴂。更那堪杜鵑聲住，鷓鴣聲切。啼到春歸無嗁處，苦恨芳菲都歇。算未抵人間離別。馬上琵琶關塞黑，更長門翠輦辭金闕。看燕燕，送歸妾。將軍百戰身名裂。向河梁回頭萬里，故人長絕。易水蕭蕭西風冷，滿座衣冠似雪。正壯士悲歌未徹。啼鳥還知如許恨，料不啼清淚長啼血。誰伴我，醉明月。（《賀新郎·別茂嘉十二弟》）

更能消幾番風雨，匆匆春又歸去。惜春長怕花開早，何況落紅無數。春且住，見說道天涯芳草無歸路。怨春不語。算只有殷勤，畫簷蛛網，盡日惹飛絮。長門事，準擬佳期又誤。蛾眉曾有人妒。千金縱買相如賦。脈脈此情誰訴。君莫舞，君不見玉環飛燕皆塵土。閒愁最苦。休去倚危欄，斜陽正在，煙柳斷腸處。（《摸魚兒》）

寶釵分，桃葉渡，煙柳暗南浦。怕上層樓，十日九風雨。斷腸點點飛紅，都無人管，更誰勸流鶯聲住。鬢邊覷，試把花卜歸期，才簪又重數。羅帳燈昏，哽咽夢中語。是他春帶愁來，春歸何處。卻不解將愁歸去。（《祝英台近》）

沈謙說：『稼軒詞以激揚奮厲為工，至「寶釵分，桃葉渡」一曲，昵狎溫柔，魂銷意盡，才人技倆，真不可測！』幼安晚年，英雄氣短，兒女情長，故所作詞，極盡昵狎溫柔之致。後人有的稱道他少年時的英雄詞，有的稱道他晚年的豔情詞，我們卻不必作左右袒。英氣詞固是幼安的本色，晚年的豔詞，也能自出機杼，不落前人窠臼，令人愛讀。這是辛幼安運用白話的技術，超邁前人的成功。再舉他兩首帶滑稽的小詞：

幾個相知可喜。方廝見說山水。顛倒爛熟只道是。怎樣何，一回說，一回美。有個尖新底。說底話非名即利。說的口乾罪過你。且不罪，俺略起，去洗耳。（《夜遊宮・苦俗客》）

少年不識愁滋味，愛上層樓。愛上層樓。為賦新詞強說愁。而今識盡愁滋味，欲說還休。欲說還休。卻道天凉好個秋。（《醜奴兒・書博山道中壁》）

與辛幼安同時的詞人，有陸游、劉過。陸游是一個有英雄氣魄而未能發展的人。劉過則係辛幼安的幕客，他倆的詞，受辛詞的影響不小，他們的成功，也就是辛派。

陸游字務觀，號放翁，他在文學上的造就，是詩[192]歌。但他的詞也有很好的。劉潛夫說：『放翁稼軒，一掃纖豔，不事斧鑿，高則高矣，但時時掉書袋，要是一癖。』

華髮星星，驚壯志成虛，此身如寄。蕭條病驥。向暗裡消盡當年豪氣。夢斷故國山川，隔重重煙水。身萬里，舊社凋零，青門俊遊誰記。　盡道錦里繁華，欲官閑晝永，紫荊添睡。清愁自醉。念此際付與何人心事。縱有楚柁吳檣，知何時東逝。空悵望，鱠美菰香，秋風又起。（《雙頭蓮》）

一個埋沒的英雄，我們讀他老年的作品，壯志未消，英氣凜凜，『掉書袋』算什麼毛病呢？他還有很好的白話詞：

采藥歸來，獨尋茅店沽新釀。暮煙千嶂。處處聞漁唱。　醉弄扁舟，不怕黏天浪。江湖上。這回流放。作個閒人樣。（《點絳唇》）

華燈縱博，雕鞍馳射，誰記當年豪華。酒徒一半取封侯，獨去作江邊漁父。　輕舟八尺，低篷三扇，占斷蘋洲輕雨。鏡湖原自屬閒人，又何必官家賜與。（《鵲橋仙》）

劉過，字改[193]之。他在事業上，並沒有什麼表現，而在詞裡面，則很能表現出他們那種英雄氣魄來。論到辛派的詞，改[194]之真是辛詞的嫡派，他有一首很有趣味的詞：

斗酒彘肩，風雨渡江，豈不快哉。被香山居士，約林和靖，與坡仙老，駕勒吾回。坡謂

192『詩』，原作『詞』。
193『改』，原作『故』。
194『改』，原作『故』。

西湖，正如西子，濃抹淡妝臨鏡臺。二公者，皆掉頭不顧，只管傳杯。 白雲天竺去來，圖畫裡崢[195]嶸樓閣開。愛縱橫二澗，東西水繞，兩峯南北，高下雲堆。逋曰不然，暗香浮動，不如孤山先探梅。須晴去，訪稼軒未晚，且此徘徊。（《沁園春》）

這是改之寄稼軒的一首詞，那首詞的體格描寫，簡直用的古文家傳記法，聞詞家未有之例。在改之看來，詞的界限，簡直寬極了，雖岳珂說他『白日見鬼』，這本是句玩話，不能算是確評。此外，改之還有很嫵媚的小詞：

蘆葉滿汀洲。寒沙帶淺流。二十年重過南樓。柳下繫船猶未穩，能幾日，又中秋。 黃鶴斷磯頭。故人曾到不。舊江山渾是新愁。欲買桂花同載酒，終不似少年游。（《唐多令・重過武昌》）

情高意真，眉長鬢青。小樓明月調箏，寫春風數聲。 思君憶君，魂牽夢縈。翠銷香暖雲屏，更那堪酒醒。（《醉太平》）

南渡的詞及詞家，已如上述，這個過渡期不久，南宋已成偏安之局。再經幾次的恢復無效，宗澤、岳飛輩相繼死亡，於是偏安之局大定，君主只圖苟安，士大夫之流，更習於偷懶，得過且過，既沒有英雄，英雄的詞人，自然不會有了。一般士大夫，既習慣了偷閒苟安，沒有豐富的生活，他們的詞，也自然的不會有內容。加以北宋詞家輩出，作品斐然。南宋詞人，遵守著他們的

195『崢』，原作『峯』。

原理、原則，只從藝術上做工夫，便自然走向古典的路上去，形成了南宋古典主義的詞派。現在我們分詞人的詞，與非詞人的詞兩面，來敘述偏安以後的南宋詞。

南宋自偏安決定以後，至於宋末，時代很長，作家尤多。敘述實感困難！大概南宋詞的發展，倡於長調，小詞則沒有什麼新色彩。至於非詞人方面，平民之作，卻正相反，長調極少，而小詞則既多且好。現在就南宋詞人中選幾個作家，來代表這一代詞風。

姜夔字堯章，號白石道人，與范石湖同時。石湖說：『白石，有裁雲縫月之妙手，敲金戛玉之音聲。』石湖自己是個詞人，又會作詞，他的評論，自很有意義。但也未免過譽白石了！即如他最有名的《暗香》《疏影》，那是姜氏的自度腔，在詞史上極有名譽的。但在我們看來，藝術自然不差，典故也用得很巧，不失為清空之門！可是沒有內容，沒有感情，引不起讀者心絃的震動。所以也不能算什麼超人的結語。現在再舉他兩首代表詞：

淮左名都，竹西佳處，解鞍少駐初程。過春風十里，盡薺麥[196]青青。自胡馬窺江去後，廢池喬木，猶厭言兵。漸黃昏，清角吹寒。都在空城。　杜郎俊賞，算而今重到須驚。縱豆蔻詞工，青樓夢好，難賦深情。二十四橋仍在，波心蕩冷月無聲。念橋邊紅藥，年年知為誰生。（《揚州慢·淳熙丙申至日過揚州》）

庾郎先自吟愁賦。淒淒更聞私語。露濕銅鋪，苔侵石井，都是曾聽伊處。哀音似訴。正

196『麥』，原作『發』。

思婦無眠，起尋機杼。曲曲屏山，夜涼獨自甚情緒。　西窗又吹暗雨。為誰頻斷續，相和砧杵。候館吟秋，離宮吊月，別有傷心無數。豳詩漫與。笑籬落呼燈，世間兒女。寫入琴絲，一聲聲更苦。（《齊天樂・詠蟋蟀》）

這兩首詞，雖也不免用典用事，卻不能不說是好詞。周保緒[197]把辛棄疾與白石比論說：『吾十年來，服膺白石，而以稼軒為外道。由今思之，可謂捫籥也。稼軒鬱勃故情深，白石放曠，故情淺；稼軒縱橫故方大，白石局促故方小。』把白石來比稼軒，自然相形見絀，但在南宋詞人中，白石還要算一個成功的作家。他與稼軒分道揚鑣，各自代表一個詞派。辛詞上面述過了，姜派詞的特徵，在注重詞的藝術與聲律方面，因為過注意了藝術、聲律的緣故，自然不免削減文字的實質，缺乏內容與情感，這是他們的大缺點。與白石同派的詞人很多，現在舉兩個作代表。

吳文英，字君特，號夢窗，他的詞，古典的意味尤深。他的朋友沈伯時，也說他：『用事下語太晦處，人不可曉。』張玉田更說：『吳夢窗如七寶樓臺，眩人眼目，拆下來不成片段。』大抵夢窗作詞，只講究字面，雖然字面修飾得很好看，卻缺乏感情的聯絡，那麼所謂美麗，也不過是字句的美麗，而不是整個的動人的文學作品。但如胡適所說『詞到吳文英，可算是一大厄運』，那又未免太偏見了！夢窗的詞，何嘗沒有好的呢：

何處合成愁。離人心上秋。縱芭蕉不雨也颼颼。都道晚涼天氣好，有明月怕登樓。　年事夢中休。花空煙水流。燕辭歸客尚淹留。垂柳不縈裙帶住，漫長是繫行舟。（《唐多令》）

197『緒』，原作『綴』。

修竹凝妝，垂楊駐馬，憑欄淺畫成圖。山色誰題，樓前有雁斜書。東風緊送斜陽下，弄舊寒晚酒醒餘。自消凝，能幾花前，頓老相如。傷春不在高樓上，在燈前倚枕，雨外薰爐。怕艤遊船，臨流可奈清臞。飛紅若到西湖底，攪翠瀾總是愁魚。莫重來，吹盡香綿，淚滿平蕪。（《高陽臺・豐樂樓》）

聽風聽雨過清明。愁草瘞花銘。樓前綠暗分攜路，一絲柳一寸柔情。料峭春寒中酒，交加曉夢啼鶯。　西園日日掃林亭。依舊賞新晴。黃蜂頻撲秋千索[198]，有當時纖手香凝。惆悵雙鴛不到，幽階一夜苔生。（《風入[199]松》）

這種詞，也未嘗不情深韻遠，不過有些過於晦澀的，應當淘汰就是了！

史達祖，字邦卿，號梅溪，與姜白石同時，白石很欣賞他的詞說：『奇秀清逸，有李長吉之韻，蓋能融情景於一家，會句意於兩得。』由梅溪的作品看來詠物詞實在能曲盡技巧。

做冷欺花，將煙困柳，千里偷催春暮。盡日冥迷，愁裡欲飛還住。驚粉重蝶宿西園，喜泥潤燕歸南浦。最妨他佳約風流，鈿車不到杜陵路。　沉沉江上望極，還被春潮晚急，難尋官渡。隱約遙峯，和淚謝娘眉嫵。臨斷岸新綠生時，是落紅帶愁流處。記當日門掩梨花，

198『索』，原作『奈』。
199『入』，原作『又』。

翦燈深夜語。（《綺羅香・春雨》）

過春社了，度簾幕中間，去年塵冷。差池欲住，試入舊巢相並。還相雕梁藻井。又軟語商量不定。飄然快拂花梢，翠尾分開紅影。芳徑。芹泥雨潤。愛貼地爭飛，競誇輕俊。紅樓歸晚，看足柳昏花暝。應是棲香正穩。便忘了天涯芳信。愁損翠黛雙蛾，日日畫欄獨憑。（《雙雙燕・詠燕》）

這種描寫的技術，很能夠形容曲盡。以上姜、吳、史三人，便是南宋詞風的代表。王阮亭說：『宋南渡後，梅溪、白石、竹屋、夢窗諸子，極妍盡態，反有秦李未到者。雖神韻天然處或減，要自令人有觀止之歎。正如唐絕句，至晚唐劉賓客、杜京兆，妙處反進青蓮、龍標一層。』朱彝尊說：『詞人言詞，必稱北宋，然詞在南宋，始極其至。姜堯章氏最為傑出。』南宋詞實以白石為宗，不但史邦卿、吳夢窗，都跟著白石向古典的路上走，即宋末的詞人，也多半受白石的影響，立于姜派系統之下，間有不入這個系統範圍的詞家，如劉克莊、朱淑貞輩。克莊，我們不能明白地說他是那一派的作家，他有古典詞，也有白話詞。朱淑貞是個女性的詞家，她也有很好的詞。舉幾首作例：

宮腰束素，只怕能輕舉。好築避風臺護取。莫遣驚鴻飛去。一團香玉溫柔。笑顰俱有風流。貪與蕭郎眉語，不知舞錯伊州。（《清平樂・為舞姬賦》）

片片蝶衣輕，點點猩紅小。道是天工不惜花，百種千般巧。朝見樹頭繁，暮見枝頭少。道是天公果惜花，雨洗風吹了。（《卜算子・海棠為風所損》）

這是劉克莊的兩首小詞，讀來很覺嫵媚。再舉朱淑貞幾首代表詞：

去年元夜時，花市燈如晝。月上柳梢頭，人約黃昏後。　今年元夜時，月與燈依舊。不見去年人，淚濕春衫袖。（《生查子》）

樓外垂楊千萬縷。欲繫青青，少住春還去。猶自風前飄柳絮。隨春且看歸何處。　滿目山川聞杜宇。便做無情，莫也愁人意。把酒送春春不語。黃昏卻下瀟瀟雨。（《蝶戀花·送春》）

現在談到宋末的詞了，詞到宋末，固然發展到無可發展的境界，實在也變到無可再變了。當時詞家作詞，只是在舊詞裡，翻來覆去，並無新意，值不得我們鄭重在敘述。現在舉兩個人的詞為例：

王沂孫，字聖與，號[200]碧山。張叔夏說：『其詞閒雅，有姜白石意趣。』碧山究竟有沒有白石意趣，且讀他的詞：

殘雪庭除，輕寒簾影，霏霏玉管春葭。小帖金泥，不知春是誰家。相思一夜窗前夢，奈個人水隔天遮。但淒然，滿樹幽春，滿地橫斜。　江南自是離愁苦，況游驄古道，歸雁平沙。怎得銀箋，殷勤與說年華。如今處處生芳草，縱憑高不見天涯。更消他，幾度東風，幾度飛花。（《高陽臺》）

張炎字叔夏，號玉田。他作《詞源》，獨論白石為『清空』。他自己的詞，也竭力摹仿白石，

200『號』，原作『眾』。

然而成功不及白石遠了！看他的《高陽臺・西湖春感》：

接葉巢鶯，平波卷絮，斷橋斜日歸船。能幾番遊，看花又是明年。東風且伴薔薇住，到薔薇春已堪憐。更淒然。萬綠西泠，一抹荒煙。　當年燕子知何處，但苔深韋曲，草暗斜川。見說新愁，如今也到鷗邊。無心再續笙歌夢，掩重門淺醉閑眠。莫開簾。怕見飛花，怕聽啼鵑。

這兩首《高陽臺》都是宋末的作品，內中包藏著無限傷感。又《詞苑叢談》載：詹天遊以豔詞得名，見諸小說。其送童甕天兵後歸杭，《齊天樂》云：

相逢喚醒金華夢，胡塵暗斑吟髮。倚擔評花，認旗沽酒，歷歷行歌奇跡。吹香弄碧。有坡柳風情，逋梅月色。畫鼓江船，滿湖春水斷橋客。　當時何恨怪侶，甚花天月地，人被雲隔。卻載蒼煙招白鷺，一醉修江又別。今回借得。再折柳穿魚，賞梅催雪。如此湖山，忍教人更說。

看了這一段話，可知宋末詞的頹廢，大概文學風氣，是隨時代的風氣而變。本來南宋人以苟安偷活延續他的殘喘，大家習於靡靡的生活。那麼從詞體中表現出來，自然也是靡靡的生活。如上文所舉幾首詞，正是代表時代性的作品呢！最後我們舉出文天祥來，做個押陣罷！天祥的生平，無須在這裡介紹，他的詞，完全表現他那剛忠的人格，如北上時，有題張許廟《沁園春》詞云：

為子死孝，為臣死忠，死亦何妨。自光嶽氣分，士無全節，君臣義缺，誰負剛腸。罵賊睢陽，愛君許遠，留得聲名萬古香。後來者，無二公之操，百煉之鋼。　嗟哉人生，翕歘云亡。好烈烈轟轟做一場。使當時賣國，甘心降虜，受人唾罵，安得留芳。古廟幽沉，遺容謹雅，枯木寒鴉幾夕陽。郵亭下，有奸雄過此，仔細思量。

水天空闊，恨東風不借世間英物。蜀鳥吳衣殘照裡，忍見荒城頹壁。銅雀春情，金人秋淚，此恨憑誰雪。堂堂劍氣，斗牛空認奇傑。那信江海餘生，南行萬里，送扁舟齊發。正好鷗盟留醉眼，細看濤生雲滅。睨柱吞嬴，回旗走懿，千古衝冠髮。伴人無寐，秦淮猶是孤月。（《念奴嬌·驛中別友人》）

這種詞，『為子死孝，為臣死忠』的話，誠然不免有些酸腐氣，卻是一個壯氣。這樣悲壯的詞，恐怕是南宋的絕響了吧。

文人的詞，上面大略述過了。而南宋時非文人的詞，更不可忽略。但因為不是詞人，他們的詞，散在各處，難於搜集，並且沒有人搜集起來。所以兩宋的民間詞，現在能夠見到的，除由那些詞話、叢話裡，找得一點零碎的記錄外，那大批的民間詞，已經跟著時代而消滅了！現在我們就詞話裡找出這一點兒民間詞，可以窺見當時民間文學的大概。不過這種民間詞的時代，不很明瞭，只能知道他是南宋的作品就是了。

南宋的民間詞，尤以妓女所作為盛。本來妓女通文，隋唐時代也不少，南宋尤其顯著。大概當時的官妓與營妓，只以歌舞為職業。所謂妓者，技也。歌妓本容易通文，通文則妓更矜貴，所以南宋妓女的能詞者特多，而且多半是白話詞。舉幾首為例：

蜀妓有送別詞云：

欲寄渾無所有。折盡市橋官柳。看君著上春衫，又相將，放船楚江口。　後會不知何日又。是男兒休要鎮長相守。苟富貴毋相忘，若相忘，有如此酒。（《市橋柳·送行》）

成都官妓趙子卿，性慧黠能詞，值帥府作食送給帥，令子卿作詞應命，立賦《燕歸梁》云：

細柳營中有亞夫。華宴簇名姝。雅歌長許佐投壺。無一日不歡娛。　漢王拓境思名將，捧飛檄欲登途。從前密約盡成虛。空賸得淚流珠。

《詞苑叢談》：蜀妓類能文，蓋薛濤之遺風也。有客自蜀挾一妓歸，蓄之別室，率數日往，偶以病稍疏，妓頗疑之，客作詞自解。妓用韻答之云：

說盟說誓。說情說意。動便春愁滿紙。多應念得脫空經，是那個先生教底。　不茶不飯，不言不語，一味供他憔悴。相思已是不曾閑，又那得工夫咒你。（《鵲橋仙》）（此詞，洪邁《夷堅志》，作陸放翁妾作）

聶勝瓊（宋名妓，歸李之問）的《鷓鴣天》詞：

玉慘花愁出鳳城。蓮花樓下柳青青。尊前一唱陽關曲，別個人人第五程。　尋好夢，夢難成。有誰知我此時情。枕前淚共階前雨，隔個窗兒滴到明。

又載營妓馬瓊瓊歸朱延之，延之辟二閣，東閣正室居之，瓊瓊居西閣。延之任南昌，瓊瓊以梅雪扇題詞寄之云：

雪梅妒色。雪把梅花相抑勒。梅性溫柔。雪壓梅花怎起頭。　芳心欲訴。全仗東風來作主。傳語東君，早與梅花作主人。（《減字木蘭花》）

鄭文妻孫氏的《憶秦娥》詞：

花深了。一鉤羅襪行花陰。行花陰。閑將柳帶，細結同心。　日邊消息空沉沉。畫眉樓上愁登臨。愁登臨。海棠開後，望到如今。

嘉定間，平江妓送太守詞云：

春色原無主。荷東風著意看承，等閒分付。多少無情風雨至，那更蝶欺蜂妒。算燕雀眼前無數。縱使簾櫳能愛護。到於今已是成遲暮。芳草碧，阻歸路。　看看做到難言處。怕仙郎輕颺旌旆，易歌襦袴。月滿西樓絃索靜，雲蔽昆城閬府。便恁地一帆輕舉。獨倚闌干愁拍碎，慘玉容淚眼如輕雨。去與住，兩難訴。（《賀新涼》）

鄭雲娘寄張生《西江月》詞：

一片冰輪皎潔，十分桂魄婆娑。不是方便是如何。莫是姮娥妒我。　雖則清光可愛，奈緣好事多磨。仗誰傳與片雲呵。遮取霎時則個。

又雲娘寄張生《鞋兒曲》云：

朦朧月影，黯淡花陰，獨立等多時。只怕冤家乖約，又恐他側畔人知。千回作念，萬般思想，心下暗猜疑。驀地得來廝見，風前語顫聲低。　輕移蓮步，暗卻羅衣，攜手過廊西。正是更闌人靜，向粉郎故意矜持。片時雲雨，幾多歡愛，依舊兩分離。報達情郎且住，待奴兜上鞋兒。

管仲姬，趙子昂妻。子昂欲娶妾，夫人答以詞云：

爾儂我儂，忒殺情多，情多處，熱似火。把一塊泥，捻一個爾，塑一個我。將咱兩個，一齊打破，用水調和。再捻一個你，再塑一個我。我泥中有爾，爾泥中有我。我與你生同一個衾，死同一個槨。

這都是極好的白話詞。雖說南宋辛棄疾一派文人的白話詞，也很巧妙，終究是文人的作品，不及這種民間的白話詞，和非詞人的白話詞，來得親切滑稽有趣。要問民間詞何以都是白話的呢？因為古典文學，必須做那讀破萬卷鎔經鑄史的工夫，才能成功，的確很不容易。一般平民妓女，稍習文字，做做白話詞，那是比較容易，並且那時的妓女，只是歌妓，為應歌的需要，容易通文。他們通文的目的，並不妄想在文學上有什麼地位，只要能表情達意，人人聽得懂就得了。因此，她們做出來的詞，自然是白話詞，自然很滑稽很親切有趣，只可惜我們現在欣賞這種民間白話詞的機會太少了！

八、詞的弊病

我們研究詞學，由晚唐五代降到南宋，讀過了不少優秀的作品，知道了許多不同的作風。關於詞的美點，已經習聞熟見了。但是詞就沒有弊點嗎？自然有的！詞的弊點，有兩個本體上的病根，有兩個現象上的缺點，本體的病根是：

（1）音數的限制。拿詩歌來說，近體詩如律詩、絕句，都有音數的限制。古體詩如古風樂府，篇幅長度自由，音數沒有一定。所以要表現偉大的思想，豐富的情感，只能在古體詩裡抒寫出來，近體詩是不可能的。詞與近體詩，陷於同樣的缺點。詞雖有小令、中調、長調，長短不同，每一個詞牌的音數，卻是一定不易的。並且長調最長的如《鶯啼序》，也不過二百餘字。所以要在詞裡面，表現一種複雜的思想、情緒，或是敘述複雜的意境和事實，也是不可能的。我們看《六一詞》裡，用《漁家傲》的調子，來描寫牛郎織女的故事，寫了一首，還覺不夠，又寫上兩首。合三首詞牌，方表出一個完全的意境，就可見詞的音數限制的壞處了。我們常常發見一首詞，意義已窮，再硬奏上幾句無意義的話，而完成一個調子的事。著名的詞人姜白石，便不免常有此病。又常有一首詞，辭句完了，還有許多意思應該表現，而篇幅不允許的。這都是音數限制的缺陷。

（2）聲韻的限制。中國的各種文體講究聲韻最嚴格的，要算是詞了。李清照云：『詩文只分平仄，而歌詞分五音，又分五聲，又分音律，又分清濁輕重，且如近世所謂《聲聲慢》《雨中花》《喜遷鶯》，既叶平聲韻，又叶入聲韻；《玉樓春》本叶平聲韻，又叶去聲韻，又叶入聲；本叶仄聲韻，如叶上聲則協；如叶入聲，則不可歌矣。』這是何等嚴格的音律。因此就是宋代詞人的詞，也往往不能協律。音律嚴格，在音樂上本是很需要的。而在文學上，為了遷就嚴格的音律，便不免削減許多意境，這又是一種缺陷！

（3）描寫對象的狹隘。詞家所描寫的對象，不離乎別愁、閨情、戀愛這幾方面，不但像《孔雀東南飛》一類的長篇述事詩，不能在詞裡遇見，就是杜工部、白香山，那種描寫平民痛苦的作品，也沒有。不但沒有描寫平民痛苦的作品，就是五七言律詩[201]所能描寫的豪情壯志，在詞裡也

201『詩』，原作『詞』。

是希有。這雖說是詞的體裁不宜於那樣的描寫，卻可以證明詞體描寫對象的狹隘，沈伯時說：『作詞與作詩不同，縱花草之類，亦須略用情意，要入閨房。』金元鼎說：『詞以豔麗為工。』這更可證明詞只是豔科，雖有東坡、稼軒輩打破詞為豔科之說，起而為豪放的詞，但當時輿論都說是別派，不是正宗。並且能豪放詞者，在宋一代，也只有蘇辛幾個人，不是普及的。論文學的對象，該是人生的全部，而詞的描寫，只偏於最狹義、最局促的貴族的人生。這不但不夠讀者的欣賞要求，而且十分限制了天才作家的發展了。

（4）古詩辭意的模襲。詞家多翻詩意入詞，雖名流不免。如秦少游最著名的『斜陽外，寒鴉數點，流水繞孤村』，是用隋煬帝詩『寒鴉千萬點，流水繞孤村』；歐陽修的『淚眼向花花不語』，是本嚴惲詩『盡日問花花不語』；晏叔原《浣溪沙》『戶外綠楊春繫馬，牀頭紅燭夜呼盧』，則本於韓翃詩『門外綠楊春繫馬，牀前紅燭夜呼盧』，僅僅改換兩個字；東坡的《點絳唇》後半闋全套漢武帝的《秋風辭》；稼軒的《賀新郎》全與李白《擬恨賦》相似；周邦彥則人家說他頗借古句。這些都是宋朝第一流的詞家，都不免翻詩意或詩句入詞。《藝苑雌黃》說是『名人必無杜撰語』，其實這種鈔襲的模擬，也是詞家的疵病！

詞既有了這種種的缺陷，加上晚宋講究詞派，『或尊姜白石，或宗周清真，或學辛稼軒』，講究詞法，（如沈伯時《樂府指迷》說：說桃不可直說桃，須用紅雨、劉郎等字之說；張叔夏『清空』『質實』之說），作品的陳腐，千篇一律，無非為前人作書記。其下者連書記還不如！這正如晚唐西昆詩的發展一樣，國家要亡了，而一般文人，還沉醉於象牙之塔，高唱他們的豔歌，不知時代為何物，這不是詞的最後厄運到了嗎？

由宋詞蛻化到元曲，凡詞的弊點，都給曲打破或改善了。元曲最初的宫本雜劇，就是詞牌重疊成套，如董穎宫《薄媚》大曲一套，史浩《鄮[202]峯》大曲，有《劍舞》《採蓮》等七套（見《彊邨叢書》），皆以數曲來代表一人的言語，表示一個意義，或專敘一件故事，以補助詞的音數限制的缺陷。到了後來，由大曲變董西廂[203]，及元人套數雜劇，竟連詞牌也廢去不用了。嚴格的聲韻也解放了不少。至於描寫的對象，戲曲是綜合的藝術，他所描寫的，是社會的一個歷程，或人生生活的一截段。無論喜劇悲劇，都包括在裡面。描寫的對象，擴大得多了。描寫的工具，他們是用的當時的白話體，雖也不免用前人語，但不像宋詞的模襲唐詩了。總結一句，元曲是應宋詞之弊而興起，所以改善了宋詞的根本不合用，和許多末流的弊點。世人但知詞曲的遞變，是由音樂的關係，不知道在文學體裁的變遷上，曲也應該代詞而興呢！

九、研究詞學的幾段經驗談

我們家兄香谷先生，精於詞學，當代一班大詞家，都和他酬答。著有《詞說》一卷，都是生平用力於詞的心得，很可為後學的津梁。現在採取他幾段精要語，繼成這編。

詞至南宋，可說極精了。到了元朝，則音律破壞，體格蕪穢，除了兩三位名家以外，簡直沒

202「鄮」，原作「勛」。
203「廂」，原作「箱」。

有可觀者。有明一代，詞曲混淆不分，等於詞[204]亡了。清初諸公，還不免守著《花間》《草堂》的舊習，小令專趨豔體，慢詞略倣蘇、辛，這都是誤於『詞為詩餘』之說，不求深造，所以不能成為獨立的學科。到了朱竹垞出來，提倡雅正，闢除浮豔，詞體始正。嘉慶初年，張皋文、宛鄰兄弟，溯流窮源，上追風雅，獨闢門徑，而後詞學大尊。周止庵繼起更替他窮正變、分家數，示後學入門之法，而後詞學才有統系、有歸宿。最近吳門七子守詞律，訂詞韻，而後後生小子，不敢偭規錯矩，自放於法度之外。所以論到清代詞學，真是所謂逐漸改良，後來居上的。因此清季詞人，像張（景祁[205]）、譚（獻）、許（增）、鄭（文焯[206]）及四中書（端木埰[207]、許玉瑑、王鵬運、況周頤），張（仲炘）、朱（孝臧）諸子，色色皆精，蔚然稱盛。直到民國建立，此風仍然不革。好學青年，儻有志於此，關於下刊幾段話，須要注意！

初學作詞，當從詩入手。倘使五七言不能句，倒能做長短句的韻語，可斷定他沒有！詞體中的小令，收處貴在含蓄，貴有運神，這與詩的七絕最近。慢詞貴鋪敘，貴推衍，貴波瀾動盪，貴曲折離合，尤與歌行相近。其他四言、五言、七言等對句，則近於律詩，所以能詩者再學詞，真是事半功倍。只要認定正路，勿入歧途，用功一兩年，或三四年，就成了好手了。大概詩的境界

204『詞』，原作『詩』。
205『祁』，原作『邦』。
206『焯』，原作『輝』。
207『埰』，原作『深』。

寬，家數又多，所以不容易自立。詞則境界較窄，家數雖多[208]，而可宗者少，所以容易成功。至於講到詩與詞的異點，雖不是幾句話所能說盡，大約詩兼賦比興之義，詞則比興多而賦體少。因為詞貴曲折，一用賦體，就嫌直率了！

要作詞，須先講讀詞。詞本名樂府，可被管絃，近代雖然音律失傳，而善讀詞者，定能夠抑揚頓挫，優柔和平，極盡聲調之美。在尋常平順的調譜，固然如此。就是拗澀難讀的，亦無不如此。到後來聲調熟極，提起筆來自己作詞，自然奇思異彩，都隱著聲響，流溢出來，不會有齟齬不安的弊病了！——這話雖專論詞，其實風騷辭賦駢散諸文，詩歌各體，無一種沒有天然的音節，音節諧和，就是妙文，否則不登大雅，有志之士，當注意才是！

初學作詞，才力還未充足，可先從小令入手。倘使天分高超，筆姿穎秀者，往往下筆就有名集的語句。然須知道詞以沉著渾厚為貴，這種境界，非積學不能達到。小令既能楚楚，可漸學作慢詞，初作慢詞，當選擇穩順習用之調，平仄多數可以活用的，照譜填字，庶幾乎不苦束縛。填成之後，再把詞律細心對勘，務要平仄一字不錯，辭意雙方並美，斟酌推敲，到了改無可改，才可以脫手，拿出來問世。到後來功候更進，方可作單傳孤調，及講究上去入聲字。總之，這種事無論天資的高低，才情的豐嗇，必須三五年功夫，方能大成。所謂『登高自卑，行遠自邇』，不容躐等求進的。

填詞以到恰好地位為最難，太率易者，病名剽滑，太艱深者，病名晦澀，雙方都離成功很遠。

208『多』，原闕。

此外，淺俗之病，初學尤易觸犯。但單是淺俗，容易發見，醫治也不難。獨有纖佻之病，一般聰慧子弟，不但不覺得他是病，須認為得意之筆。然而終身沒有登到『大雅之堂』的希望了！學者倘不幸患此，需要痛下針砭才是！

《說文解字・詞》說：『意內而言外也。』當叔重著書時候，詞學未興，原不是指定令慢講的，然而令慢之詞，恰好以『意內言外』為正軌。安見得詞的定名，不是取叔重《說文》的本義呢？至於『樂府』這名稱，本於聲律。『長短句』的名目，因他的字法，都還沒有什麼妨礙，獨有『詩餘』這個名辭，起於《草堂詩餘》，他的誤人最厲害，何以呢？詞既是詩之餘，於是乎一般詩家，舉他的殘膏剩馥，浮煙漲墨，以及詼嘲褻諢，忿戾謾罵之聲，下至牽率酬應排悶辭酲之作，一切餘下來放到詞裡面去，結果詞就成了穢墟，還有什麼風雅之道可講呢？所以有明一代，詞最蕪穢。造成惡風的，是楊升庵、王鳳州諸人。而引入歧趨者，實在是『詞為詩餘』這一句。現在應當趕緊正他的名，叫做『詞』，萬不可再把『詩餘』二字自掩淺陋，希圖卸責。

填詞之法，首先在煉意，意精了，再配以妙筆，自然成了佳作。其次在佈局，要虛實相生，順逆兼用，搏扼緊湊，波瀾老成，方算極盡佈局的能事。又次要煉句，四言對句，必要錘煉，不可平庸。散句尤其要斟酌，古人警策處，多在這裡面。只看陸輔之《詞旨》所摘的警句，都是散句。因為對句雖工，終是平板的。至於散句的好的，直有不可思議的妙處，所以尤其該格外注意。又次要煉字，生字要煉的他熟，俗字要煉得他雅，一首之中，沒有一處文[209]辭蔓語，但覺得情文

209『支』，原作『友』。

相生，清新俊逸，那麼詞的能事可說完畢了！

張玉田論《清真詞》，他說：『采唐詩融化如自己出者，乃其所長。』又說：『賀方回、吳夢窗，皆於煉字方面，多於溫庭筠、李長吉詩中來。』沈伯時亦稱：『清真詞，下字達意，皆有法度，往往自唐宋諸賢詩句中來。』又說：『施梅川讀唐詩多，故語雅湊。』又說：『要求字面，常看溫飛卿、李商隱及唐人諸家詩句中字面好而不俗者，採摘用之。』以上幾段話，是說詞家必須先用功於詩，而後字句才能優美，這話誠哉不錯。但我以為詩詞本同源異派，都原風雅的苗裔，詞學所應當上溯的，豈但詩呢？上進一層，像庾信及齊梁人諸賦都是絕妙詞境啊！再上進一層，像《董嬌嬈》《羽林郎》等樂府，及《高唐》《神女》《洛神》《長門》《美人》諸賦，也是一家眷屬啊！又進上一層，那麼屈原、宋玉諸作，也無非詩家的大道金丹。雖然體制各別，而神理與韻味，猶之乎蘭蓮和荃蓀一樣。所患的是方高氣盛者，鄙薄詞為小道，不肯用心做他。愛做的呢，或者根底淺薄，安於小成。這就是詞學所以不振的原。世有同好之人嗎？何不上探騷、辯，下究徐、庾，精思熟讀，等到他一旦豁然貫通，那麼美成、白石或者可以再見於現代吧！不佞衰老了！只有『青眼高歌』，期望後起之英的了！

宋詞

龍沐勳

龍榆生（1902—1966），名沐勳，字榆生，別號忍寒居士、風雨龍吟室主。江西萬載人。曾任上海暨南大學、中山大學、中央大學、上海音樂學院教授。1933 年在上海創辦《詞學季刊》，任主編。1940 年在南京創辦詞學刊物《同聲月刊》。著有《東坡樂府箋》《唐宋名家詞論》《唐宋名家詞選》《近三百年名家詞選》《詞曲概論》《唐宋詞格律》等。其自作詞，有《風雨龍吟室詞》《忍寒盧詞》。

《宋詞》僅存北宋部分殘篇：北宋詞壇概況以及晏殊、晏幾道，歐陽修，張先、柳永，蘇軾。《宋詞》為油印本，今存南京圖書館古籍部。據張暉《龍榆生先生年譜》可知此書作於 1945 年，應是龍氏執教中央大學時之講義。

目錄

北宋詞壇概況

詞至北宋，直是登峰造極，前無古人，後無來者，茲先述其致盛之由，次及各派之淵源流變，俾學者先明其梗概，進而從事于專家之探討焉。

詞稱倚聲之學，其所倚之聲，即為曲調。歌詞之轉變，恒視曲調為推移。而曲調之繁興，又與聲色歌舞之場發生密切關係。五季喪亂，至宋太祖統一告成，定都汴梁，號稱繁庶。仁宗深仁厚澤，以下迄於徽欽，百餘年間（九九七——一一二五），極有升平氣象，制禮作樂，同為君主粉飾承平之資。而舉國人民生活得稍安定，因茲放縱聲色，致意於娛樂之追求。歌舞盛行，間接以助曲詞之滋長，孟元老《東京夢華錄》記當時汴京狀況云：

> 僕從先人宦游南北，崇寧癸未到京師……正當輦轂之下，太平日久，人物繁阜，垂髫之童，但習鼓舞，班白之老，不識干戈。時節相次，各有觀賞。燈宵月夕，雪際花時，乞巧登高，教池游苑，舉目則青樓畫閣，繡戶珠簾。雕車競駐於天街，寶馬爭馳于御路，金翠耀目，羅綺飄香。新聲巧笑于柳陌花衢，按管調弦於茶坊酒肆。八荒爭湊，萬國咸通。集四海之珍奇，皆歸市易。會寰區之異味，悉在庖廚。花光滿路，何限春遊。簫鼓喧空。幾家夜宴，伎巧則驚人耳目，侈奢則長人精神。

於此，足見當時社會情形，莫不追求娛樂，而歌曲乃占各種娛樂品中之主要地位。歷時既久，相習成風。上馬者則廣坐娛賓，即席有新詞之作。下馬者則倡樓度曲，亦競求文人為綺靡之詞。

如葉夢得《避暑錄話》云：『柳永為舉子時，多遊狹邪，善為歌詞。教坊樂工，每得新腔，必求永為詞，始行於世。』於此足見歌曲流行之普遍。不僅限於某一階級而已，且當時有官妓，宴集送迎，例必徵歌。歌者與文人接觸之機會既多，文人亦遂以此因緣，得訓練其欣賞樂曲能力。嫻習其曲調，倚聲填詞，自然吻合，即在《東坡樂府》中，正復不少例證。如〔菩薩蠻〕題云：『杭妓往蘇迓新守楊元素，李端叔跋東坡〔戚氏〕詞者，坐客言調美而詞不典，以請於公，公方觀《山海經》，即敘其事為題，使妓再歌之，隨其聲填寫，歌竟篇就，纔點定五六字而已。』（汲古閣本據《直齋書錄解題》）即席填詞，既成風尚，則士大夫階級，對此不能不加以相當注意。故歐陽修以古文大家，亦兼擅小詞，其〔採桑子〕詞有小引云：『因翻舊闋之辭，寓以新聲之調，敢陳薄伎，聊佐清歡。』（《樂府雅詞》卷上）據上述各例以觀，則歌詞為當世酬應娛樂必需之品。文人既嫻曲調，即不妨隨聲填寫。作者既眾，造詣益高。此北宋詞學昌盛之原因一也。

燕樂雜曲，至宋製作益多。《宋史・樂志》十七云：『宋初置教坊，得江南樂。已汰其坐部不用。自後因舊曲創新聲，轉加流麗。』又云：『民間作新聲甚眾，而教坊不用也。太宗所制曲，乾興以來通用之，凡新奏十七調，總四十八曲：黃鍾、道調、仙呂、中呂、南呂、正宮、小石、歇指、高平、般涉、大石、中呂、仙呂、雙越調，黃鍾羽。其急慢諸曲幾千數。』若益以民間所作聲，必更有驚人之數量。燕樂雜曲，自隋唐以及北宋，乃發達至最高峰。歌詞與曲調相推移，自必隨之發展。此北宋詞學昌盛之原因二也。

北宋君臣，類多以小詞相矜尚，大有南唐遺習。《後山詩話》稱：『柳三變遊東都南北二巷，作新樂府，骫骳從俗，天下詠之，遂傳禁中。仁宗頗好其詞，每對宴，必使侍從歌之再三。』《花庵絕妙詞選》亦云：『永為屯田員外郎，會太史奏老人星見，時秋霽，宴集中，仁宗命左右詞臣為樂章，內侍屬柳應制。』後柳雖以詞不稱旨，遽遭擯斥。而仁宗之雅愛歌曲，可以推知。當代詞人如晏殊、宋祁、歐陽修等，皆位至宰輔，殊子幾道且以〈鷓鴣天〉『碧藕花看水殿涼』一詞，為仁宗所激賞。（《花庵詞選》）迨徽宗崇寧間，建大晟樂府，以周邦彥作提舉官，而制撰官有万俟詠、田為之屬，並以歌詞名世。（參考《宋史・樂志》及《碧雞漫志》）此亦當世帝王提倡詞學之明證也。至達官貴人，以此相誇獎者，尤指不勝屈。如《古今詞話》所載：『景文（宋祁）過子野（張先）家，將命者曰：尚書欲見雲破月來花弄影郎中，子野內應云：得非紅杏枝頭春意鬧尚書耶。』掇拾斷句以為尊號，其受者之得意，當為何如。其尤可笑者，乃相矜以山抹微雲女婿。（見《鐵圍山叢談》）歌詞之為當時重視如此，此北宋詞學昌盛之原因三也。

從詞學上之系統言之，則北宋詞實承南唐之遺緒，北宋初期作家如歐、晏等，皆江西人。江西故南唐屬地，中主以疆土日蹙，曾一度遷都南昌。聞其風而悅之者，必大有人。宋下江南，南都文物，悉隨後主，同入汴梁。《宋史》所稱『收江南樂』，則並歌詞所依之聲，亦相隨而北。歌詞種子之移植，與多方面之培養，其線索可得而尋，此北宋詞學昌盛之原因四也。

有此四因，衍為各派，淵源流變可得而言。

宋初直接南唐，但工小令，升平之世，無取哀怨之音。詞體日尊，亦不貴花間派之穠豔，此《陽春》一集，所以為晏、歐所宗。開北宋風氣之先，乃在馮延巳，而不在二主。一歐二晏，領袖群倫，幾道嘗稱：『先公平日小詞雖多，未嘗作婦人語。』（《見續退錄》）證以《畫墁錄》『殊雖作曲子，不曾道綵線慵拈伴伊坐』。則此一派詞，固以婉約為主。祖《陽春》而祧《花間》，雖沾五季之舊，而實於南唐詞派益加充實者也。

歌詞之有長調，據《雲謠集》所載，乃在溫、韋之前。然自《花間》《陽春》諸賢，以及晏、歐之作，悉為小令，此其故有不可解者。惟以私意測之，當時士大夫既以詞為廣坐娛賓之資料，當筵命筆，故無取乎冗長，且諸作家除溫庭筠、李後主外，亦未聞有精通音律能自製曲者。故所用者皆尋常習見之調，耳習其聲，故能實之以詞而不□。逮曲拍長調之有待乎張先、柳永之發展，蓋有由矣。柳永得教坊樂工之助，有新腔即為撰詞。又與儇子縱遊倡館酒樓間，無復檢率。（《藝苑雌黃》）《樂章集》中之特多長調，又大半為淫冶謳歌之曲，蓋為迎合一般倡樓蕩婦之心理而用為娛賓之資，柳詞之語多塵下，實有為而為，非才力不足以為雅麗之詞也。張先善戲謔（《東坡題跋》），年八十餘，視聽尚精強，猶有聲妓（《石林詩話》）。又多與知音識曲之士相往還，如楊繪即能自製曲。（《張子野詞補遺》〈勸金船〉題云：流杯亭唱和，翰林主人元素自撰腔。）而先與酬唱，今所傳文人所作長調，蓋無有先于張、柳二氏者。雖一則代表士大夫階級專為清婉之辭，一則代表倡妓階級時有猥褻之句，而詞體由狹窄而日趨於擴大，乃至以歌詞寫景述事，暢胸臆之所欲言，開創之功，不得不推張、柳矣。

詞體既經擴大，有令引近慢之屬，可以隨意選擇，以抒寫各種情景，又為一時士大夫所矜尚。而其氣格益高，駸與原始描寫男女愛情之作，相距日遠。即留連光景，念遠傷離之篇，亦不足以饜知識階級之欲望。自南唐二主開以歌曲自抒懷抱之端，范仲淹一代名臣，〔漁家傲〕一曲，乃挾悲壯蒼涼之氣，眉山蘇軾當長調盛行之際，乃得縱筆所之，『一洗綺羅香澤之態，擺脫綢繆婉轉之度，使人登高望遠，舉首高歌，而超然乎塵垢之外。於是花間為皂隸，而耆卿為輿台矣』（《詞林紀事》引胡致堂語）。王灼亦云：『東坡先生以文章餘事作詩，溢而作詞曲，高處出神入天，平處尚臨鏡笑春，不顧儕輩。或曰：長短句中詩也。為此論者，乃是遭柳永野狐涎之毒。詩與樂府同出，豈當分異？若從柳氏家法，正自不分異耳。晁無咎、黃魯直皆學東坡，韻制得七八。黃晚年閑放於狹邪，故有少疏蕩處。後來學東坡者葉少蘊、蒲大受，亦得六七，其才力比晁、黃差劣。蘇在庭、石耆翁入東坡之門矣，短氣跼步，不能進也。』（《碧雞漫志》）蘇派詞人之淵源利病，於此可見一斑。『短氣跼步』，為此派所不取，則蘇門詞學固以氣象壯闊為宗，與以前詞家所尚淒婉穠豔認為當行出色者，皆格不相入。故晁無咎云：『居士詞，人謂不諧音律，然橫放傑出，自是曲子內縛不住者。』（《詞林紀事》）所謂『曲子內縛不住』者，換言之，即東坡一派詞已漸脫離音樂而獨立。在文學上言之則為解放，在音樂上言之則蘇氏實為藝術叛徒。音樂與文藝之結合，至北宋乃發達至最高點。東坡出乃決潰解放之，而仍建立一種富於音樂性之新詩體，此為詞學之一大關鍵，不可忽視者也。

自東坡出而詞壇乃分疏密二大派，亦稱豪放與婉約。二派憾然分庭抗禮，賀鑄出入兩派之間，悲壯情懷出以婉麗之筆，其友張耒序其詞云：『大抵倚聲而為之詞，皆可歌也……其盛麗如游金、張之堂，而妖冶如攬嬙、施之袪，幽潔如屈、宋，悲壯如蘇、李。』鑄蓋深慕東坡，而又不願為不諧音律之詞，思創新體，而深廣未遠。觀所為《東山寓聲樂府》沿舊曲而創新名，又頗采南朝樂府句，出以一賞其體勢，此亦佛氏所謂『敲水到傳燈』，故異放者也。胡適《詞選》竟缺而不錄，殊可怪也。

秦觀出東坡之門，而作風顯受柳永影響。東坡嘗戲之。（詳《高齋詩話》）個性不同，聲響自異。葉少蘊云：『少游語工而入律，知樂者謂之作家。蘇子瞻于四學士中最善少游，故他文未嘗不極口稱善，豈特樂府，然猶以氣格為病。』（《詞林紀事》引）樓敬思亦云：『淮海詞風骨自高，如紅梅作花，能以韻勝。』（同上）秦尚婉約，當世所謂詞家正宗也。此一派詞自柳永以迄周邦彥（此處少一行），在大晟府中主要人物同列如万俟詠、田為嘗知音識曲之士，故所作以協律為主，而自然出於婉約一路。陳郁稱：『美成自號清真，二百年來，以樂府獨步。貴人、學士、市儇、妓女，皆知美成詞為可愛。』（《藏一話腴》）王國維譽為『集詞家之大成』（《清真遺事》），良不誣也。予以為清真詞之不可及者，尤在能以健筆寫柔情。技術之工，針縷之密，至此真歎觀止。南宋諸作者，如吳文英、王沂孫輩，皆沾溉清真遺澤者也。

北宋詞家，其卓然能自立者，約如上述。而東坡、清真影響于後來者尤大。此外如魏夫人（魏夫人詞無專集，曾慥《樂府雅詞》內）、李清照，在女流中，特放異彩，得此以為北宋一代詞風之殿，視其他大作者無多慚色，詞之極於北宋，真中國文學史上最上光榮也。

晏殊、晏幾道

北宋初期作家多沿南唐舊習，一時名公鉅子，如寇准、范仲淹、蘇易簡、王禹偁、錢惟演輩並工小詞，而能以詞名家，為後來所宗尚者，厥惟晏氏父子，並有專集流傳，不獨為西江詞派導其先河而已。

殊字同叔，撫州臨川人。七歲能屬文，張知白安撫江南，以神童薦之。官至宰相兼樞密使。《宋史》稱其：『文章贍麗，應用不窮，尤工詩，閒雅有情思。』（卷三百十一）其詩文為仁宗類為八十卷，藏於禁中。又刻有文集二百四十卷，亦取入秘府，故均不傳於世。今所傳惟《珠玉詞》三卷，而論者以為其甚於言情，不應以嫵媚為□。（以上參考《文獻遺文》胡亦堂序）。幾道字叔原，號小山，為殊第七子，嘗監穎昌許田鎮，爵位遠不及文，而家學淵源，所作歌詞，乃有『出藍』之譽。其風格亦各不同，下當分別論之。

予為北宋初期作家，標明『准五代派』，蓋以其詞仍為應歌而作，內容又偏於離情別緒、光景流連。『詩客曲子詞』，以稱晏、歐一派，尚為切當。有故事一則，可資證明。《東軒筆錄》稱：王安國性亮直，嫉惡太甚，王荊公初為參知政事，閑日閱讀晏元獻公小詞而笑曰：『為宰相而作小詞，可乎？』平甫曰：『彼亦偶然自喜而為爾，顧其事業豈止如是耶！』時呂惠卿為館職，亦在坐，遽曰：『為政必先放鄭聲，況自為之乎？』平甫正色曰：『放鄭聲，不若遠佞人也。』此雖一時戲謔之言，然可知此派詞當時仍認為『鄭聲』，而不名為雅詠。幾道嘗有『先公平日小詞雖多，未嘗作婦人語』（《賓退錄》）之說，似為乃父闢謠，而應歌之詞類不出乎綺怨。便作婦人語，正復何如。亦不必為尊老諱也。黃庭堅稱幾道詞：『可謂狎邪之大雅，豪士之鼓吹。其合者《高唐》《洛神》之流，其下者豈減《桃葉》《團扇》。』（《小山詞序》）則晏氏父子之詞，固屬於悱惻纏綿，仍五代之遺習，惟『元獻尤喜馮延巳歌詞，其所自作，亦不減延巳』（《貢父詩話》），周濟謂『晏氏父子仍步溫韋，小晏精力尤勝』（《介存齋論詞雜著》），實則殊自承南唐風氣，幾道乃兼取花間，上及六朝樂府，又不可同年而語。況周頤云：『小山詞從珠玉出而成就不同，體貌各具。』（《蕙風詞話》）此二晏詞格之大較也。

《珠玉》一卷，美不勝收。王灼云：『晏元獻公長短句，風流蘊藉，一時莫及。而溫潤秀潔，亦無其比。』（《碧雞漫志》）至其境界之最高者，如〈浣溪沙〉：

一曲新詞酒一杯，去年天氣舊亭台。夕陽西下幾時回。　無可奈何花落去，似曾相識燕歸來。小園香徑獨徘徊。

哀感萬端，自然流出，的是李後主法嗣。劉熙載謂：『「無可奈何花落去」二句觸著之句也。』（《詞概》）所謂『觸著』，正見格高，讀此詞但覺悲惻動人。正如讀後主詞，道不出其所以，而自然有無窮感喟。又如〈浣溪沙〉：

淡淡梳妝薄薄衣。天仙模樣好容儀。舊歡前事入顰眉。　閑役夢魂孤燭暗，恨無消息畫簾垂。且留雙淚說相思。

一向年光有限身，等閑離別易消魂。酒筵歌席莫辭頻。　滿目山河空念遠，落花風雨更傷春。不如憐取眼前人。

〔清商怨〕：

關河愁思望處滿，漸素秋向晚。雁過南雲，行人回淚眼。　雙鸞衾裯悔展，夜又永、枕孤人遠。夢未成歸，梅花聞塞管。

〔採桑子〕：

時光只解催人老，不信多情。長恨離亭。淚滴春衫酒易醒。　梧桐昨夜西風急，淡月朧明。好夢頻驚。何處高樓雁一聲。

〔木蘭花〕：

玉樓珠閣黃金鎖，寒食清明春欲破。窗間斜月兩眉愁，簾外落花雙淚墮。　朝雲聚散真無那，百歲相看能幾個。別來將為不牽情，萬轉千回思想過。

以上諸闋，並含蓄蘊藉，不減《陽春》。至其〔蝶戀花〕各章，最為世所傳誦，以各家選本皆有，茲不贅及。又《珠玉詞》中，有一事極可注意者，即漸作較長之調，足見歌詞演進之歷程。如〔山亭柳〕：

家住西秦，賭博藝隨身。花柳上，鬥尖新。偶學念奴聲調，有時高遏行雲。蜀錦纏頭無數，不負辛勤。　數年來往咸京道，殘杯冷炙漫銷魂。衷腸事，托何人。若有知音見采，不辭遍唱陽春。一曲當筵落淚，重掩羅巾。

體勢開拓，不復專以含蓄取遠神，實上承《雲謠》，下開柳七，其間關鍵，可得而尋也。

幾道名父之子，其所為詞集，自題曰《樂府補亡》，其自序云：『叔原往昔浮沉酒中，病世之歌詞，不足以析醒解慍，試續南部諸賢餘緒，作五七字語，期以自娱。不獨敘其所懷，兼寫一時杯酒間見聞、所同遊者意中事。』又云：『昔之狂篇醉墨，遂與兩家（謂沈廉叔、陳君龍）歌兒酒使，俱流轉於人間。自爾郵傳滋多，積有竄易……考其篇中所記悲歡合離之事，如幻、如電、如昨夢前塵，但能掩卷憮然，感光陰之易遷，歎境緣之無實也。』據此，知幾道作詞之本旨，乃欲以高格調寫悲歡離合之情，而又多經改竄，故傳作絕少瑕疵可指摘。黄庭堅又稱其：『磊隗權奇，疏于顧忌，文章翰墨，自立規模……嬉弄于樂府之餘，而寓以詩人之句法，清壯頓挫，能動搖人心。』（《小山詞序》）是幾道之詞，雖淵源家學，而境地有殊，所取法者，不獨上溯溫、韋，取精用弘，宜其有以卓然自樹也。

幾道生長富貴家，壯乃落拓不偶，而又賦性耿介，不踐諸貴之門。（《碧雞漫志》）人格既高，故其詞中所表現之情感饒有豪華氣象，不作一寒酸語，而清麗纏綿，自然哀感頑豔，其代表作如〔臨江仙〕：

夢後樓臺高鎖，酒醒簾幕低垂。去年春恨卻來時。落花人獨立，微雨燕雙飛。　記得小蘋初見，兩重心字羅衣。琵琶弦上說相思。當時明月在，曾照彩雲歸。

〔鷓鴣天〕：

彩袖殷勤捧玉鍾，當年拚卻醉顏紅。舞低楊柳樓心月，歌盡桃花扇底風。　從別後，憶相逢。幾回魂夢與君同。今宵剩把銀釭照，猶恐相逢是夢中。

小令尊前見玉簫，銀燈一曲太妖嬈。歌中醉倒誰能恨，唱罷歸來酒未消。　春悄悄，夜迢迢。碧雲天共楚宮遙。夢魂慣得無拘檢，又踏楊花過謝橋。

〔生查子〕：

墜雨已辭雲，流水難歸浦。遺恨幾時休，心抵秋蓮苦。　忍淚不能歌，試托哀弦語。弦語願相逢，知有相逢否。

〔阮郎歸〕：

舊香殘粉似當初，人情恨不如。一春猶有數行書，秋來書更疏。　衾鳳冷，枕鴛孤。愁腸待酒舒。夢魂縱有也成虛，那堪和夢無。

天邊金掌露成霜，雲隨雁字長。綠杯紅袖趁重陽，人情似故鄉。　蘭佩紫，菊簪黃。殷勤理舊狂。欲將沉醉換悲涼。清歌莫斷腸。

〔浣溪沙〕：

家近旗亭酒易酤。花時長得醉工夫。伴人歌笑懶妝梳。　戶外綠楊春系馬，床前紅燭夜呼盧。相逢還解有情無。

在上列各詞中，具見幾道之豪華風度，終乃欲以沉醉換悲涼。況周頤云：『「殷勤理舊狂」五字三層意。狂者，所謂一肚皮不合時宜，發見於外者也。狂已舊矣，而理之，而殷勤理之，其狂若有甚不得已者。「欲將沉醉換悲涼」，是上句注腳。「清歌莫斷腸」，仍含不盡之意。此詞沉著重厚，得此結句，便覺竟體空靈。』（《蕙風詞話》）此雖僅就〔阮郎歸〕一闋而言，而小山詞意格之高，針縷之密，皆可由況氏說進而推求得之矣。

歐陽修

北宋初期作者，歐、晏齊名，同為一代名臣，而歐陽修為詩文，並宗韓愈，以道統自任，所有小詞應歌之作，一時興到遽付歌喉，既不甚經心，或謂為小人所嫉妒，嘗以鄙褻之語，嫁名于歐，後人雖屢為辨誣，而集中諸作品除鄙褻過甚為毛子晉刪外，尚有馮延巳、晏殊、張先、柳永之作混入，其中孰贋孰真，絕無佐證。研究歐詞，實較其他諸家為難，而其所以致此之由，則以歐本逢場作戲，不似二晏之專門為此，歌姬傳唱自易混淆，亦不足深辯也。

歐陽修字永叔，盧陵人（一〇〇七——一〇七二），四歲而孤，幼敏悟過人，讀書輒成誦，嘗得唐韓愈遺豪於廢書簏中，讀而心慕焉，苦志探賾，至忘寢食，必欲並轡結馳而追與之並。神宗朝屢遷兵部尚書，以太子少師致仕。（《宋史》卷三百十九）中年自號六一居士（《樂府紀聞》），有《六一詞》一卷。陳振孫云：『其間多有與《花間》《陽春》相混者，亦有鄙褻之語，一二雜廁其中，當是仇人無名子所為也。』（《直齋書錄解題》卷二十一）

歐詞風格，本近《陽春》，而王世貞謂：『永叔極不能作麗語。』（《藝苑卮言》）世所傳誦之〈蝶戀花〉『庭院深深』『誰道閒情』『幾日行雲』諸闋，並見馮氏《陽春集》中，惟《詞苑叢談》稱：『李易安酷愛其語，遂用作「庭院深深」數闋。』是『庭院深深』一闋可信其為歐作而非出於馮也。茲為移錄如下：

庭院深深深幾許，楊柳堆煙，簾幕無重數。玉勒雕鞍遊冶處，樓高不見章台路。雨橫風狂三月暮，門掩黃昏。無計留春住。淚眼問花花不語。亂紅飛過秋千去。

此詞層累而下，極寫貴家少女懷春之情。歐為人本自風流，《堯山堂外紀》稱：『永叔任河南推官，親一妓，時錢文僖為西京留守，梅聖俞、尹師魯同在幕下。一日，宴於後園。客集而歐與妓俱不至，移時方來。錢責妓云：「末至，何也？」妓云：「中暑，往涼堂睡覺，失金釵，猶未見。」錢曰：「若得歐推官一詞，當為償汝。」歐即席云：「柳外輕雷池上雨，雨聲滴碎荷聲。小樓西角斷虹明。闌干倚處，待得月華生。燕子飛來窺畫棟，玉鉤垂下簾旌。涼波不動簟紋平。水精雙枕，傍有墮釵橫。」（《臨江仙》）坐皆擊節，命妓滿斟送歐，而令公庫償釵。』歐之浪漫風情於茲可見，此詞用層深寫法，亦與『庭院深深』同一機杼。由此觀之，則歐氏詞集中之有猥褻作品，少年嬉弄，殆亦不足致疑假道學之面，具于詞人本無所輕重也。今將所傳歐陽詞集，除毛本已多刪削外，有雙照樓影宋刊《醉翁琴趣外篇》六卷，所謂鄙褻之語，悉在其中，無論小人嫁名于歐或歐自作，要可證明此類之作品，必為當時妓女愛唱之曲無疑。歐與歌妓非全無干涉者，安知不順從其意，故作鄙褻語，為廣招來一如柳永之所為乎。此類作品如《醉蓬萊》：

見羞容斂翠，嫩臉勻紅，素腰嫋娜。紅藥闌邊，惱不教伊過。半掩嬌羞，語聲低顫，問道有人知麼。強整羅裙，偷回波眼，佯行佯坐。　更問假如，事還成後，亂了雲鬟，被娘猜破。我且歸家，你而今休呵。更為娘行，有些針線，誚未曾收囉。卻待更闌，庭花影下，重來則個。（《醉翁琴趣外篇》卷二）

溫柔狎暱，太似柳永一派。亦吾人所難決定果為誰作者也。歐喜為應歌之詞，集中乃不少例證。如〔採桑子〕十一闋之詠西湖，〔漁家傲〕十二闋之詠十二月節候，並所謂『敢陳薄伎，聊佐清歡』者也。尤侗謂：『六一婉麗，實妙于蘇者。』蓋指此類留連光景之作而言，茲錄〔採桑子〕三闋如下：

輕舟短棹西湖好，綠水逶迤，芳草長堤，隱隱笙歌處處隨。無風水面琉璃滑，不覺船移，微動漣漪，驚起沙禽掠岸飛。

畫船載酒西湖好，急管繁弦。玉盞催傳。穩泛平波任醉眠。行雲卻在行舟下，空水澄鮮。俯仰留連。疑是湖中別有天。

殘霞夕照西湖好，花塢蘋汀，十頃波平，野岸無人舟自橫。西南月上浮雲散，軒檻涼生。蓮芰香清。水面風來酒面醒。

其詠西湖之作，尚有〔浣溪沙〕多闋，亦極旖旎風流，並錄一闋如下：

湖上朱橋響畫輪。溶溶春水浸春雲。碧琉璃滑淨無塵。當路遊絲縈醉客，隔花啼鳥喚行人。日斜歸去奈何春。

羅大經稱：『歐陽雖遊戲作小詞，亦無愧唐人《花間集》。』此詞足當之矣。

歐詞亦有豪放開東坡風氣者。大抵晚年涵養既深，胸次開拓，不復以婉麗為工。如《平山堂作》〔朝中措〕云：

屏山欄檻倚晴空，山色有無中。手種庭前桃李，別來幾度春風。文章宰相，揮毫萬字，一飲千鍾。行樂不須年少，尊前看取衰翁。

風骨高騫，與集中其他諸作，絕不相類。又如《詠荔枝》（浪淘沙）：

五嶺麥秋殘，荔子初丹。絳紗囊裡水晶丸。可惜天教生處遠，不近長安。　往事憶開元，妃子偏憐。一從魂散馬嵬關。只有紅塵無驛使，滿眼驪山。

感慨悲涼，頗與鹿虔扆之『暗傷亡國，清露泣香紅』（〈臨江仙〉）風格相近，又如〈玉樓春〉：

尊前擬把歸期說，欲語春容先慘咽。人生自是有情癡，此恨不關風與月。　離歌且莫翻新闋，一曲能教腸寸結。直須看盡洛陽花，始共春風容易別。

王國維稱此詞：『於豪放之中有沉著之致，所以尤高。』（《人間詞話》）凡此三闋，皆《六一詞》中之別具風者也。

予意研究《六一詞》，不妨假定分作三個時期：初期年少風流，多應歌之作，自亦難免鄙褻之語；中間留連光景，轉以婉麗為工，風格乃與《花間》《陽春》相近；晚歲則皮毛落盡，浩氣往來，詞境益高，而傳作獨步。歐本以詩文鳴也，清樽舞席，餘事填詞，故不可以一體拘，亦不必與其他詞人等重齊觀也。

張先、柳永

小詞作家，極于歐、晏，一種新興文體，發展至最高程度後，有作者不復能超越其範圍，勢不得不別辟道途，一新耳目，益以因緣湊合，應運生新，舉凡一切文體嬗變之由，莫不如此。當歐、晏小詞盛行之際，張、柳慢詞，同時競作。歐、晏位高望重，對於當世流行新曲，似有所顧忌，而不敢放膽為作歌詞。集中雖偶有較長之調留傳，要非經心結撰，詞體擴展，不得不歸功於張、柳二家，而柳之創作精神尤為偉大。究其關捩，乃與『聲伎』二字，大有牽連，下當分別論之。

談鑰《吳興志》：『張先字子野，烏程人。天聖八年進士，詩格清麗，尤長於樂府。晚歲優遊鄉里，常泛扁舟，垂釣為樂。至今號張公釣魚灣。仕至都官郎。卒年八十九。』《石林詩話》稱：『先居錢唐，蘇子瞻作倅時，先年已八十餘，視聽尚精強，家猶畜聲妓，子瞻嘗贈以詩云：「詩人老去鶯鶯在，公子歸來燕燕忙。」蓋全用張氏故事戲之。先和云：「愁似鰥魚知夜永，懶同蝴蝶為春忙。」極為子瞻所賞。然俚俗多喜傳詠先樂府，遂掩其詩聲，識者皆以為悵云。』據石林此段紀述言外之意，似對先作曲詞為迎合俚俗心理，大足以貶損詩人身分，然于此足見歐、晏之與張、柳，一則專工小令，一則注意慢詞，實由地位不同。張、柳暱情聲伎，固不畏他人以此相抨擊也。《後山詩話》稱：『張子野老于杭，多為官伎作詞。』此與葉夢得所記：『教坊樂工，每得新腔，必求永為辭，始行於世。』（《石林詩話》）同出一轍。晁無咎云：『子野與耆卿齊名，而時以子野不及耆卿，然子野韻高是耆卿所乏處。』（《詞林紀事》卷四）蘇軾跋子野詞，亦言：『世俗但稱其歌詞，所謂未見好德如好色者。』軾素輕永，乃並張詞而亦譏之。張作詞之動機，與其體制之擴展，莫不與柳同。特較柳為少淫褻語耳。

張詞曰《安陸集》，今不傳。世行《張子野詞》二卷，《補遺》二卷（有《知不足齋叢書》本、

《彊村叢書》本），依宮調編次（《補遺》未依宮調），與柳永《樂章集》同。可知此二家詞，必為當時盛行之歌本，張所傳長詞，雖不及柳之多，而集中如〈泛清苕〉之類，必為當時所制新曲，其他諸作亦多言男女之情，故當為應歌之詞，與柳同其旨趣。其長調如〈滿江紅〉：

飄盡寒梅，笑粉蝶遊蜂未覺。漸迤邐、水明山秀，暖生簾幕。過雨小桃紅未透，舞煙新柳青猶弱。記畫橋深處水邊亭，曾偷約。　多少恨，今猶昨。愁和悶，都忘卻。拚從前爛醉，被花迷著。晴鴿試鈴風力軟，雛鶯弄舌春寒薄。但只愁、錦繡鬧妝時，東風惡。（《補遺》卷二）

與柳永〈黃鶯兒〉，風格相近。餘如〈喜朝天〉〈破陣樂〉〈傾杯〉等闋，鋪敘過平凡，則周濟所譏『只是偏才，無大起落』者也。先作慢詞，不及引、近詞之有成績，特擴張詞體，以開北宋諸家競作詞之先聲，功不可沒耳。

以『三影』著名，自稱其平生得意詞句『雲破月來花弄影』『嬌懶起，簾壓卷花影』『柳徑無人，墜飛絮無影』一詞耳。茲錄全闋如下：

水調歌聲持酒聽，午醉醒來愁未醒。送春春去幾時回。臨晚鏡，傷流景，往事後期空記省。　沙上並禽池上暝，雲破月來花弄影。重重簾幕密遮燈，風不定，人初靜，明日落紅應滿徑。（〈天仙子〉）

其他小詞之饒情思者，如〈菩薩蠻〉：

牡丹含露真珠顆，美人折向庭前過。含笑問檀郎，花強妾貌強。　檀郎故相惱，須道花枝好。一面發嬌嗔，碎挪花打人。

〔醉桃源〕：

落花浮水樹臨池，年前心眼期。見來無事去還思。而今花又飛。　淺螺黛，淡燕脂。閑妝取次宜。隔簾風雨閉門時。此情風月知。

並淡而有致，淺而有味。至如〔一叢花〕〔千秋歲〕〔青門引〕諸作，自是集中上乘，並見各家選本。茲亦未暇詳及矣。

柳永字耆卿，初名三變，崇安人。景祐元年進士，為屯田員外郎（《詞林紀事》卷四）。永喜作小詞，然薄於操行，當時有薦其才者，上（仁宗）曰『得非填詞柳三變乎』，曰『然』，上曰『且去填詞』，由是不得志。日與儇子縱遊娼館酒樓間，無復檢約，自稱云『奉聖旨填詞柳三變』。柳之樂章，人多稱之。然大概非羈旅窮愁之詞，則閨門淫媟之語。（《藝苑雌黃》）綜柳一生，蓋無日不沉溺於聲妓，而其歌詞之創作，不覺於『淺斟低唱』中，益宏其造詣。其流傳之廣，葉夢得所記：『嘗見一西夏歸朝官云，有井水處即能歌柳詞。』（《石林詩話》）固以其言多近俗，亦足見其詞悉依當世流傳新曲之聲而為之，非如普通文人，但采習見之詞，苟以娛賓遺興，取快一時，而不注意于聲曲之發展者之所為也。

永有《樂章集》九卷（《彊村叢書》作三卷），陳振孫稱：『其詞格固不高，而音律諧婉，語意妥帖，承平氣象，形容曲盡，尤工於羈旅行役。』（《直齋書錄解題》）各家論柳詞者，類多贊其長於鋪敘而詆其偶出俗濫，毀譽紛紜，多不中肯。近人馮煦謂：『耆卿詞，曲處能直，密處能疏，奡處能平，狀難狀之景，達難達之情，而出之以自然，自是宋巨手。」（《宋六十家詞選・例言》）其言近是。《樂章集》幾全為長調，而尤富新聲。同一調名，而字句參差殊甚。此必由於作曲調者，始得新腔，即令制詞，迨後發見曲調中之缺點，從而變更節拍，改移宮調。永亦復為另制新詞，以求吻合，完善之新曲。此雖出於假定，而柳詞創調之多，必與當世樂工隨時討論，一調而有數體，歌詞必隨曲調為轉移。否則字句出入，不應大相懸遠。以宋代歌詞皆一字一音，非如唐人之以五七言詩入樂，雜有和聲也。此一問題，乃研究《樂章集》者最難解決之問題。而柳詞之特點，亦正在此，未宜忽略。後人論柳詞，恒不注意於音樂關係，徒齗齗於雅俗之辨，與字句之間，以惡濫責耆卿，耆卿不任受也。

今樂譜久亡，吾人既無法證明柳詞在音樂上之貢獻，茲編所論乃又不得不從文字方面求之。吾意柳詞高處不在善於鋪敘，而在鋪敘中有關闔變化，排宕縱橫之致，歌詞有聲律上之束縛，而永以此體寫景述事，無不運用自如。詞體恢張，非永之日與樂工接近，深知聲調配合之理，誰能開此廣大法門。蘇軾雖極詆耆卿，然非耆卿肆為長調，開風氣之先，即有縱橫豪邁之氣，亦將苦英雄無用武之地，又安望其能淩駕一切乎。有形式上之擴張，乃可進而謀內容上之革新。柳詞無上權威，又在此而不在彼矣。

綜覽柳詞全部作品，約可分為二類：一為教坊樂工而作，迎合娼妓心理，所謂『淫冶謳歌』『骩骳從俗』者也；一為自抒情懷之作，大抵失意無俚，不免追念舊歡，發為哀感纏綿之詞，所謂『尤工於羈旅行役』者也。永一生度其浪漫生活。《方輿勝覽》稱：『流落不偶，卒於襄陽。死之日，家無餘財，群妓合金葬之于南門外。每春日上塚，謂之吊柳七。』永之性情境況，可以『蝴蝶一生花裡』『做鬼也風流』二語盡之。其自為〈鶴沖天〉詞，最足表見其志趣，其詞云：

黄金榜上，偶失龍頭望。明代暫遺賢，如何向。未遂風雲便，爭不恣狂蕩。何須論得喪？才子詞人，自是白衣卿相。　煙花巷陌，依約丹青屏障。幸有意中人，堪尋訪。且恁偎紅翠，風流事，平生暢。青春都一餉。忍把浮名，換了淺斟低唱。

恣狂蹤跡，浪漫心情，覩上詞已暴露無遺。『偎紅倚翠』，才華飆發，屬於前一類之詞。如〈鬥百花〉：

滿搦宮腰纖細，年紀方當笄歲。剛被風流沾惹，與合垂楊雙髻。初學嚴妝，如描似削身材，怯雨羞雲情意。舉措多嬌媚。　爭奈心性，未會先憐佳婿。長是夜深，不肯便入鴛被。與解羅裳，盈盈背立銀釭，卻道你但先睡。

〈晝夜樂〉：

秀香家住桃花徑，算神仙、才堪並。層波細翦明眸，膩玉圓搓素頸。愛把歌喉當筵逞。遏天邊，亂雲愁凝。言語似嬌鶯，一聲聲堪聽。　洞房飲散簾幃靜。擁香衾、歡心稱。金爐麝嫋青煙，鳳帳燭搖紅影。無限狂心乘酒興。這歡娛、漸入嘉景。猶自怨鄰雞，道秋宵不永。

大膽描寫，備極溫柔狎暱之狀。此前人所詆為『淫言媟語』，有妨風化者也。至其〈定風波〉：

自春來慘綠愁紅，芳心是事可可。日上花梢，鶯穿柳帶，猶壓香衾臥。暖酥消，膩雲嚲，終日厭厭倦梳裹。無那。恨薄情一去，音書無個。 早知恁麼，悔當初不把雕鞍鎖。向雞窗只與蠻箋象管，拘束教吟課。鎮相隨，莫拋躲，針線閑拈伴伊坐，和我，免使年少光陰虛過。

描寫良家少婦，傷離念遠之情，何等纏綿細膩。『針線閑拈』句，真足搖盪心魂，雖為晏殊所譏，正足見此詞魔力之大，傳誦之廣矣。其寫豔情而體制極開拓，筆力極橫放者，莫如〈洞仙歌〉：

佳景留心慣，況少年彼此，風情非淺。有笙歌巷陌，綺羅庭院。傾城巧笑如花面。恣雅態、明眸回美盼。同心綰。算國豔仙材，翻恨相逢晚。 繾綣。洞房悄悄，繡被重重，夜永歡餘，共有海約山盟，記得翠雲偷翦。和鳴彩鳳于飛燕。閒柳徑花陰攜手遍。情眷戀。向其間、密約輕憐事何限。忍聚散。況已結深深願。願人間天上，暮雲朝雨長相見。

後半一氣貫注。北宋諸家，除東坡、美成外，能有此魄力否。關於後一類之詞，如〈雨霖鈴〉〈八聲甘州〉諸曲，所謂『合十七八女郎，執紅牙板歌之』者，世多知其佳處，其他羈旅行役之作，如朱選《宋詞三百首》所錄〈曲玉管〉〈採蓮令〉〈浪淘沙慢〉〈戚氏〉〈夜半樂〉〈迷神引〉〈竹馬子〉諸闋，皆於鋪敘中有縱橫排奡之氣，直接開周邦彥之途徑，間接影響于蘇東坡，其魄力之宏偉，一時殆無與匹敵。茲不暇備錄，錄〈夜半樂〉一闋如下：

凍雲黯淡天氣，扁舟一葉，乘興離江渚。渡萬壑千岩，越溪深處。怒濤漸息，樵風乍起，更聞商旅相呼。片帆高舉。泛畫鷁、翩翩過南浦。 望中酒旆閃閃，一簇煙村，數行霜樹。

殘日下，漁人鳴榔歸去。敗荷零落，衰楊掩映，岸邊兩兩三三，浣沙遊女。避行客、含羞笑相語。

到此因念，繡閣輕拋，浪萍難駐。歎後約丁甯竟何據。慘離懷，空恨歲晚歸期阻。凝淚眼、杳杳神京路。斷鴻聲遠長天暮。

前二段寫客途景物，如入畫圖，後由漁人轉到遊女，由遊女轉到思家之切。層層剝進，而風度翩然，『到此因念』以下淋漓頓挫，直是杜甫歌行手段。吾謂北宋詞學之光大，得柳永而體勢擴張，窮用筆之能事，得蘇軾而胸懷曠爽，變境界為空靈，各擅勝場以開宗，後有作者，咸莫能出其範圍矣。

蘇軾

自樂章盛行，創調既多，慢詞遂盛。耆卿諸作，既多為妓女應歌之詞，雜以淫哇，不免為當世士大夫所詬病，而體勢拓展，可藉以發抒抑塞磊落、縱橫豪放之襟懷。有能者出，乃出以堂堂之陣，正正之旗，一掃妖淫豔冶之風，充分表現作者之人格個性，此亦勢所必至，而眉山蘇軾，即采此風會而起於詞體拓展，至極端博大時，進而為內容上之革新與充實，至不惜犧牲曲律，恣其心意之所欲言，詞體至此而益尊，而距民間歌曲日遠。陸游所謂『試取東坡諸詞歌之，曲終覺天風海雨逼人』者，此其特具之精神也。

蘇軾（一〇三六——一一〇一），字子瞻，眉州眉山人。比冠，博通經史，殿試中乙科，歷通判杭州、知密州、徐州。神宗時，責授黃州團練副使、本州安置。軾與田夫野老相從溪山間，築室於東坡，自號東坡居士。旋移汝州。哲宗立，復朝奉郎知登州，尋除翰林學士知杭州、潁州，後貶瓊州別駕，居昌化，更大赦，還，提舉玉局觀。建中靖國元年，卒於常州。年六十六。（《宋史》卷一三八）軾所為《東坡詞》，有毛氏汲古閣《宋六十家詞》本。又名《東坡樂府》，有王氏四印齋景元延祐本、朱氏《彊村叢書》本。又有宋傅幹《注坡詞》傳抄殘本，及本人所編《東坡樂府箋》，朱本編年，箋即依之而作，兼采傅注，足為參訂之資。

胡寅序向子諲《酒邊詞》，謂：『詞曲者，古樂府之末造……然文章豪放之士，鮮不寄意於此者，隨亦自掃其跡，曰浪謔遊戲而已。柳耆卿後出，掩衆制而盡其妙，好之者以為不可復加。及眉山蘇氏，一洗綺羅香澤之態，擺脫綢繆宛轉之度，使人登高望遠，舉首高歌，而逸懷浩氣，超然乎塵垢之外。於是《花間》為皂隸，而柳氏為輿台矣。』由胡氏之言知在東坡以前之作者，雖心好詞曲，而必自托於『謔浪遊戲』，此其故由於詞所依聲原出『胡夷里巷之曲』，士大夫之作既仍須迎合倡妓心理，不得不偏重男女夢悅，或傷離念遠之情，為保持身分尊嚴，遂不能無所規避。然於此足徵東坡詞派未開之前，除『士行塵雜』之溫庭筠，『骫骳從俗』之柳三變外，對於詞之製作，總多就實避名，鮮有以嚴肅態度著意，提高詞格者，胡氏又以柳氏為能『掩衆制而盡其妙』，意亦謂應歌之詞至柳而發達至最高度。東坡出而以靈氣仙才開徑獨往，其能別有天地者，正以其確認詞體，不僅為抒寫兒女私情之工具，雖其聲出於教坊里巷，亦不妨假以自寫胸懷，大丈夫磊磊落落，更何難以人尊體。東坡詞之擺脫浮豔，正欲提高詞之地位，其所以能壓倒柳氏者在此，所以能獨建一宗者亦在此。王灼云：『東坡先生非心醉于音律者，偶爾作歌，指出向上一路，新天下耳目，弄筆者始知自振。今少年妄謂東坡移詩律作長短句，十有八九不學柳耆卿則學曹元寵。』（《碧雞漫志》卷二）此真能揭出蘇詞之真諦矣。

當柳詞盛行之際，有井水處，皆能歌，其深入人心，蓋可想見，何以東坡一出，竟能轉移風會，一反其所為，且蘇詞既充分表現作者個性，則其思想環境必與其詞有密切之關係，且為分別述之。

東坡少受家庭教育，其父洵為文效孟子，孟子故以儒家雜縱横氣，東坡自謂：『作文如行雲流水，初無定質，但當行於所當行，止於所不可不止，雖嬉笑怒駡之辭，皆可書而誦之。』（《宋史》本傳）然其渾涵光芒，饒有『横放傑出』之概，終以受孟子影響為多。又嘗讀《莊子》，歎曰：『吾嘗有見口未能言，今見是書，得吾心矣。』（本傳）莊子著書，所謂『其言汪洋自肆以適已』（《天下篇》）者，東坡蓋竊取其意，而用之於各體文字，其思想趨向莊生及禪宗，故能不凝滯於習俗，而遊行自在。胡元任所稱：『東坡詞皆絕去筆墨畦徑間，直造古人不到處。』正以其思想抱負，故自超軼出塵也。東坡在當時，最富盛名，至謫居儋耳，儋人且運甓畚土，以助其築室。一時文人如黄庭堅、晁補之、秦觀、張耒、陳師道，舉待之如朋儔。（本傳）其為衆望所歸，亦復有以。然其縱筆為豪放之詞，蘇門諸詞人仍不免抱懷疑態度。

（一）陳無己（師道）云：『子瞻以詩為詞，如教坊雷大使之舞，雖極天下之工，要非本色。』（《後山詩話》）

（二）東坡嘗以所作小詞示無咎（晁補之）、文潛（張耒）曰：『何如少游？』二人對

曰：『少游詩似詞，先生詞似詩。』（《王直方詩話》）

（三）晁無咎云：『居士詞，人謂多不諧音律，然橫放傑出，自是曲子內縛不住者。』（《雞肋編》）

三說並以東坡詞為非本色，所謂『曲子內縛不住者』，亦復寓貶于褒，故知柳詞入人既深，雖東坡親近諸賢，亦頗為俗尚所蔽。非東坡自信力極堅強，又烏能不被震撼。獨來獨往，指出向上之路哉。

東坡在當世詞壇對柳永最為敵視，出言詆毀，非止一次，秦觀為東坡所最愛重，然猶以氣格為病，故常戲云：『山抹微雲秦學士，露華倒影柳屯田。』（《避暑錄話》）又《高齋詩話》載：『少游自會稽入都，見東坡，東坡曰：「銷魂。當此際，非柳七語乎？」』少游於東坡最深知遇之感，且于無意中為柳詞所籠罩，則柳詞在當世實有無上權威。東坡欲別開疆宇，自不能不對此勁敵，時思摧陷而廓清之，然東坡之橫放，非于柳永拓展詞體之後，恐亦不易發展，其天才前章已詳論之矣。

至論蘇詞之風格，有一事可資談助。《吹劍錄》載：『東坡在玉堂日，有幕士善歌，因問：「我詞何如柳七？」對曰：柳郎中詞，只合十七八女郎執紅牙板，歌「楊柳岸曉風殘月」；學士詞，須關西大漢，銅琵琶鐵綽板，唱「大江東去」。東坡為之絕倒。』此雖一時戲謔之詞，然足觀當時兩大詞宗之特色。東坡不舉他人，但欲與柳七一較短長，自亦極有意，而王士禛謂：『山谷云：東坡書挾海上風濤之氣。讀坡詞，當作如是觀，瑣瑣與柳七較錙銖。無乃為髯公所笑？』（《花草蒙拾》）藐視柳七，未免以成敗論人。至張炎稱：『東坡詞清嚴舒徐處，高出人表，周、秦諸人所不能到。』（《詞林紀事》卷五引）賀裳沿其說稱：『子瞻〔浣溪沙〕《春閨》曰「彩索身輕常趁燕，紅窗睡重不聞鶯」，如此風調，令十七八女郎歌之，豈在「曉風殘月」之下。』（《皺水軒詞筌》）士禎又云：『「枝上柳綿」，恐屯田緣情綺靡，未必能過。孰謂坡但解作「大江東去」耶。髯直是軼倫超群。』三氏之言，仍不免以東坡與柳七較錙銖，坡詞雖有清嚴舒徐，有時橫放傑出，而其全部風格，當以近代詞家王鵬運拈出『清雄』二字，最為恰當。（說詳拙編《唐宋詞選集評》）世恒以『豪放』目東坡，固猶未足以概其全也。

前人對東坡詞頗以不諧音律相詬病，然其詞決非不可歌者。集中即席成篇，遽付歌喉者，蓋指不勝屈。陸游亦言：『世言東坡不能歌，故所作樂府辭多不協，晁以道謂：「紹聖初，與東坡別於汴上，東坡酒酣，自歌古陽關。」則公非不能歌，但豪放不喜剪裁，以就聲律耳。』蔡絛又有紀事一則：歌者袁綯，乃天寶之李龜年也。宣和間，供奉九重。嘗為吾言：東坡公昔與客游江山，適中秋夕，天宇四垂，一碧無際，加江流洶湧，俄月色如畫，遂共登金山山頂之妙高臺，命綯歌其〔水調歌頭〕曰：『明月何時有？把酒問青天。』歌罷，坡為起舞而顧問曰：『此便是神仙矣！』（《鐵圍山叢談》）據此則填詞之價值，雖不僅在音律方面，而被諸弦管自有其清雄激壯之音，非與歌喉捍格不相入者。至胡適謂：『東坡作詞，並不希望拿給十五六歲的女郎在紅氍毹上嫋嫋婷婷地去唱。』（《詞選序》）一若東坡專以不諧音節為高出吾人。試一檢集中諸詞則為歌妓作者至多，又以何法證明彼不希望『在紅氍毹上嫋嫋婷婷地去歌唱』耶。東坡詞充分表現個性，固如胡氏所言其所以不及柳、秦之作盛播櫻唇齒之間者，正以其偏於表現個性，非一般民眾所同具之普通情感耳。

東坡詞格以隨年齡與環境而有變更，大抵自杭州至密州為第一期，自徐州貶黃州為第二期，去黃州以後為第三期。在第一期中，初則往來常、潤，少年風度瀟灑風流，故其詞亦清嚴飄逸，不作愁苦之語。如〔少年游〕《潤州作，代人寄遠》：

去年相送，餘杭門外，飛雪似楊花。今年春盡，楊花似雪，猶不見還家。　對酒捲簾邀明月，風露透窗紗。恰似姮娥憐雙燕，分明照畫梁斜。

〔江城子〕《湖上與張先同賦》：

鳳凰山下雨初晴，水風清，晚霞明。一朵芙蕖，開過尚盈盈。何處飛來雙白鷺，如有意，慕娉婷。　忽聞江上弄哀箏，苦含情，遣誰聽！煙斂雲收，依約是湘靈。欲待曲終尋問取，人不見，數峰青。

江南風土為東坡所樂，而吳興餘杭，又多詩人墨客，文酒談宴之歡，故雖奔走舟車，略無羈旅之感。迨去杭赴密，生活乃稍乾燥，讀《超然台記》景象可知。風雨對床之吟，離群索居之苦，郁伊誰語，爰寄歌章。例如〔永遇樂〕《至海州，與太守會于景疏樓上，寄孫巨源》：

長憶別時，景疏樓上，明月如水。美酒清歌，留連不住，月隨人千里。別來三度，孤光又滿，冷落共誰同醉。卷珠簾、淒然顧影，共伊到明無寐。　今朝有客，來從濉上，能道使君深意。憑仗清淮，分明到海，中有相思淚。而今何在，西垣清禁，夜永露華侵被。此時看、回廊曉月，也應暗記。

〔蝶戀花〕《密州上元》：

燈火錢塘三五夜。明月如霜，照見人如畫。帳底吹笙香吐麝。此般風味應無價。　寂寞山城人老也。擊鼓吹簫，乍入農桑社。火冷燈稀霜露下。昏昏雪意雲垂野。

〔江城子〕《乙卯正月二十四日夜記夢》：

十年生死兩茫茫。不思量。自難忘。千里孤墳，無處話淒涼。縱使相逢應不識，塵滿面，鬢如霜。　夜來幽夢忽還鄉。小軒窗。正梳妝。相顧無言，惟有淚千行。料得年年腸斷處，明月夜，短松岡。

東坡以熙寧七年，離杭赴密，逾年到任，在任三年。據其弟轍《超然台記序》云：『子瞻通守餘杭，三年不得代。以轍之在濟南也，求為東州守。既得請高密，五月乃有移知密州之命。』東坡之去南而北，原為兄弟之情，乃東於官守，仍不得常相晤對，而友朋歡敘之樂，湖山秀麗之觀，乃復中秋大醉，作〔水調歌頭〕兼懷子由，所謂『人有悲歡離合，月有陰晴圓缺，此事古難全。但願人長久，千里共嬋娟』者，尤充分表現其憂生之感，生活既經變化，而詞格由此益高。自是由密移徐，由徐謫居黃州，得意失意，迴圈起伏，所受激刺愈深，而表現於文字者，因以愈至。吾恒謂東坡詩詞，至黃州後，乃登峰造極，皆生活環境促之使然也。

東坡在徐州，築黃樓以防河水之患，最為當地人士所稱美。坡亦頗以此自負，故在徐州作詞，益開拓排宕，所憂者為『無常』之感。例如：彭城夜宿燕子樓，夢盼盼作〔永遇樂〕：

明月如霜，好風如水，清景無限。曲港跳魚，圓荷瀉露，寂寞無人見。紞如三鼓，鏗然一葉，黯黯夢雲驚斷。夜茫茫，重尋無處，覺來小園行遍。 天涯倦客，山中歸路，望斷故園心眼。燕子樓空，佳人何在，空鎖樓中燕。古今如夢，何曾夢覺，但有舊歡新怨。異時對，黃樓夜景，為余浩歎。

即充分表現其『一切無常住』之悲懷，旋徙湖州，即以文字得罪，責授黃州團練副使，留黃五載，輒復覃思于《易》《論語》（《上文路公書》），又恒與參寥子遊（《年譜》），少年豪縱之氣稍稍自抑，而憂讒畏罪，別具苦衷，故其詞驟視之雖極瀟灑自然，而無窮傷感，光芒內斂，所謂『逸懷浩氣超乎塵垢之外』（胡致堂語）者，正此時之作也。例如〈定風波〉《沙湖道中作》：

莫聽穿林打葉聲，何妨吟嘯且徐行。竹杖芒鞋輕勝馬，誰怕。一蓑煙雨任平生。 料峭春風吹酒醒，微冷，山頭斜照卻相迎。回首向來蕭瑟處，歸去，也無風雨也無晴。

〈臨江仙〉：

夜飲東坡酒復醒，歸來仿佛三更。家童鼻息已雷鳴。敲門都不應，倚杖聽江聲。 長恨此身非吾有，何時忘卻營營。夜闌風靜縠紋平。小舟從此逝，江海寄餘生。

〈鷓鴣天〉：

林斷山明竹隱牆，亂蟬衰草小池塘。翻空白鳥時時見，照水紅蕖細細香。 村舍外，古城旁。杖藜徐步轉斜陽。殷勤昨夜三更雨，又得浮生一日涼。

皆真氣流行，空靈自在，而一種悲鬱懷抱，仍隱現於字裡行間。其他最為世人傳誦之作，如

〔洞仙歌〕『冰肌玉骨』云云，〔念奴嬌〕『大江東去』云云，〔卜算子〕『缺月掛疏桐』云云，皆居黃時所制也。

東坡既飽經憂患，又怵于文字之易取愆尤，五十而還，益超恬淡，詩詞文藝，率以遊處出之。不復多所措意。故去黃以後，風格又變。除在京師官翰林學士時，和章質夫〔水龍吟〕《楊花》詞最為迴腸盪氣之作外，大抵皆即事遣興，間參哲理。□之黃州諸作，稍嫌枯淡。例如〔如夢令〕《元豐七年，浴泗州雍熙塔下，戲作》：

水垢何曾相受。細看兩俱無有。寄語揩背人，盡日勞君揮肘。輕手。輕手。居士本來無垢。

自淨方能淨彼，我自汗流呀氣。寄語澡浴人，且共肉身遊戲。但洗。但洗。俯為人間一切。

〔減字木蘭花〕《己卯儋耳春詞》：

春牛春杖，無限春風來海上。使丐春工，染得桃紅似肉紅。　春幡春勝，一陣春風吹酒醒。不似天涯，卷起楊花似雪花。

率爾而成，毫不著意。其意能消極可見一斑。讀東坡詞，自以四十至五十間諸作品為軌則也。

自東坡別出手眼，開徑獨行，雖一時尚有『要非本色』之譏，而風聲所樹，影響甚大。同輩如王安石，後進如晁補之、黃庭堅、葉夢得、向子諲諸人，皆蘇派作家之健者。王灼云：『王荊公長短句不多，合繩墨處，自雍容奇特……東坡先生以文章餘事作詩，溢而作詞曲，高處出神入天，平處尚臨境笑春，不顧儕輩……晁無咎、黃魯直皆學東坡，韻制得七八，黃晚年閑放於狹邪，故有少疏蕩處。後來學東坡者葉少蘊、蒲大受，亦得六七，其才力比晁、黃差劣。蘇在庭、石耆翁入東坡之門矣，短氣跼步，不能進也。』（《碧雞漫志》卷二）蒲大受、蘇在庭、石耆翁詞集皆不傳，晁、黃二家直接東坡統系，關注序葉氏《石林詞》謂：『能于簡淡時出雄傑，合處不減靖節、東坡之妙。』至向氏《酒邊詞》，則胡寅所稱：『步趨蘇堂而嚌其胾者也。』（《酒邊詞序》）東坡詞格既高，故為當世學人所宗尚。迨金源之際，蘇學行於北，而《東坡樂府》大盛於中州，大家如蔡松年、吳激，以及元好問《中州集》之所搜采，幾無不以蘇氏為依歸。即辛稼軒於南宋別開宗派，植基樹本，要當年少在中州日，間接受東坡影響為深，而以環境不同，面目遂異。辛以豪壯，蘇以清雄，同源異類，亦未容相提並論。朱彊村先生謂：『學東坡得真髓者，惟葉夢得一人。』治蘇詞者，不可不以石林一編，加以深切注意。

世以蘇、辛並稱，二氏作風不同之點，既如上述，而後人評論，頗存軒輊於其間。右東坡者如吳衡照云：『辛之于蘇，亦猶詩中山谷之視東坡也。東坡之大，與白石之高，殆不可以學而至。』（《蓮子居詞話》）劉熙載則謂：『東坡詞頗似老杜詩，以其無意不可入，無事不可言也。若其豪放之致，則與太白為近。』（《藝概》）蓋自宋以來，未有言蘇不及辛者，至周濟自作聰明（胡適），評論標舉宋詞四家，屈東坡於稼軒之下，而為之說曰：『東坡天趣獨到處，殆成絕詣，而苦不經意，完璧甚少。稼軒則沉著痛快，有轍可循。』（《宋四家詞選序論》）又云：『蘇之自在處，辛偶能到之；辛之當行處，蘇必不能到。』（《介存齋論詞雜著》）殊不知東坡詞之高處正在無轍可循，當於氣格境界上求，不當以字句詞藻論。周氏知稼軒之沉著痛快，而不理會東坡之蘊藉空靈，此常州詞派之所以終不能臻於極詣也。臨桂王鵬運亦受常州影響，乃特榮蘇氏，其言曰：『蘇文忠之清雄，敻乎軼塵絕跡，令人無從步趨。天壤相懸，寗止才華而已？其性情，其學問，其襟抱，舉非恒流所能夢見。詞家「蘇、辛」並稱，其實辛猶人境也，蘇其殆仙乎？』（《半塘老人手稿》）並世詞流如鄭文焯，及朱彊村先生，並從王說，于蘇詞特為推重。此又近四十年詞學所以不為常州派所囿之原因也。因論東坡附識其宗派升沉如此。

中國詞學概論

陳仲鑌

陳仲鑌，生平事蹟不詳，曾主編《四海雜誌》。

《中國詞學概論》今存三章：詞學的定義、詞學的價值、詞學的起源。第三章《詞學的起源》僅保留第一節：詞學起源的原因，之後內容闕失。《中國詞學概論》原刊於江南南昌《四海雜誌》1947 年 2 月 1 日第 2 期、3 月 15 日第 3 期、1947 年 5 月 16 日第 4 期。

目錄

第一章　詞學的定義

中國文學有散文與韻文的兩大分別，而詞學即為後者。自從唐宋詞學興起以後，經有宋一代，詞學在中國文學上的地位，遂大放異彩，屹然奠定。但是，由於時異境遷的結果，白話又代文言文而起，加之詞又與音樂脫節，是以詞學遂由普通文學一變而為貴族文學：換句話說，詞已經是脫離了現實社會的廣大知識份子，而為少數嗜好古文學者（尤其是詩詞）的專利品了。惟其如此，所以一般人，甚至即專攻韻文的，對於詞的意義，亦有諱莫如深的感覺，在腦海裡留下的僅是一種迷離恍惚，似是而非的『概念』。我們不談研究則已，否則，對於詞學的意義，不能不有個明晰正確的瞭解。

在未對『詞』底本身獲得一個明確的概念的時候，首先作者應對于詞學流傳的三種錯誤的名詞說法加以剖晰和辨正，就是詩餘之說，長短句之說，新體詩之說。

（一）詩餘之說。所謂『詩餘』，據吳衡照《蓮子居詞話》上說：『詩餘名義緣起，始見宋人王灼之《碧雞漫志》，至明楊慎之《丹鉛錄》，都穆之《南濠詩話》，毛先舒之《填詞名解》，因而附益之。』考詞學之興起，原系唐代文人，采樂府之音以制新律，並系其詞，故曰『詞』。雖屬起於詩之後，然作法、調名全與詩異，又怎能說是詩之『餘』呢？此其一。大凡一種文學的產生，必有其道理在，而且必定有它的特殊的體裁和形式。古文與駢文不同，散文又和小說有異，它們既各有獨特的價值，因之亦有獨立的名辭，這是詞之不能稱為『詩餘』的另一道理。詩的產生，系由民歌蛻變而來，然詩並不稱為『散餘』。曲的產生，卻又由詞的演化，但曲亦並不稱為『詞餘』。由此看來，即詞縱系從詩中演蛻產生，亦不能謂為『詩餘』。理由是非常明顯的了。所以對於詞學的名稱，實不容隨便妄加一辭的。

（二）長短句之說。如果以『長短句』之名而名『詞』，則同樣弊端甚大。因為長短句只能說明詞一部分的形式而不能容涵整個詞學底意義。進一步說，即詞裡面不是長短句者仍然甚多，例如李端的〈拜月詞〉：

開簾見新月，便即下階拜。細語人不聞，北風吹裙帶。

蘇軾的〈陽關曲〉：

濟南初好雪初晴，行到龍山馬足輕。使君莫忘雪溪女，時作陽關腸斷聲。

此外如皇甫松的〈採蓮子〉，毛滂的〈遣隊〉，元結的〈欸乃曲〉，王麗真的〈字字雙〉，以及〈木蘭花〉〈生查子〉等，這些都是整齊的句子，豈能謂為非詞？俞少卿云：『詞之〈紇那曲〉〈長相思〉，七言絕句也。〈柳枝〉〈竹枝〉〈清平調引〉〈小秦王〉〈陽關曲〉〈八拍蠻〉，七言絕句也。〈瑞鷓鴣〉，七言律詩也。〈款長紅〉，五言古詩也。』（按此處所謂『詩』，系指形式相似而言。）可見如以長短句名『詞』，實欠妥當。再說古詩《三百首》中，長短不齊的句子甚多，漢魏以降，又有樂府古詩，句法亦多長短句，近代白話詩更屬顯明，但這些皆不能說是詞，所以用長短句之名而代詞，于義理上言，殊欠明確。

（三）新體詩之說。主張此說者，意義尤屬謬誤。我們知道，新體詩之名，實系別於『古體詩』及『近體詩』，亦即指現在的白話詩而言。白話詩雖說大多句法亦屬長短不一，與一部分詞相似，但其韻律格式則全不與詞相同。更何況詞有一定的字數，而白話詩則無此限制，並且可以無須押韻呢？（西洋十四行詩為例外）更進一步說，假如說詞是由詩演變，定要說是新體詩，那曲既系由詞所演進，則曲豈非應稱為『新體詞』？由此看來，詞之不能名以『新體詩』，亦無須作者嘵嘵作辯了。

詞學在中國文壇既佔有極重要的地位，所以我們首先應對其名辭明瞭，孔子曾說過『名不正則言不順』，其意即在此，但是，怎樣才叫做是『詞』呢？這從《說文》上所說『詞，意內而言外也』的意義上看來，已無法明白。因為詞之興起，原與樂府詩及音樂有密切關係（于詞之起源中當詳加論列）。為了協樂的緣故，於是韻律才趨於嚴格。而後來遂亦有『填詞』之說產生。清代吳穎芳（西林）曾說：『詞之興也，先有文字，從而宛轉其聲，以腔就辭者也。洎乎傳播通久，音律確然，繼起諸詞人，不得不以辭就腔，於是必遵前詞字腳之多寡，字面之平仄，號曰「填詞」。』甚有道理。因為自從詞學之起，填詞的方式變成固定以後，於是一種韻律甚嚴，字句一定並有曲調的文學遂得成長發展，並在整個的文壇領域內佔有一重要的地位。它可以抒悲思，表衷情而協音樂（最初原在配樂），尤可以宣洩內心底喜、怒、哀、樂英雄兒女的胸懷，道口之所不能道，言詩之所不能言，這種文學就名為『詞』。本來要定出一個詞學適當的定義是非常困難的，但使每一位讀者，對詞的意義更加清晰起見，作者姑擬出之於下，雖然這是一件很危險的事：詞學是一種有固定韻律、字數、調名底有韻文學。

第二章 詞學的價值

第一節 詞學的特徵

無論任何一種文學的體裁，它經過了無數作者的錘煉與改進，到了不能再行改變的時候，必定有它極高的價值存在。詞學自亦不能例外。唐宋以後，多少才子佳人，以他的豐富的感情，熱烈的心緒，將生命的火花貫輸到或寄託到詞學的上面去，使我們在千百年之後細吟玩味，尤不禁為之發生共鳴的作用，神往不已。這種文學，當然有它的獨特的特徵，細加研討，約可分四大點以述之。

（一）探微言奧：以詞之性質言。

詞學的第一個特徵，即在『探微言奧』『寄興深微』，用妍細精美的辭句，以描寫內心底幽約、怨悱，以及欣悅的情緒。使你讀了可以放聲痛哭，也不期然地會發出歡心的微笑出來。而香豔處如飲醇醪，中心欲醉。清新處又如拂春風，如沐夏雨，神意清爽。這裡隨便舉一兩個例子就可知道。例如李清照的〔減字木蘭花〕：

賣花擔上，買得一枝春欲放。淚點輕勻，猶帶彤霞曉露痕。怕郎猜道，奴面不如花面好。雲鬢斜簪，徒要教郎比並看。

其閨中夫婦之樂，隱然活現紙上。又如柳永的〔雨霖鈴〕：

寒蟬淒切，對長亭晚，驟雨初歇。都門帳飲無緒，方留戀處，蘭舟催發。執手相看淚眼，竟無語凝噎。念此去千里煙波，暮靄沉沉楚天闊。　多情自古傷離別，更那堪冷落清秋節。今宵酒醒何處，楊柳岸，曉風殘月。此去經年，應是良辰好景虛設。便縱有千種風情，更與何人說。

其描寫別離之情，誠使人讀之欲心酸落淚。看他一起首便先描寫一別離時的景致，佈置好一個悲哀的氣象，然後即寫出別離時的情景。『執手相看淚眼，竟無語凝噎』，使有情人看了，誰不嗚咽！而進一層又設想到別離後的情況，淒涼宛轉。像『多情自古傷離別，更那堪冷落清秋節』之句，又焉忍卒讀，一路寫來，短短數十字，即江淹《別賦》亦無如是的深情曲折。同時，亦可以說柳永的這首慢詞，實發揮詞學的特徵而無遺了。其次，詞學又憑藉天地間一切細微之物，來表達當事人內心難言的隱衷，雖時序的移轉，草木的榮枯，甚至許多平常自然界的事體，一經詞人底感情貫注加以運用，無不合其身份，表其喜感的，惟其如是，才能表達地內心的隱情，也才能符合『探微言奧』的特質。例如溫庭筠的〔更漏子〕：

玉爐香，紅蠟淚，偏照畫堂秋思。眉翠薄，鬢雲殘，夜長衾枕寒。　梧桐樹，三更雨，不道離情正苦。一葉葉，一聲聲，空階滴到明。

又如朱淑真的〔蝶戀花〕：

樓外垂楊千萬縷，欲系青春，少住春還去。猶自風前飄柳絮，隨春且看歸何處。　滿目山川聞杜宇，便作無情，莫也愁人意。把酒送春春不語，黃昏卻下瀟瀟雨。

都是以身外的瑣碎細小的物件與平天地間時序的自然變動，用來陪襯或反映本身內心的情緒，但一經運用，即覺情感躍然紙上。正如同月下看花，夜間看美人一樣，妙在迷離隱約。陳廷焯《白雨齋詞話》上說：『作詞之法，首貴沉鬱，沉則不浮，鬱則不薄。』『詞舍沉鬱之外，更無以為詞。蓋篇幅狹小，倘一直說去，不留餘地，雖極工巧之致，識者終笑其淺矣。』『所謂沉鬱者，意在筆先，神餘言外，寫怨夫思婦之懷，寓孽子孤臣之感。凡交情之冷淡，身世之飄零，皆可於一草一木發之，必若隱若見，欲露不露，反復纏綿，終不許一語道破，匪獨體格之高，亦見性情之厚。』可謂的評了。

（二）字有定數：以詞之形式言。

以詞學的形式來說，雖不完全是長短句，但在全部曲調中占著多數卻是事實。並且，不論它是長短的句法也好，整齊的句法也好，對於字數都有一定的規定。這個道理，就是因為協樂的關係，所以就詞的形式上說，句法的長短與字數的規定，殆為詞學的特色無疑。但是我們要注意的，就是詞的長短，與詩句的長短並不相同。因為詩句除了五七言的字數固定是五個字和七個字外，像古詩、樂府詩以及現在的白話詩等，其字數可隨意增減，並無限制。但在詞中，因限於格律的關係，其每一曲調中每一句所包含的字數皆有規定，不能隨便刪改。普通詞中分小令與長調（慢詞）二種（亦有分小令、中調、長調三種者）。大概在六十個字左右以下的都可說是小令，以上的則屬於長調。但是這種分類實則仍是相當危險，頂多亦不過是說明二者大致的分別罷了。比如說以〔憶江南〕曲調而言，計三字者一句，五字者二句，七字者二句，共二十七字。如加以增減，則不成此調。又如〈十六字令〉，即規定為十六字。此外又如〈木蘭花〉曲調，全調似為一七律體，共五十六字，分為兩段寫。但頭二段第一兩三句削減三字，變為四字一句，另每二句各叶一韻，既成〈減字木蘭花〉曲調，茲舉例於下：

東城漸覺春光好，縠皺波紋迎客棹。綠楊煙外曉雲輕，紅杏枝頭春意鬧。浮生長恨歡娛少，肯愛千金輕一笑。為君持酒勸斜陽，且向花間留晚照。

——宋祁〈木蘭花〉

天涯舊恨，獨自淒涼人不問。欲見回腸，斷盡金爐小篆香。黛蛾長斂，任是春風吹不展。困倚危樓，過盡飛鴻字字愁。

——秦觀〈減字木蘭花〉

由這兩首詞加以比較，就可知道這二調的分別了。此外又如〈攤破浣溪紗〉調即為〈浣溪紗〉演化而來，所不同的為〈攤破浣溪紗〉結尾為七個字一句，而後者為十個字而已。萬樹《詞律》云：『此調以〈浣溪紗〉原調結句破七字為十字，故名〈攤破浣溪紗〉。』由是以觀，則知詞學每一句的字數皆有規定，不能隨便增減的。

（三）韻有定聲：以詞之作法言

詞之作法，在中國文學中實開一新局面。因為在初原用以協樂。故用辭就腔，號稱『填詞』。《詞苑叢談》上說：『詞有定名，即有定格。』惟其因為它的音韻格律有所規定，才與詩有分別，而且也才能構成詞學上的一大特徵，自然，在詞學中，幾乎每一個曲調中都有幾個字體可平仄互用的，但大部分的字聲，其平仄是不能混亂，例如：

侍女動妝奩，故故驚人睡。那知本未眠，背面偷垂淚。　懶卸鳳凰釵，羞入鴛鴦被。時復見殘燈，和煙墜金穗。

——韓偓〔生查子〕

據《詞律》云：『韓偓詞乃初前之體，故只如五言古詩，至五代而宋，漸加紀律，故或亦依魏體（按系謂魏承班體），而前後首句第二字用平者為多。』可以知道詞學中韻律的嚴格。不但如此，即同屬此調，像牛希濟所填的又屬有別。例如：

春山煙欲收，天淡星稀小。殘月臉邊明，別淚臨清曉。　語已多，情未了。回首猶重道，記得綠羅裙，處處憐芳草。

——〔生查子〕

這首詞首句第二字雖已改用『平』聲，然後段則分為三字兩句，而且第六個字即行用韻，與上列同調之詞相異。似此種詞，萬樹《詞律》復將之列為另外一體，袁子擇庵有云：『詞之作法，應分章、句、字三法。』其實做詩又何嘗不然。不過韻律平仄的用法，填詞較之作詩遠為嚴格而已。此外，詞學除五七言外，尚有二、三、四、六、八、九等字拼合一句，為吻合音節起見，多用虛字如『正』『是』『況』『莫是』『更能消』『最無端』之類的字眼。然即就這些字眼的運用來說，亦須合乎本調的韻律，使能辭意適宜。至於詞學的押韻，卻較詩為寬大。鄭春波所編底《綠漪亭詞韻》，竟將『真』『文』『庚』『青』『侵』等數韻通用，又將『元』『寒』『覃』『鹹』等韻併歸一部，可為佐證。所以就文學中看來，詞的韻有定聲底作法，當是獨特的了。

（四）詞有調名：以詞之體裁言

詞學之與詩另一不同的地方即在詞有『調名』。而每一個調名底詞曲，又是互不相同的。這種調名的發生，在起初也是很為偶然的。因為作者便於記憶起見，遂自然的在每一個詞曲的前面冠一調名，調名本來是一個標記，就好像我們一個人有個名字似的，但是每一首詞的曲調既然不同，故代表那詞曲調的調名也就成了必要，不能隨便更改，這就等於代表某甲底姓名不能隨便冠於某乙頭上一樣，那時的調名亦即是詞題，例如〔漁歌子〕即是描述漁人的情形，〔憶舊遊〕即是懷念故舊，這在起初自較簡單，亦並無在調名外另立題目的，其後詞學由小令衍為長調，並且做詞的人口多，於是調名以隨著曲調的冗繁而趨於複雜。再加以黃昇的《花庵詞選》，顧從敬的《草堂詞》，於調名外另加閨情、抒感、四時景物等題目，於是調名與詞意漸漸分開。鄭賓于在他所著的《中國文學流變史》內，曾將調名分列為十一類，意覺稍嫌重複，茲歸納之為八類，志明於下：

（1）緣詞內本意以制調名的：例如〔漁歌子〕〔月下笛〕〔憶舊遊〕等。

（2）緣詞內曲調以制調名的：例如〔三字令〕〔十六字令〕〔百字令〕〔八聲甘州〕[210]〔霓裳

210《詞律校勘記》云：『《西域志》載龜茲國工制伊州、甘州、涼州等曲，皆翻入中國。「八聲」者，歌時之節奏也。』

中序第一〕[211]等。

（3）採用詩賦語，以制調名的：如〔點絳唇〕取江淹詩『白雪凝瓊貌，明珠點絳唇』，〔滿庭芳〕取柳宗元詩『滿庭芳草結』，〔蝶戀花〕取梁簡文帝詩『閑階蝴蝶戀花情』等。

（4）摘取本詞中之字句以制調名的：例如白樂天的〔花非花〕，晁無咎的〔買陂塘〕以及〔燭影搖紅〕等。

（5）採用古樂府以制調名的：如〔長相思〕〔河滿子〕之類。

（6）取諸古事物以制調名的：如〔菩薩蠻〕〔一斛珠〕之類。

（7）因古人名以制調名的：如〔虞美人〕〔念奴嬌[212]〕〔六醜[213]〕等。

（8）其他取諸經史子集，以制調名的：如〔揚州慢〕類。

以上所述四大特徵，都可說詩詞學當中的一種共通性，亦可說是比較重要的所在。此外單就詞學的曲調而言，又有『令』『引』『近』『慢』以及『子』『兒』的分別。前者是表示一種曲調的類別。例如〔唐多令〕〔調笑令〕〔如夢令〕，〔青門引〕〔石州引〕〔琴調相思引〕，〔好事近〕〔祝英台近〕〔早梅芳近〕，〔探春慢〕〔聲聲慢〕〔木蘭花慢〕等。後者只是一種調名的襯字而已，就它底本身文字義說來，僅作為一種『虛字』，並無其他的意義，例如〔南鄉子〕〔更漏子〕〔生

211《歷代詩餘》云：『霓裳本唐之道調法曲，凡十二編。中分之，以按拍作舞，故曰：「中序第一」，調名本此。』

212按念奴，系唐天寶時名娼。

213清吳衡照《蓮子居詞話》上云：『〔六醜〕詞，周邦彥近作。問六醜之義，對曰：此犯六調，皆聲之美者，然極難歌。高陽氏有子六人，才而醜，故以比之。』

查子〕〔江城子〕〔甘州子〕〔破陣子〕〔卜算子〕，以及〔摸魚兒〕〔醜奴兒〕〔蝴蝶兒〕〔繡帶兒〕之類，其中的『子』字、『兒』字，就好像普通俗話所帶的語尾如『先生子』『小娘子』『老頭兒』等一樣。但是這裡我們得注意的，就是這在全部的曲調中並不完全一樣，比如〔醉公子〕〔風流子〕等就是有意義的『實』字。再如詞調當中所用的『樂』字，亦有分別。如〔迎春樂〕〔四平樂〕〔齊天樂〕〔清平樂〕等之『樂』字，皆作音樂之樂解。而〔永遇樂〕〔拋球樂〕〔天下樂〕等之『樂』字，則作為歡樂之樂字，這一些都需要我們去仔細理解的。

第二節　研究詞學的功效

詞學雖說在歷史上曾有炳耀輝煌，光彩萬千。但以現時代文學演進的潮流看來，詞學是漸近沒落了。不過我們並不能因為它是沒落，就輒加輕視和忽略，以千百個才子佳人創造出來的一種特有的文學體裁，用他們的心血和豐富的學力感情寫出來的詞篇，真是有血、有淚，亦甜、亦酸，更何況在文學的歷史上，寫下了不朽的一頁呢？所以我們去研究詞學，至少可以得到下述的四點功效：

（一）可以怡情悅性：

每一個看過了詞學底人，不可否認的，都認為詞學對於我們的性情可以陶冶，使我們感到一種細微的，然而是無法用言語表示的一種清新的悅愉。因為詞學大都是抒情寫景的婉約清新的詞體居多，即時像蘇、辛的豪放作風，然而當我們讀到『大江東去』的一類詞曲時，亦會發生雄偉的快感。更何況那些百煉純青的小令，一篇在手，能不衷心欲醉？悠然神往！這裡隨便舉幾首例子：

我是清都山水郎，天教懶慢帶疏狂。曾批給雨支風敕，累奏留雲借月章。　詩萬卷，酒千觴，幾曾著眼看侯王。玉樓金闕慵歸去，且插梅花醉洛陽。

——朱希真〔鷓鴣天〕

花褪残紅青杏小，燕子飛時，綠水人家繞。枝上柳綿吹又少，天涯何處無芳草。　牆裡秋千牆外道，牆外行人，牆裡佳人笑。笑漸不聞聲漸悄，多情卻被無情惱。

——蘇東坡〔蝶戀花〕

鳳髻金泥帶，龍紋玉掌梳。走來窗下笑相扶，愛道畫眉深淺入時無。　弄筆偎人久，描花試手初。等閒妨了繡工夫，笑問鴛鴦二字怎生書。

——歐陽修〔南歌子〕

侍女動妝奩，故故驚人睡。那知本未眠，背面偷垂淚。　懶卸鳳凰釵，羞入鴛鴦被。時復見残燈，和煙墜金穗。

——韓偓〔生查子〕

像上面這幾首小詞，哪一首不使我們在情感上發生共鳴的作用。是悠閒，也是香豔；有雋永，也有清愁。不知不覺之間，我們已與詞中人化而為一了，這種作用就是朱光潛先生在《文藝心理學》當中所說的『移情作用』，亦即是我這裡所說的研究詞學的第一個怡情悅性的功效。

（二）可以明瞭一代文學的真象：

無論哪一個人，要他舉出各朝代文學的特點時，數到五代和宋朝，莫不以詞學相對。事實上詞學在中國文學史上，它已佔有非常光輝燦爛的一頁了，不幸的是由於時異境遷的結果，一般人談起詞學，都有一種『莫測高深』的感覺，其實這就是我們沒有去加以研究的結果。但是詞學在中國文學史佔有重要的地位，已成鐵論，那我們除非不研究或不要明瞭中國的文學則已，否則對於詞學的研究殆不能忽缺。再說詞學既在歷史上有其極高的價值，那我們苟要明瞭一代文學的真象，亦非對於詞學的究竟與其在當時所反映出的時代背景和趨向，有一相當的明瞭不可。因為文學是人類適應環境及其本身生活歷程的紀錄，能夠表現作者的心境，反映時代的精神，已是無可懷疑的了。

我們念過詩的人，都知道詩底體制有賦、比、興三種。朱子《詩傳》說：『興者，先言他物以引起所詠之辭也。賦者，敷陳其事而直言之者也。比者，以彼物比此物也。』其實在詞裡面也同樣的容涵了這三種體制在內，其中『敷陳其事而直言』的多可而知其意義之所在。至有許多詞人，或以身遭家國之恨，或因內心有難言之隱，故恒藉美人香草之辭，用比、興的手法，寄託於詞學當中，像王沂孫歷南宋偏安混亂之局，故每在詞中顯現他的君國底憂慮。例如〔齊天樂〕《詠蟬》：

一襟餘恨宮魂斷，年年翠陰庭樹。乍咽涼柯，還移暗葉，重把離愁深訴。西窗過雨。怪瑤佩流空，玉箏調柱。鏡暗妝殘，為誰嬌鬢尚如許。　銅仙鉛淚似洗，歎移盤去遠，難貯清露。病翼驚秋，枯形閱世，消得斜陽幾度。餘音更苦。甚獨抱清商，頓成悽楚。謾想薰風，柳絲千萬縷。

據《詞學通論》云：『餘恨宮魂』，點出命意。『乍咽』三句，慨播遷之苦。『西窗』三句，傷敵騎（按指金人）暫退，宴安如故。『鏡暗』二句，言國土殘破，而修飾貌，側媚依然。『銅仙』三句，言宋器重寶，均被遷奪，澤不下逮也。『病翼』三句，更痛哭流涕，大聲疾呼，言海島棲遲，斷不能久也。『謾想』二句，責諸臣苟且偷安，視若全盛也。如此立意，詞境方高，顧通首皆賦蟬，初未逸出題目範圍。像這種含意的微奧，假如不深加推敲的話，是不容易發現的。又如我們讀李後主的〈浪淘沙〉〈虞美人〉諸調，則又可知道他亡國後的心境了。至於像辛棄疾《書江西造口壁》的〈菩薩蠻〉[214]調，則可以知道金人追宋隆裕太后實至造口[215]。證之今贛縣東八十里有一小鎮名王母渡者，相傳即為宋后曾避難經此而得名，可謂完全相吻合的了。此外，從各詞人的作品裡面，又可以看出他底為人是忠貞抑是輕浮，因為文字是思想的具體表現，據此推測，多能不爽。這樣看來，我們研究詞學，是不會沒有用處的。

214郁孤臺下清江水，中間多少行人淚。西北望長安，可憐無數山。　青山遮不住，皆竟東流去。江晚正愁余，山深聞鷓鴣。（按今贛縣城西有鬱孤臺。）

215《鶴林玉露》云：『南渡之初，金人追隆裕太后御舟，至造口，不及而還。幼安因此起興。』

（三）可以使自己的思維細密：

我們要寫出一首絕妙的詩歌或散文，自然需要有細密的思維，考慮如何立意，如何佈局，如何分段（指散文），方能奏效。但對於填詞，尤非在思維上更加細密不可。本來詩文的作法有『起、承、轉、合』之說，在詞裡面雖亦可以運用這個方法，然有時卻並不如此。僅一路寫去，於結尾低徊宛轉，含蓄無窮，雖以一草一木微賤之物以資譬喻，自能令人感慨萬千，諮嗟不已！這種關於題材的處理，命意的含蓄，假如沒有細密的思維是不能成功的。尤其是詞學的韻律和字數都有嚴格的規定，即有時對於該調韻律平仄的用法非常熟悉，但亦不是一個氣浮學淺底人所能填好。嚴滄浪《詩話》有云：『盛唐諸人，唯在興趣，羚羊掛角，無跡可求。故其妙處，透澈玲瓏，不可湊拍，如空中之音、相中之色、水中之影、鏡中之象，言有盡而意無窮。』他所說的『興趣』『言有盡而意無窮』，以及王漁洋所主張的『神韻』，陳廷焯所主張的『沉鬱』，王國維所主張的『境界』等，都可外乎要有『含蓄』的意思。我們填一首詞要使它有『含蓄』，使之能『言有盡而意無窮』，則當然須靠有細密的思維了。例如李後主的〈浪淘沙〉：

簾外雨潺潺，春意闌珊。羅衾不耐五更寒。夢裡不知身是客，一晌貪歡。　獨自莫憑欄，無限江山。別時容易見時難。流水落花春去也，天上人間。

起首以『簾外雨潺潺』一句，反映出一『寒』字，使我們想起春夜的景況。而『闌珊』二字，更佈置出了一個淒涼的氣氛，底下用『一晌』二字，更陪襯出『有家歸不得』底夢中的留戀情形。結尾復以『天上人間』四字，表現出那『無限江山』的已經失去，而生出無窮盡得今昔之感慨。

既淒涼，亦婉轉，使我們遠在千百年之後的局外人讀了，亦覺低徊不已。像這首小詞，假如沒有真感情、大學力固然是寫不到，但縱然有了真感情、大學力，如果沒有細密的思維，使佈局緊密，立意高深，那也是斷然寫不到這麼好的呵！所以我們去研究詞學時，從這些上面去探討，是可以收到使自己的思維細密的功效的。更擴而運用到社會上去，那在對人處世上面而言，當亦可達到『再思而言，三思而行』的步驟，使能『卑亢適中』『有條不紊』的了。

（四）可以鍛煉文章的修辭：

文章的修辭自以煉字鍛句為主，如果字句運用適宜，再加以緊密的結構，文氣的雄偉激蕩，自然即成為一篇很好的文章了。在詞學裡面，以字數的規定，韻律的嚴密，所以有許多精美的辭句，只要我們稍加領略，是不難體會的。當每一個人讀了一首好詞之後，都有一種清新飄逸的感覺發生，就不難知道詞學的字句鍛煉是如何地優美了。因為鍛煉字句是構成好詞的一個重要條件，所以我們翻開任何一首詞，都可以看出它的好底字句之所在，不過才學高一點的，連那一點雕琢的痕跡亦已化去而達于混若天然的境界了。這裡作者可以隨便舉出很多例子：例如牛嶠的『簾卷水樓魚浪起，千片雪，雨濛濛』，李璟的『西風愁起綠波間』和『小樓吹徹玉笙寒』，李後主的『小樓昨夜又東風，故國不堪回首月明中』，張子野的『雲破月來花弄影』，柳耆卿的『漸霜風淒緊，關河冷落，殘照當樓』，和他的『楊柳岸，曉風殘月』，蘇東坡的『夢破五更心欲折，角聲吹落梅花月』，秦少游的『斜陽外，寒鴉數點，流水繞孤村』以及李清照的『寵柳嬌花』『綠肥紅瘦』和她的代表作〔聲聲慢〕等，無一字一句不是經過千錘百煉，膾炙人口，傳播古今的。

本來文章的修辭，要不外乎做到『恰到好處』四字，即在用幾個簡單的形容詞，使你看了，倍感無限的親切，無形中，自己的感情亦與作者化而為一，昔唐朝賈島《月下吟》詩，至『僧敲月下門』，以『敲』『推』二字不能決，至犯韓愈之輿，可見古人對於修辭之重視。而古時有些墨客騷人，寓孤憤之懷，傷家國之恨，遂藉花鳥蟲魚，生離死別之事以泄所悲，以寄此念，然又亦不得暢所欲言，遂更隱約其辭而辭句乃愈形精美，所以我們在低吟或研究一首小詞時，如能細加體會，則上面所述諸例，舉一反三，不難得益。『他山之石，可以攻錯。』在詞學的修辭一點看來，還是有很高的價值存在的。

第三章　詞學的起源

詞學起源的這個問題，這在前人許多名流學者都曾有過論列。但因為個人所持的理由不同，因之結論遂亦難獲一致，作者願本科學治事的精神，客觀的態度，去對這個問題加以剖晰和辯正，並由詞學起源的原因、時代和人物諸點分別加以考證，從而得出一個比較公正的結論。

第一節　詞學起源的原因

對於詞學起源的原因，前人說者不一。近人胡雲翼氏曾歸納以前各家學說為四派，作者擬按照其此歸納的四派學說一一為之辨析、評論，以探索其真正起源的原因之所在。

（一）以詩餘為起源說：

此派以為詞學起源之原因系由詩降而來，認為詞乃詩的一種變格，沈雄《柳塘詞話》有云：

『溫飛卿詩云「合歡桃核真堪恨，裡許原來別有人」，山谷衍為詞云「似合歡桃核真堪恨，恨心裡有兩個人人」。古詩云：「夜闌更秉燭，相對如夢寐。」叔原衍為詞云：「今宵剩把銀釭照，猶恐相逢是夢中。」以此見詞，詩之餘也。』這一說呢，表面上看起來頗為有理，而且中國文學流變的程式，事實上也的確是由詩而詞的。但是，一代文學體裁的變更或者說創造，是不是有這樣簡單的道理？細加研討即知道，像沈雄的這種說法，實是以一種特殊的例子而概括全體的。因為在我們寫散文時（此地所謂散文系與韻文有別而言），亦常引用俗諺或詩句的句子，或取其意，或變其詞，然仍不妨害散文的獨立性，這與詞中有引用或沿襲詩中的辭句而不妨害詞的獨立性是一樣的。這在前人所說『古詩之於樂府，近體之於詞，非有先後，謂詩降為詞，以詞為詩之餘，殆非通論矣』已有確評了。

（二）以長短句為起源說：

『長短句』只能視為詞學中的一大特點而不能以代表詞學的名稱，這在第一章中已詳加論列。其理由亦同樣可以說明它不能視為詞學的起源。而且一種文學體裁的創生，必定是逐漸演成的而非突然發生，亦已不待申辯而後明，日人兒島獻吉郎所著《中國文學概論》有云：『然試一考其源流，如《詩經》中商頌三十一篇十之九皆長短句，郊祀歌十九篇長短句則十居其五，此為詞之長短句所胚胎。』簡直就不明瞭詞學底本質，斤斤於著眼長短句的上面，而把詞學的起源推上至於三代之上，寧勿令人發噱！試問，假如詞學體裁在三代即已創生，那為甚麼中隔千年，毫無無聞，而且至唐末始行發現呢？故這一說的不能成立，已不攻自破了。

（三）以樂府為起源說：

這一說似與第一說相同。但實際上樂府與詩原有分別。不過一般人對於樂府的性質多不明白罷了。考樂府名目之立，在於漢初（古詩三百篇亦可謂之樂府，惟其時尚無此名）。其意即在詩而能入樂者。所以大致說來，樂府為詩自屬無疑，但詩卻並不一定是樂府。其間的區別在能否入樂的關係。漢初凡樂府之創，必另制新譜。而引詩入樂時，辭句往往為樂人修改。故樂府與音樂之關係實較詩為密切，認為詞學起源原因系由樂府演變而來的，說者甚多，徐釚《詞苑叢談》有云『填詞原本樂府』。謝無量亦云『詞蓋樂府之變』，大體言之，這一說尚不勉強。這自然因為樂府主聲而詞亦主聲，樂府調有長短，句有長短而詞亦如是的緣故。不過我們得特別注意的，就是詞所用的樂調並不與樂府調相同，用韻亦異，所以我們尚須在樂府起源之說以外另去探索出他的真正的關鍵出來。

（四）以音樂為起源說：

本來一種韻文的興起，皆與音樂有密切的關係。詩歌之作，即在入樂，之後，因為音樂的格律嚴整，節拍變化增大，漢以後胡樂傳入，音樂愈形發展，古詩之五七律絕不能入樂遂有樂府產生，其後詞學繼起代之以興，張叔夏有云：『至唐人則有《尊前》《花間》，迄于崇寧，主大晟樂府，命周美成諸人討論古音，審定古調，淪落之後，少詩存者，由此八十四調之聲稍存，而美成諸人又復增演曲，引、近，或移宮換羽，為三犯四犯之曲，按月律為之，其曲甚繁。』可見詞學家與音樂關係之密切，而紀昀亦有云：『古樂府在聲不在詞，唐人不得其聲……依聲制詞者，初體〔竹枝〕〔柳枝〕之類，猶為絶句，繼而〔望江南〕〔菩薩蠻〕等曲作焉。至宋而傳其歌詞之法，而不傳其歌詩之法。』這裡所說的『唐人不得其聲』『依聲制詞』『至宋傳其歌詞之法』等句，都說明了當時詞學的興起，系在譜入音樂以便歌唱，而文字上詞學體裁產生，亦自然是從唐代盛行生樂府直接演變而來的了。

綜上所述，可以知道詞學興起的原因，實際上是樂府與音樂所配合產生的。現在更就此點作進一步的推論。

考唐時，樂坊中歌妓之流，喜歡取文人之詞以協樂歌唱，藉以增高其價值，而文人亦樂予付之歌唱以廣名，之後因詩體不變，而音樂則變化多端，迨胡樂之笳、鼓、笛及觱篥等傳入後，舊有詩句，更不能適用，於是當時於精音樂之文人，每依樂調之曲拍以填新詞或者當時樂工變易樂府之音以協音樂，而由文人修改以成詞，不過在最初的時期，尚不能離開樂府的格式罷了。本來自孔子定樂為六經之一以後，幾乎各代皆有樂律規章的創立。但那時的歌辭無論是先歌後奏，或先奏後歌抑樂歌會奏，二者俱互相接近，同受影響，待樂曲趨繁，詩句入樂漸失效用，於是一變而以音樂為主，歌辭依之，由於作詞稱為『填詞』『倚聲』『度曲』等可以見之。例如朱熹《語類・論詩篇》云：

> 古樂府只是中間卻添許多泛聲，後來人怕失了那泛聲，逐一添個實字，遂成長短句，今曲子便是。

又《全唐詩・附錄》云：

唐人樂府用『律』『絕』等詩……雜和聲歌之，其並和聲作實字，長短其句以就曲拍者，為填詞。

由此可見詞學的興起，原意實在協樂，以便歌唱。惟一種文學體裁的產生，由來也漸，而其時正以樂府趨於衰落，故依據樂府基礎，沿音樂曲律增減，即所謂『逐一聲添個實字』的實系自然的趨勢了。《花庵詞選》云『古樂府不作而後長短句出焉』，對於詞學起源原因是音樂與樂府的產兒，當可確切無疑的了。

詞林卮言

特立館主

《詞林卮言》，特立館主手編，作者生平不詳。

《詞林卮言》分概論、源流、填詞法及其結論三章論述。該書為民國間油印本，與《詩學筆譚》合印，現藏於上海圖書館古籍部。此書即據此版本點校整理。

目錄

特立館主　詞林卮言

第一章　概論

今之稱文人者，動曰詞章大家，一若能文之士，其詞即無一不優美，然而抑知不爾。居嘗見夫工韻學者矣，樂府律絕，以迄古今近體諸作，言出動金石。及一旦索之填詞，非退避曰未能，即支離不協律。婢學夫人，全無逸致，尚何詞人之可言耶？夫詞名本曰詩餘，詩詞又相連屬，而能詩者尚未必能詞，而乃謂文章之士，獨能兼之耶。余嘗有言，詞章之士，能文章者什八九，而能填詞者無什五六。稍稍有文學上見解者，頗以余之是言為知言。蓋填詞雖屬小道，然宋世明堂封禪，虞主祔廟之文，皆用之。是詞之為用，直上比於周漢之雅頌樂府，鉅制煌煌，亦一代之典則也。顧學詞有五要，缺一不可。一曰擇腔。腔求其韻，如《塞翁吟》之衰颯，《帝臺春》之不順，《隔浦蓮》之奇煞，《鬬百花》之無味，則不韻弗如不作也。二曰擇律。律期相應，不應不美。如十一月用正宮，元宵詞必用仙呂宮，否則不相宜也。三曰句韻按譜。自古填詞，多倚聲成句，故填詞者亦曰倚聲，而能倚譜用字者，實百中無一二焉，則奚取此不協之歌韻哉。或謂善歌者能融化其字，即可無疵，殊不知轉折有一定之用，用或不當，便為失律，而正旁偏側，凌犯他宮，且非復本調之韻譜矣。古云：『一字一眼，不綦嚴耶。』四曰推律押韻。如越調《水龍吟》，商調《二郎神》，皆用平入聲韻，古調且俱押去聲，所以全詞中多轉折怪異者。苟或不詳，則乖音昧律者，反加稱賞，而皆矩矱先民者以失律矣，天下寧有是理耶？五曰立新意。詞調中如《浣溪沙》《菩薩蠻》諸闋，句語宛近於詩，無恥詞人，往往有盜竊前人詩句為之者，此最為風雅之賊也。蓋填詞須作未經人道語，或故翻前人成意，始能驚人。否則祇煉字句，雖有花團錦簇之觀，而纔讀一過，便味同嚼蠟矣，是又學詞者，不可不知也。（以上畧參用楊誠齋語。）

雖然五要而外，尤須辨詞體為最要。自來詞家，其詞體不外二種，一婉約，二豪放。婉約者，情文蘊藉之謂。豪放者，意象恢宏之謂。昔人謂唐詞多婉約，而宋詞多豪放，亦不盡然。蓋文人翰墨，往往存乎其人，即如秦少游亦宋人，而詞體便多婉約，是其明證。東坡與少游同時，嘗稱少游為一代詞首，東坡固豪放者，其心折少游如此。良以詞為風雅之遺，當以婉約為正體也。顧亦有不可泥者，豪放之弊，或有是乎村漢；而婉約之弊，又恐流入婦人。不善所用，弊仍相等也。況乎詞雖小道，其結構卻自複雜。如製詞貴有艷語，有雋語，有苦語，有癡語，有沒要緊語，都為詞家所公認。而此種種語意中，仍須有奇語、豪語以輔助之，方見生色。又凡一詞前後，以兩結最為緊要。前結如奔馬收韁，須勒得住，尚留後面地步，有住而不住之勢。後結如衆流歸壑，須收得盡，回應起首源流，有盡而不盡之意，此詞家不二法門也。李笠翁曰：作詞之難，難於上不似詩，下不類曲，立斯二者之中。致空疏者作詞，無意肖曲，而不覺彷彿乎曲。至有學問人作詞，雖盡力避詩，而終究不離乎詩。是無他，一則苦於習久難變，一則迫於舍此實無也。欲去此二弊，其究心於淺深、高下之間乎？笠翁此論，可謂洞見學癥結，而語語搔著癢處者。令曲且弗論，即以詩詞言，雖同一機杼，而詞家意象與詩畧有不同。詩僅琢句選詞而已，若製詞則琢句之先，凡意與音與調，尤須佈置停勻，氣脈貫串。其過疊處，如常山之蛇，首尾相顧。又如運斤巧匠，絕不露一毫斧鑿痕，乃為妙手。是故遇事命意，意忌庸、忌陋、忌襲。立意命句，句忌腐、忌澀、忌晦。意卓矣，而束之以音，屈意以就音，而意能自達者鮮。句奇矣，而攝之以調，屈句以就調，而句能自振者鮮，此詞之所以難也。

楊升庵曰：玉田『清空』二字，詞家三昧盡矣。亮哉言乎。蓋詞貴清空，勿貴質實。清空則古雅峭拔中，兼有靈氣往來，不比質實者之凝澀晦昧也。然一詞之間，調有定格，字有定數，韻有定聲。雖句之長短，畧可通融，顧亦不能率意為之。則初學者且斤斤於軌範之不暇，尚何望其得清空之靈機耶。況乎詞以調為主，調尤以字之音為準。音有平仄，於必不可移中，間有可移者。仄之上去入三音，看似多半可移，亦間有必不可移者。倘於必不可移中，而任意出入之，則歌時即或有棘喉澀舌之病，甚非詞學之正宗也。試觀宋時，每譜一調，作者多至數十人，如出一吻。其研究詞律處，何等細膩。今人既不解歌，而詞家染指，輒多以律詩手為之。不知孰為音而孰為調，無怪乎詞之亡也。昔人云：『宋人詞才，若天縱之；詩才，若天絀之。』語頗奇特，顧細思之，又極有見地。蓋宋人作詞多綿婉，作詩便硬；作詞多蘊藉，作詩便露；作詞頗能用虛，作詩便實；作詞頗能盡變，作詩便板；一工一拙，亦以見詩詞之原異其家數也。且詞家意欲層深，語欲渾成。初學作詞，大抵意層深者，語便刻劃；語渾成者，意便膚淺，亦其兩難兼處。欲舉其例，如永叔詞云：『淚眼問花花不語，亂紅飛過鞦韆去。』可謂層深而渾成者矣。何言之？因花而有淚，此一層意也。因淚而問花，此又一層意也。花竟不語，此又一層意也。不但不語，且又亂落飛過鞦韆，此又一層意也。人愈傷心，花愈惱人，語愈淺而意愈深，又妙在絕無刻劃斧鑿之痕。謂非層深而渾成耶？然作者當日，卻並不措意，直如化工生物，筍未出而苞節已具，非寸寸為之也。否或一著痕跡，便刻劃愈深，愈墮惡境矣，此不可不知者。所以學詞，首在用心，遇一事，見一物，務須沈思獨往，冥然終日，則出手自不平庸。次則講片段，又次講離合，再次則始講色澤耳。

昔韓幹畫馬，而先身作馬形，凝思之極，乃至神與物化。學詞者不當如是耶？是故如史邦卿詠燕，幾如形神俱似；姜白石詠蟋蟀，以蟋蟀之無可言，而因言聽蟋蟀者，是正姚鉉所云：賦水不當言水，當言水之前後左右者也。又如張功甫『月洗高梧』一闋，不惟曼聲勝其高調，即其形容處，亦心細於髮，直能發姜詞之所未發，是皆用心之能獨往也。雖然，作詞用意，誠須出人想外。而用字又應似在人口頭，則庶幾創語新，練字響，不雕刻以傷氣，自能遠庸熟而求生矣。他如周清真之典麗，史梅溪之句法，吳君特之字面，皆卓然自成一家。學詞者用其所長，以棄其所短，尤為至要。總之，詞句以自然為宗，但自然不從追琢中來，便率易無味。古所謂絢爛之極，乃造平澹者耳。故必語意澹遠者，稍加刻畫；字句綺錯者，漸近天然，方為個中絕唱。否則縷金錯彩，文字先不生動，所以為笨伯也。蓋詞句雖宜艷冶，究亦不可稍洗穢褻。余平日最喜讀康與之《滿庭芳·寒夜》一闋（按是調為《滿庭芳》又一體），兼有詞令、議論、敘事三者之妙，自是難得。其首云：『霜幕風簾，閑齋小戶，素蟾初上雕籠。』此先寫其節序景物也。『玉杯醽醁，還與可人同。古鼎沈煙篆細，玉筍破橙橘香濃。梳妝懶脂輕粉薄，約畧澹眉峯。』則陳設濟楚，殽核精良，與夫手爪顏色，一一如見矣。換頭云：『清新歌幾許，低隨慢唱，語笑相供。道文書針線，今夜休攻。莫厭蘭膏更繼，明朝又紛冗匆匆。』則不惟以色藝見長，宛然慧心女子，小窗中喁喁口角矣。末云：『酩酊也冠兒未卸，先把被兒烘。』此一段描寫溫存旖旎之致，直奕奕如生。尤妙在其形容節次中，遠非狹斜曲里中人，又自非望宋窺韓者之事，正希真所謂『真個憐惜』也。此等處最不易寫。否則一入俗手，便滿紙淫聲浪語矣，尚安望其高潔風華若是耶。此又學詞者，應舉一以反三者也。

余幼時嘗聞先輩之論詩矣，詩不難於寫景寫情，而難於詠物。以詠物不可不似，而尤忌刻意太似。蓋取形不如取神，用事不若用意也。然而作詩詠物難，作詞詠物且尤難。第一須收縱聯密，第二須用事合題，第三須不落呆詮，而字字刻畫中，尤須字字天然。即間一使事，亦必脫化無跡乃妙。否則體認稍真，即拘而不暢；摹寫差遠，又晦而不明，皆非詞家之元燈也。故遠如邦卿《東風第一枝・詠雪》《雙雙燕・詠燕》、白石《齊天樂・賦促織》，皆全章精粹，瞭然在目，而不留滯於物者。近如程村、阮亭諸作，亦幾乎與白石、梅溪相抗衡。自是詠物妙手，誠以詠物之難，不難於工，而難於反覆流連，別有寄託也。余昔年曾以菱角、藕絲題，戲譜《沁園春》各一闋。初成時，以尚有警句，頗自謂差強人意。及閱《著作林》龐綺盦作，雖命題譜詞，與余恰無一不同，而兩詞相較，則余之與龐，幾如小巫之見大巫矣。茲並錄之以供學者，亦足以借鏡得失之林也。余之《菱角》云：『矯正模棱，秀出觚芒，倒生自雄。笑蓮鬚鬆脆，藕牙粉嫩，祗餘弱態，絕少英風。質體彎環，鋒鋩銛冷，蒲劍松針一掃空。沿溪步，恰波心月上，點綴雙弓。　者邊歌調圓融。正采采盈筐鬧草童。譬掛羚泥淖，象形維肖，分居水界，不約而同。痛切砭膚，刺防棘手，崛起橫塘淺沼中。牽長蔓，看尖纖矗處，慘綠深紅。』龐之《菱角》云：『唱斷斜陽，一曲清歌，纖纖兩頭。愛隨風香細，乍沾藕覆，淩波様巧，似拓蓮鉤。蹙碎蘋花，刺穿荇葉，翠小紅尖鏡面浮。橫塘外，趁煙平露潽，裝上蘭舟。　半彎流水悠悠。帶軟芡圓蓴一例收。看輕盈採罷，怕傷玉指，玲瓏堆取，最稱磁甌。分與生嘗，最宜嫩剝，色艷胭脂比得不。傷心句，誦實肥葉老，容易深秋。』此兩詞，余之稍為得神者，不過前段末三句。若龐詞則表裡相宣，斐然成章。蓋不特清艷絕倫，直可謂之一片靈機矣。余之《藕絲》云：『十里銀塘，錯節盤根，浴波競妍。算冰清肌解，玉圓片切，橫斜座上，蕩漾筵前。觸緒紛披，因端徐引，萬種情腸暗暗牽。休輕覷，恁快刀割下，欲斷仍連。　鴛針未度先穿。似結就三生不了緣。奈玲瓏自愛，綃明浥露，飄零無主，縷細籠煙。萍錦賒來，芰裳製就，神妙秋毫欲到巔。經風剪，総柔條繞指，往復纏綿。』龐之《藕絲》云：『一舸搖紅，三十六陂，人來採香。看碧搓柳線，撩將桂棹，翠牽荇帶，攔斷銀塘。輕擘冰綃，徐舒玉腕，委霧凝霜細較量。閑無事，把金針七孔，爭補荷裳。　飄煙曳雨情傷。算抽出相思寸寸腸。只青錢貫了，同心結小，明珠穿得，續命絲長。織倩湘妃，繅憑漢女，新試羅衫學澹妝。西風起，好綠雲深處，繫住鴛鴦。』是題余作，仍以前段末三句，及後段首二句、末三句，最為渾融。然以視龐作之天生色澤，不假修飾，而自饒嫵媚者，又爝火不覺失其光矣。則甚矣作詞之難也。進是以論，尤以小令為最窘。詞之難於小令，猶詩之難於絕句。蓋十數句中，貴無閑句字，貴有閑意趣，而結末又貴留有餘不盡之意，其難一。小令佳者，最為警策，讀之令人動搴裳涉足之想。第好語往往早為前人說盡，當從何處生活，其難二。小詞字字有眼，一字輕下不得，故敘事最宜簡淨，一多著景物語，便覺了無風味，其難三。小詞固以含蓄為佳，然亦有作決絕語而妙者。如韋莊『陌上誰家年少足風流，妾擬將身嫁與，一生休。縱被無情棄，不能羞』之類是也。若牛嶠『彈到昭君怨處，翠娥愁，不抬頭』，抑其次也。又柳耆卿（即柳七）『衣帶漸寬終不悔，為伊消得人憔悴』，雖即韋意，而氣已加婉。差以毫釐，謬以千里也，其難四。長調多不換韻，故易協詞律，而小令則反是。長調間用襯字，易達詞意，而小令則不能，其難五。觀是則知今人之好為小令者，雖曰興寄所成，直亦未證詞家之三昧耳。

第二章　源流

詞濫觴於唐，滋衍於五代，而造極於兩宋。曲調極多，唐以後聲律學之一體也。以其調有定格，字有定數，韻有定聲，祇填字於其間，故曰填詞。或以為自古樂府流衍而來，故又曰詩餘。然攷諸漢代，古詩與樂府始分，而樂府又畧有十種之別。東漢以後，樂府之音節，漸歸澌滅，至曹子建已患其難識。東晉江左，惟存清商曲辭之一。此本江南風謠，亦實唐絕之嚆矢也。及四聲八病之說起，乍見之，似欲主以音律之關係，備歌管絃。而實則止於整飭語格，協諧韻調，與樂律上之音譜，全為別物。所云詩律即樂律，徒耳食之見耳。蓋詩至唐律，益遠於歌。漢代以來之樂府，既亡於齊梁之間。所謂樂府者，皆擬作耳。以故隋唐而後，盛傳外國之樂。唐十部樂中，為中國本土之音者，僅清商曲辭所遺之清樂而已。其餘有由涼州、伊州、甘州、天竺、高麗、龜茲、安西、疏勒、高昌、康國等採用者。天寶之末，明皇詔道調法曲，與胡部新聲合作，蓋可知矣。夫樂既採自外國，奏之歌詩，是調先不能備協，而繫於清商樂之絕句，又過於單調，不得已乃於向來絕句之歌法，調以外國之樂律。雖不必八音克諧，而絕句一體，已有詩樂一致之勢。唐梨園教坊，所以有傳習之大小曲也。惟樂曲概長，重疊絕句，以叶其節奏，其不和固已多矣。而歌絕句之際，或於字間加散聲，或於句裡插和聲，以期變化歌法。則文字與曲節，又不免背離。由是而求救濟之方，乃以曲譜為基礎，散聲和聲，皆填字以遷就之。以視乎詩，固字有多少，句有長短，所謂填詞者是也。彭孫遹《詞統源流》，以詞之長短錯落，發源於《三百篇》，固數典太遠。實則詩自《三百篇》以降，歷乎漢魏六朝，體製雖多，大別歸於句格之整不整二者而已。其不整者，如梁武之《江南弄》、沈約之《六憶》，其聲調之圓美，正可推為絕妙好辭。以之為倚聲之權輿，自無不可。

然而普通稱詞之濫觴，實推李白之《憶秦娥》《菩薩蠻》，及張志和之《漁歌子》。錄其詞如下，《憶秦娥》云：『簫聲咽。秦娥夢斷秦樓月。秦樓月。年年柳色，灞橋傷別。　樂遊原上清秋節。咸陽古道音塵絕。音塵絕[216]。西風殘照，漢家陵闕。』《菩薩蠻》云：『平林漠漠煙如織。寒山一帶傷心碧。暝色入高樓，有人樓上愁。　玉階空佇立，宿鳥歸飛急。何處是歸程。長亭更短亭。』《漁歌子》云：『西塞山前白鷺飛，桃花流水鱖魚肥。青箬笠，綠蓑衣，斜風細雨不須歸。』按是則知填詞之產生，實破五七言之絕句為之，非必脫胎於古樂府也。如《菩薩蠻》，合五七言而成；《漁歌子》，則裁七言絕一字者也；而《憶秦娥》之長短錯落，亦裁之於七言，或有餘，或不足，皆以協和其調也。又楊升庵《草堂序》云：『唐人之七言律，即填詞之《瑞鷓鴣》

216『音塵絕』三字原闕。

也。七言律仄韻，即填詞之《玉樓春》也。』然則詞不惟破絕，並破律為之矣。汪森曰：『古詩之樂府，與近體之詩，分鑣並馳，非有先後。謂詩降而為詞，以詞為詩之餘者，殆非通論也。』王昶曰：『不知者謂為詩之變，實則詩之正也。』以證前言，信不誣矣。自是而作者輩出，韋應物、戴叔倫、王建、韓翃、白居易、劉禹錫、溫庭筠，皆創調填詞，至五代尤盛。譬之黃河，梁武、沈約為其崑崙，伏流千里，忽產於李白、張志和之儔，漏為星宿海。至五代則出龍門，越底柱，而馳於豫兗之域矣。詩詞兩體，固猶夫古近體詩之異形也。不寧惟是，詞之有調，猶近體詩之有聲律。有調各別名者，有調名同而體異者。短者如《十六字令》，僅僅十六字。長者如《鶯啼序》，多至二百四十字。萬紅友《詞律》，載填詞圖譜，凡六百六十調，千百八十體。清康熙《欽定詞譜》，凡載二百二十六調，二千三百六體，其繁冗宏富何如乎。又蜀趙崇祚編有《花間集》十卷，其詞自溫飛卿而下十八人，凡五百首，為後世倚聲填詞之祖。

陸務觀曰：『詩至晚唐五季，氣格卑陋，千人一律，而長短句獨精巧高麗，後世莫及，此事之不可曉者。』唐人韋莊，字端己，蜀人，為詞清婉，不減飛卿，世以溫韋[217]並稱，職此之由。此外如皇甫松、毛文錫、和凝、牛希濟、薛昭蘊等，又不一而足。可見詞上承詩，下啟曲，亦唐代一大創製也。又王漁洋以為《花間》之妙，蹙金結繡，而無痕跡。五季文運萎敝，他無可稱，獨詞則穠艷穩秀。為舉其最著者，如南唐二主：中主李璟、後主李煜，其詞均淒婉動人，所謂亡國之音哀以思者非耶。其臣有馮延巳字正中，陳世修稱為思深詞麗，韻逸調新者也。所作《菩薩

217「韋」，原作「李」。

鑾》《蝶戀花》諸調，尤堪傳誦。宋之於詞，猶唐之於詩也。帝王如太宗、徽宗，大臣如寇準、韓琦、范仲淹、司馬光輩，推而至於道學、武夫、婦人、女子、釋子、羽流，多能通曉音律，製腔填詞。故詞雖濬發於殘唐五季間，而至宋乃益推闡盡致焉。熙寧中，立大晟府，為雅樂寮，選用詞人及音律家，日製新曲，謂之大晟詞。於是小令、中調之外，更增長調，調詞之體大備，且詞調成於此際者居多。有是倡率，宜論者謂之宋之詞學，稱極盛時代也。晏氏父子、耆卿、子野、美成、少游、易安，至矣，世稱詞之正宗。溫、李艷而促，黃九精而刻，長公麗而壯，幼安辨而奇，世稱詞之變體。蓋詞體大約有二，一體婉約，一體豪放。婉約者其詞調蘊藉，豪放者其氣象恢宏。前者沿《花間》之遺，一稱南派。後者為蘇黃，脫音律之拘束，一稱北派。然婉約為詞之初態，詞不必以婉約為至。齊梁小樂府，為唐絕句之源，無不艷冶靡曼，豈得謂李太白、王少伯清奇雋逸之格，目之為變體乎。此種區別，原無足取，要其大體如是云爾。昔蘇子瞻在玉堂日，有幕士善歌，因問我詞比柳耆卿何如？對曰：『柳郎中詞，只好十七八女孩兒，按紅牙拍，歌楊柳岸曉風殘月；學士詞，須關西大漢，執鐵綽板，唱大江東去。』公為之絕倒。此不特蘇、柳之異，抑亦南北兩派之形容也。蓋宋初以詞名者，為晏殊父子、張先、柳永、歐陽永叔。殊字同叔，慶曆中稱賢相，為詞不蹈襲前人語，而惟喜馮延巳歌詞，然所自作，正亦不減延巳，實首開宋初風氣。子幾道，字叔原，號小山，有父風，精壯頓挫，能動搖人心，其高處直欲駕《花間》而上之。然工艷幾於誨淫，為太涉纖巧。先字子野，官都官郎中，人謂之『張三中』，即『心中事，眼中淚，意中人』也。然子野自以其素所得意之『影』字句，稱為『張三影』。詞亦長艷體，情餘於才。晁無咎曰：『世以子野不及耆卿，然子野韻高，耆卿所乏也。』耆卿，即永字，初名三變，有兄三復、三接，皆工文章，號『柳氏三絕』。景祐初進士，官屯田員外郎，世號『柳屯田』。喜作小詞，薄於操行，在東郡遊南北二巷[218]，作新樂府，骫骳從俗，天下誦之。流傳禁中，時有薦其才於仁宗者，上曰：『得非填詞柳三變乎？此人任從花前月下，淺斟低酌，豈可令仕宦？』遂流落不遇。嘗自稱『奉旨填詞柳三變』，死之日，羣妓醵金葬之郊外。其詞非羈旅窮愁之辭，即閨門淫媟之語，往往流於鄙褻。而音律諧婉，詞意妥貼，承平氣象，形容曲盡，所創新調尤多。永叔所撰，婉麗閒雅，其間多有與《花間》《陽春》相混者。顧亦有鄙褻之語，偶雜其中。或謂仇人無名子所為，或竟謂劉煇偽作，疑莫能定也。然范文正之《御街行》，韓魏公之《點絳唇》，何足累其白璧？且宋初之詞，實尚沿《花間》舊腔，猶之初唐不脫六朝艷冶之習。必以歐公詞之艷者，為出於他人，則曾察之見陋已。迨東坡出，而詞學始脫音律拘攣，創為激越之音調，一洗綺羅香澤之態，擺脫綢繆宛轉之度，使人登高望遠，舉首高歌，浩氣逸情，超乎塵埃之表。皂隸《花間》，輿臺耆卿，不為過也。或者以其音律小不諧為病，然自是豪放傑出，曲子內縛不住者。黃九和之，雖稱高妙，顧已間有其粗俗處。

與蘇、黃同時者，尚有賀鑄方回，以舊譜填新詞，幽麗淒艷，題曰寓聲宛邱，晚年自署慶湖遺老。所為小詞尤工，山谷、文潛，均亟稱之。稍後如周邦彥美成，妙於音律，著有《清真集》，精深昳麗，體兼蘇、秦，長調尤善鋪敘，在南北之間，屹然為一大宗。又李清照易安，著有《漱

218「巷」，原作「卷」。

玉集》，格力高秀，推為巾幗詞宗，亦一奇也。至南渡以後詞家，尤軼出於北宋，最著者有辛幼安，其詞源出蘇軾219，才氣横溢奇恣，於宋人中別開蹊徑。而其濃麗綿密者，亦不在小晏秦郎之下。婀娜豪健，兼而有之。區區南北之別，非所問也。學之者有劉過，過詞多壯語而較粗率。其與對壘，隱然為南渡後之大宗者，惟姜白石，以裁云縫日之妙手，發敲金戛玉之奇聲，野云孤飛，去留無跡，雖美成容有不及也。蓋自白石出而史達祖、高觀國羽翼之，張輯、吴文英師之於前，趙以夫、蔣捷、周密、陳允平、王沂孫、張炎效之於後。譬之於樂，舞箾至於九變，而詞之能事畢矣。昔人謂詞有辛、姜，如詩之有李杜，非虛語也。雖然，詞至南宋，已集大成，歷金元始衰，至明而大敝。金初如吴激、蔡松年之『吴蔡體』，亡國才子之元遺山。元初如趙孟頫、虞集、薩都剌、張翥諸大家，繼之者如張埜、倪瓚、邵亨貞輩，雖皆風流蘊藉，無愧作者，然已滋才難之戚矣。明世歷禩尤長，初沿蛻巖之風軌，若楊基、高啟、劉伯溫諸作，卻多溫雅芊麗之遺。而永樂以還，南宋諸名家詞，皆不顯於世。惟《花間》《草堂》諸集獨盛行，雖李楨、瞿祐、張肯之流，尚能接武前哲。然至錢塘馬浩瀾洪，以詞名東南；而花影妖淫，人謂吐玉含珠，實則已殘脂賸粉。周白川、夏公瑾諸老，間有硬語。楊用修、王元美，更強作解事，雖小令、中調，畧有可取，而長調則半雜於俚俗。所能以天然之神韻，寫悱惻之深情者，僅陳子龍一人而已。故論者每謂明代詞人，繼起者不下三百餘家，而合者殊絕鮮也。

若夫清初詞學，號稱能手者，尤莫盛於東南。當時如吴梅村之流麗，龔孝升之嫵媚，曹秋岳

219『軾』，原誤作『轍』。

之風動浙西，毛西河之克諧樂律。顧貞觀之《彈指詞》，出入南北兩宋，而奄有眾長。彭羨門之《延露詞》，長調既獨步江左，小詞亦不減南唐風格。宋琬慢詞，多商羽之音。嚴繩孫小詞，極精妙之選。以及李雯、宋徵輿之哀艷俊逸，尤侗、徐釚之圓轉雅麗，皆倚聲之擅場者也。其振起於北者，有王士禛之《衍波詞》，體備唐宋，小令尤所特長。曹貞吉之《珂雪詞》，不為閨襜靡曼之音，而寄託遙深。性德之《飲水詞》，直逼南唐二主遺韻。關中孫枝蔚，則獨法蘇、辛，尤得北方剛勁之致。而聲教最廣者，更推朱竹垞與陳迦陵。竹垞神明姜、史，艷語雖多，一歸雅正，清代作者，前後莫能過。其年與竹垞，同舉博學鴻詞科，而交又最深。其為詞亦工力悉敵，與竹垞合刻之《朱陳村詞》，流傳及於禁中。雖朱才微碎，陳氣畧粗，而康乾間海內言詞家，幾無一不輸心嚮往者。李武曾、耕客，竹垞之弟子也，而武曾為尤勝，當時論者，至並稱為『朱李』，其推重可見。嗣是以往，若沈岸登，得學姜之神。若許田、杜詔，兼夢窗、玉田之勝。即下如厲太鴻、過葆中、史位承、鄭板橋、汪對琴、蔣心餘、趙樸涵、吳穀人、郭頻迦之倫，亦大都出入白石、梅溪間。繼武竹垞，分鑣迦陵，南宋一派，稱絕盛焉。其矯然自異者，獨太倉二王，自以晏、歐、淮海為其大宗耳。迨陽湖張皋文、宛鄰兄弟起，闡言內意外之旨，始創常州詞派。於時與友人惲敬、左輔、丁履恒、陸繼輅、黃景仁、李兆洛、錢季重輩，同為一時作者。即其及門私淑中，如金應鍼、金式玉、董士錫、周濟四人，尚復恪守宗派，足以比肩茗柯。再後則有龔自珍、楊傳第、項鴻祚、許宗衡、蔣春霖、蔣敦復、姚燮、王錫振諸家，各標宗尚，亦卓卓有聲於道咸間。惟是後之為詞者，類不能協律。所謂長短句而已，詩餘而已。求如竹垞之深明樂理，工求音律者，先正典型，蓋幾乎熄矣。此詞源之大畧也。

第三章　填詞法及其結論

源流之畧既備，余且進而舉填詞之法矣。夫唐詩律絕，概以入樂，故稱樂府。詞亦樂府也，其較異者，詩之於樂，僅和聲以歌，而詞則於聲音之中，亦實填以文字者耳。故長短其句，襯逗其詞，填之命名，義出乎是。初非依譜填字之生吞活剝也，後世不察，以誤傳誤，謬謂詞之可以硬填。於是四聲之辨未明，五音之律未諳，而得一詞譜，輒據以為詞家之寶笈。不知古詞佳處，全在聲律見之，不徒以文字言也。否則語境則斜陽古道、別浦秋潮，語事則赤壁周郎、江州司馬，語景則岸草平沙、曉風殘月，語情則紅雨霏愁、黃花比瘦，此千篇一律之文字，於詩文且不足觀，詞何有焉。是故初學填詞，須先明聲調，以免失腔落韻之弊。次講句法，以醫聱牙佶屈之病。而其屬辭綴字也，貴求能空，又貴求有寄託。能空則靈氣往來，無凝澀晦昧諸弊。有寄託則表裏相宣，斐然成章。須知詞之工絕處，不在韻之與艷。蓋韻或近於佻薄，便落小乘。艷易流於褻媟，亦淪下駟。古人為詞，務先洗粉澤、除琱繢，旨取溫柔，詞歸蘊藉，俾全詞中靈氣勃發，古色黯然。而復以情樂經緯其間，故能字字推敲響亮，歌誦妥溜。自然是詞家，自然不是文章家也。即以詞譜論，通例凡白圈屬平聲字，黑圈為仄聲字，其黑白各半者，則平仄不拘字。然而初學填詞，要先從嚴格以為範，例如上黑下白者，字從其仄，而上白下黑者，字應用其平也。又詞有句與逗（詞譜作豆）之分，其上三下四者，如中調《解佩令》之第三句是『問緣何一水盈盈隔』，則『問緣何』之三字為逗，合之『一水盈盈隔』之五字，乃始成為句也。其上一下六者，如長調《雙雙燕》之第七句是『偏解得喁喁絮語』，則『偏』之一字為逗，合之『解得喁喁絮語』之六字，乃始成為句也。諸如此類，不勝枚舉。總之，用逗處必填虛字，是其定例。反是者，則句法即混一為二，其詞雖佳，而有句無逗，不能入歌，便失卻填詞之宗法矣。是又學詞者不可不三致意也。